現代文學 69

一個時時想逃家的女人

黃姝語　著

博客思出版社

給自己　給未來

二〇〇三年，這部十八萬字的小說，一氣呵成後，彷彿是給自己的生命留下了一串驚嘆號和休止符。

二〇二〇年三月，一股莫名的衝動，讓我把書稿寄給了臺灣博客思出版社，不久就收到了出版社的回覆。此時，離處女作的完成，時間已過去了十七年，千言萬語，萬語千言，不知從何說起！

編輯來信說，原稿的三個題目《無婚姻狀態》、《自由的心》、《渴》都很好，我們也有一個建議《一個時時想逃家的女人》或許更搶眼與貼近市場。我欣然同意！

一個時時想逃家的女人，真正想逃離的，到底是什麼呢？為什麼她自作主張地選擇伴侶，興致勃勃地結婚生子，欣喜萬分地養育孩子——結果，還是萬般糾結、苦痛萬分地離了婚？

直到現在，她似乎才找到了答案。

過去婚姻家庭承擔著傳宗接代，養兒防老的功能。

現在呢？社會化程度越來越高，人們的社會關係，人際交往的方式越來越多元，愛情婚姻也變得越來越撲朔迷離。

一對陌生的男女，或一見鍾情，互相欣賞；或彼此需要，互相依靠，他們締結出的社會關係，千奇百怪，變幻無窮，世界上的所有文學藝術似乎都源於此。

——但似乎沒有人能真正找到戀愛婚姻幸福的秘訣！

一個女性，從女孩成長為女人，如果她沒有從父母那裡得到足夠的教養，沒有從自我塑造和社會歷練中獲得足夠的定力，她很難處理好與男性的關係。

同理，一位男性，如果不能從原生家庭，特別是母親的情感掌控中脫離出來，不能對社會上的利益權勢有通透的把握和適當地超脫，他對女性的感情就只能停留在性慾和功利的層面，無法與自己的人生伴侶構建出一種靈動有趣、真實美好的親密關係。

傳統的女性幾乎把所有的精力都用在婚姻家庭養育孩子上面，這本身已經非常偉大了。但對有些人而言，婚姻家庭孩子，無法滿足她的需求，或者有一種更大的動力，讓她去做她認為更有意義的事情，她的生命也許就會呈現出了另一種光彩。

成長，意味著：對自己越來越喜歡和自律，對他人越來越寬容和智慧；成長，也意味著：能處理好親密關係和更廣闊的社會關係。願妳擁有：一份天真、二份勇氣，三份經歷，獲得愛情；再有一半自愛，一半奉獻，締結美好姻緣。

一個人無法選擇她的父母，她的出生地。但她可以選擇自己的人生道路，選擇自己的生活伴侶，好的情感關係是：男女互為滋養和動力！

更好的關係是：自己能成為自己的滋養和動力，笑容像孩子一樣純淨，思維像刀劍一樣鋒利，妳才能在這個複雜而殘酷的世界上行走無疆。

妳如果是女生，小說中女主人翁遇到的難題和困惑，妳應該也會遇到。

你如果是男生，你一定會意識到，一個人很難，兩個人更難，美好的愛情，溫暖的家庭，可能是一項比工作更艱鉅的人生課題。

瞭望星空，宇宙有多浩瀚，慢步小徑，花開又花落。

依窗聽雨，一卷在手，某一段回憶，某一個期盼，某一份懷想——與這個小說裡的情節對接，嘴角滑過一絲笑意。

黃姝語

二〇二〇年四月二十八日於洛昌

目錄

題記

人生的境遇不是一座「城」、一扇「門」，而是一條奔騰不息的河流，一幀漸行漸遠的風景……

愛、自由、創造是我們生命之河源遠流長的動因。

引子：身心合一的愛

把「圍城」拆掉，進出自由，盡可能多地感受生活，感受激情，感受愛。爐火純青的感情與相濡以沫的情致，令人欣慰而安寧。婚姻不再作為一種形式存在，兩情相悅獲得了真正的自由。

三十八歲，當然不是做夢的時候了。但有一個夢，依然深深地縈繞著我，我怕失去它，又不得不遠離它，我抖落十年、二十年乃至三十年的往事，來觀望回味這個夢，這個與「情」有關的夢。是誰說過，當一個人臨終的時候，想的最多的是他一生中難以釋懷的情人。

一百年前，有個記者問孫中山：「你生命中的最愛是什麼？」「是女人」。這位國父的坦誠表述，出人意料之外，又在情理之中。天地、陰陽、正負、生死、醜美、善惡似乎都能在男女之間撲朔迷離的關係中得到應驗，我們用婚姻、道德、家庭、社會維繫著看得見的人際關係，而一種看不見的情愫，像空氣、陽光一樣飄散在我們周圍，我們孤獨地默默承受，我們欣喜地暗暗流淚，我們尋找靈魂呼應的一絲感動，不為人知，但卻永恆。這種東西，叫做「愛」太濫，叫做「情感」太酸，叫做「情慾」太俗。「心」字旁加一個青年的「青」，此心常青，那是什麼呢？是介於愛與慾之間的「思緒」，從人出生之日起，它就開始發生作用，直到生命的結束。如果你有愛，說明你還有顆年輕的心，如果你有慾，說明你還活著。

男人和女人組成我們這個奇妙的世界，愛慾情仇，斗轉星移，世上所有美妙，神奇；罪惡，毀滅；似乎又都源於兩性之間某種奇異的關係，這個女人與這個男人在一起可能會幸福無比，與另一個男人在一起也許就痛苦萬分；更要命的是沒有人能清醒地判斷出哪一個人是自己的最愛；更沒有多少人能贏得、能感受全身心的愛。虛偽、冷漠、自私、偏執、麻木……我們對每天要面對的情感知之甚少，甚至忽略不記。最美麗的時刻是愛著一個人，最幸福的時刻是與愛著的人分享成功的喜悅，我總是在捫心自問，在我三十八歲的生命中，有多少這樣美好的時光呢？夢中的情人與生活中的丈夫、妻子，心中的遠景與現實的煩瑣庸常；物慾、精神；污濁、清純；卑鄙、高尚；庸俗、聖潔；死亡、永恆……如同愛與慾一般纏繞在一起，迷惑著可憐的人們、幸福的人們，渾然不覺或清醒苦痛的人們，他們探索著、前行著、懷疑、迷惑著……如果有愛，你還有顆年輕的心，如果有慾，你還活著。

認識我現在的丈夫是我二十二歲的時候，一年後我們結婚並有了孩子。婚姻是在該結婚的時候找一個合法的終生伴侶，於是一個人就變成了兩個人，兩個人就變成了三個人，幾個人形成的家就變成了社會的一個單元。人與人最隱秘、最基本的關係，大概就是家庭關係、夫妻關係了。每個人都必須在婚姻家庭中了此寂寞平淡的一生，而婚姻之外的無功利、無意識的情感呼應才是人心嚮往的永恆情愫。

小說家感興趣「愛情」，政治家關注名譽，商人在乎利益。但每個人都逃脫不了靈魂中最隱秘的誘惑，尋找另一個傾心愛著的、足以戰勝孤獨的自己。結婚前的愛情只能是荷爾蒙在起作用的結果，而結了婚以後，你們相敬如賓、度日如年、平淡無奇也好；風雲變幻、同甘共苦、幾經考驗也好，親情讓你們無法分離，可你的心卻被另一個人緊緊牽扯著，你欲愛不成，欲罷不能，你痛苦而巧妙地維持著生存，又抗拒著命運。這時候你懂得了什麼才是最合理的情愛關係，可是你已失去了愛的機緣。

社會賦予你的對家庭的責任和義務，更多的時候不是出於自覺自願的愛，而是你為當初的衝動和幻想所付出的代價。

美國華人女企業家、作家陳瑜在《30歲前不要結婚》這本書中，這樣寫道：社會教導我們說人無完人，所以我們得降低標準，隨遇而安。我們應當迅速行動，早早結婚，保險起見，以免我們再也碰不到更佳人選。但是，婚姻不應當是一個保險計畫。再沒有什麼比一個充滿無愛婚姻與婚外戀的社會令人更沮喪，令我們的生活岌岌可危了。

而當我們降低求偶標準，我們將再次向下一代強化這一觀念：世上無愛情。

如果人生還會有選擇的話，我寧願選擇身心合一的愛情，把「圍城」拆掉，進出自由，盡可能多地感受生活，感受激情，感受愛。我夢想著，在四十歲或五十歲時，與另一個孤獨、激情的人相遇，我們有各自的房間，各自的朋友圈子和事業追求，相遇是機緣，相知卻源於心靈的互動，源於對自由與愛的深刻理解和超然境界。爐火純青的感情與相濡以沫的情致，令人欣慰而安寧。婚姻不再作為一種形式存在，兩情相悅獲得了真正的自由。這時的愛與年齡、地域、時間、金錢、性別無關，或者說已超越了這一切世俗的羈絆，真正達到了獨立自由，兩情相悅的狀態。

一、日常與超常

與其說，他是我生命中的真愛，不如說，他是生活中的另一個自我：憂鬱、孤獨、聰慧、熱烈，我們之間，無需理解，只管傾訴；即使沉默，也是最好的交流。

如果不是有真正藝術家的激情和筆墨，生活是不會留下多少痕跡的。血淋淋的戰爭也罷，殘酷的死亡也罷，都不過是一個自然、客觀的過程，沒有死那有活呢？一場戰爭，可能是一次政治玩笑；一種死亡，不過是利益驅動的產物。再深重的災難都會以某種適當的形式被塗抹地冠冕堂皇。更不必說人生本來就是日常地不能再日常的生活了。這樣的生活本來是可以忽略不記的。

丈夫王一大很早就出門上班了，在工作上的應酬有時會拖得很晚，直到睡覺的時候才回來。下午，我早早地把飯做好，打電話問他今天是否回家吃晚飯，他熱烈地說，我很快就回來。終於又有人可以給他做飯吃了，我聽出了他話語的自負滿足，心裡既悲哀又有些許欣慰。我彷彿又回到了十幾年前的生活中，每天最認真做的一件事情，實際上就是做頓晚餐，然後等丈夫回家，如果丈夫在妻子眼裡還算過得去的話，妻子就願心安理得地一切以丈夫為中心，把婚前的聰明才智，理想幻想，拋到九宵雲外，夫貴妻榮去了。可是十幾年的生活怎麼會沒有變化呢？當初我是那樣心滿意足、興致勃勃、樂此不疲地裝修房屋，配置傢俱，洗衣做飯，好像不是他娶我，而是我娶他似的，我以為得到了世上最優秀的男人，自己是最幸福的女人。

可現在我這樣做，已談不上絲毫的興趣，不過是認為大多數人都是這麼活過來的，我現在還沒有能力選擇另一種更健康、更主動的生活方式罷了。吃飯、看電視，到該睡覺的時候上床睡覺，這樣的每一天可以重複到不知道什麼叫「麻木」為止。好在我在北京工作了一年多，剛回來不久，我們還是有可以釋放激情的空間。孩子是維繫我們關係的紐帶，做愛是顯示對方存在的途徑。「做愛」，這是誰造的詞？「愛」，要讓一個男人和一個女人水乳交融、甜蜜生動，忘乎所以地「做」出來，是怎樣地神奇美妙啊！在做愛面前，人人平等坦誠，人人真實可信，自然生動、瘋狂激情、熱烈激蕩。如果妳愛一個男人，做「愛」，的確可以讓妳達到生命的巔峰狀態，僅「做愛」所釋放的人體能量是正常狀態下的幾十倍，就足以證明「性愛」的力量多麼偉大！他說，只有做愛的時候，妳才是女人。我想，是的，在我臆想的世界中，我不僅超越了世俗規定的女人角色，而且超越了男人，我早已成了非男非女的異類。

當肉體亢奮的時候，可以喚醒沉睡的靈魂，撫摸、擁抱、湧起的潮汐般的愛意，一次次地衝撞，醉酒般地升騰……一切都像波濤、海洋、風雨、雷電似地激蕩起來，進來吧，快進來，我的身體仿佛已經變成了一個燃燒著的慾望火爐，我要讓他那剛勁無比的傢伙溶解、熔化，就像饑餓的嬰兒吸吮母親的乳房，就像小時候的饞嘴終於嚼到了甜蜜的方糖，我要讓兩個人變成一個人；我要讓他的整個身體，他的頭、他的腳、他的雙手都到我的子宮裡去，我把他溫暖著，再生下來。他應該變成兩個、三個、四個、五個人，用不同的方式，在不同的地方，讓這個女人得到最充分的快感和釋放……只有這樣瘋狂地「做愛」，才能引動我的思緒，讓我產生暫時的幻覺，我是「愛」他的，他曾經成為了我身體的一部分，而且還將繼續存在下去。

言語交流的方式越來越平淡，每天說的話不下三句：「你去倒垃圾」、「我又打死了一隻蚊子」、「快睡覺吧」。但還能做愛，這是我們得以交流的最後殺手鐧。赤裸裸的男人與女人的關係，被掩蓋在一個叫做家的房間裡，法定的，所以習以為常，心照不宣。我常常想，如果沒有孩子，沒有做愛，（親情與激情）我們還會剩下什麼呢？做愛的時候，我還是隱約聽到了床頭櫃裡的手機在響，今天是星期五，我知道是誰打來的，過了一會兒，又有發送資訊的聲音。

直到第二天中午，丈夫出門了，我想，可以抽空給徐中堅打個電話了。手機的資訊顯示是：「妳好嗎？」我好嗎？我算不算好呢？女兒已是十四歲的大姑娘了，我以為我必須要回來照顧她才行，但她似乎並沒有對我的回來表示歡迎。「媽媽妳為什麼不在北京待了，是不是那裡的工作幹不下去了？」她的率真讓我無言以對。是啊，她需要的是一個成功、自信、有能力的母親，而非整天圍著她轉的婆婆媽媽的保姆。現在不是她需要我，而是我需要她了。我在她身上感受到了新新人類的睿智，更感受到了自己這些年來的失敗和懦弱。當我還是穿著幾年前的衣服，隨心所欲，不修邊幅時，她提醒我說，媽媽妳該好好打扮打扮自己了。當我在家裡懶懶散散，東翻西翻，無所適從時，她說，媽媽妳怎麼總是無精打采，為什麼不好好做點事情呢？而她確實已經是個活力四射的美少女了，學習成績總是第一名，穿著時尚，觀念前衛，求知欲強，她的成功、痛苦、煩惱、喜悅都自有她成長的軌跡，並不需要大人過多干預。

大學畢業就結婚，到現在十六年了，我所做的唯一的一件事情，就是把女兒帶出了新疆，把丈夫苦苦期盼到了身邊。現在我該幹什麼？與女兒和丈夫相守餘生，可為什麼與他們真正在一起時，我卻什麼也不是，整天心神不定，焦慮不安？是啊，總該尋找到更有價值的東西來承接生命，來喚醒生命中的激情、智慧、美麗，哪怕再次經受磨難、苦痛、悲哀。

我給中堅打電話，告訴他：我不好，這裡的環境髒亂，空氣污濁，生活慵懶，觀念陳舊，我雖然是心甘情願回到家，也想做點事，但眼睛發炎，鼻子不通，也時常耳鳴，仿佛七竅生煙，江南小城，已不再是我想像中的山清水秀，鳥語花香，到處是基建工地，到處是糟雜的人群……我真有種無處藏身的悲哀。

他安慰我說：「妳好好靜下心來，寫點東西吧，然後想辦法再到上海來。」

「只能這樣了，這一次回來，我再不能荒廢時光，一定好好寫點東西出來，包括寫你。」

他在電話那頭笑了：「隨妳，只要有事幹，就好好幹，相信妳一定會寫出些好作品的。」

我也笑了，由衷地說：「謝謝你的鼓勵，你呢？你還好嗎？」

「整天上課，也很累，沒辦法，先賺點錢，八月份要到美國去訪學半年，妳最近能到上海來一趟嗎？」

「我現在也該定下神來，過段讀書寫書的日子了，到時候肯定會去上海看你的。」

「好吧！我等著妳把書寫出來。」

自從又回到了這個小城市，我一下子就封閉了起來，不願意與工作之外的任何人交往，過著無思無欲的平靜日子，像大多數家庭主婦那樣順其自然，與世無爭，甚至也不想再與中堅有任何瓜葛了。但我內心深處卻掩藏著一個更大的恐懼：哪一天我 離他真的越來越遠了，直到他完全從我的生活中消失，那時的生活就真的對我再沒有什麼意義可言了。

從我們相識的那天起，到現在已經有七年時間了，我們之間，不知道誰更需要誰，大概我們都是這個紛繁熱鬧、變幻莫測的世界上最孤獨無助，而又最不甘落寞的人吧。我們需要真正來自心靈的溫暖與關愛。與其說，他是我生命中的真愛，不如說，他是生活中的另一個自我：憂鬱、孤獨、聰慧、熱烈，我們之間，無需理解，只管傾訴；即使沉默，也是最好的交流。

以前我在北京，他在上海的時候，幾乎每天晚上我們都用手機發信息，三言兩語的問候之後，互道晚安，然後睡覺，好像是生活在一起似的。現在我回到了家，他也該結婚了吧，我們不可能像以前那樣相伴入眠地通電話了，但每個週末，我們都會不由自主地想到要聊幾句。他已讓我習慣了生活之外，還有一種更詩意的期待。儘管我極力迴避，但我依然不得不服從心靈的感應。

「喂，你好嗎？」

下個星期的這個時候，我或者他，還會這樣激情而熱烈地問候對方。

二、女孩遠在天邊

「天上的雲，地上的人喲，
匆匆地合，匆匆地分，
天上的雲，地上的人喲，
只有心路沒有阻隔……」

多少年後，我也像雲一樣漂泊，這首歌一直陪伴著我，讓我想起許許多多的人，他們是怎樣地讓我刻骨銘心——懷想而又憂傷。

大地與藍天並不在乎某個生命的誕生，而一個嶄新的生命卻在對日月星辰、人間真情的不盡探索中，寄託著對這個世界的全部激情與渴望。每當我對日常現實中的平庸、乏味、自足、荒唐、焦慮，感到忍無可忍時，心頭就會湧出這樣一段詩句：「讓黑夜降臨，讓鐘聲吟誦，時光消失了，我沒有移動。」

是的，讓我停下來遙想寧靜的星空，讓我靜下來，抒寫心靈的悸動。我總是在心裡默默地呼喚著自己的名字：夏雲，夏雲，在新疆玉安那片遙遠的地方，湛藍湛藍的天空上，晚霞塗抹著天際一片血紅，大朵大朵的雲彩鑲嵌著金邊，在高遠、燦爛的無邊蒼穹中，自由自在地流動、漂浮，變換著無窮無盡的千姿百態……而我像一個傻瓜似地久久凝望著浮雲，彷彿世界上只剩下了我一個人，我可以肆無忌憚地快樂而長久地與這個世界做著神秘而美妙的對話……小時候，大概是五、六歲吧，我常常到一個地方去，那是一個很少有人去，但卻美妙之極的地方。

夏季的傍晚總是特別令人欣慰，吃過晚飯，還有很長一段時間無所事事，而空氣是那樣清新、涼爽，夕陽眷戀著遠處的雪山，遲遲不肯離去，一戶戶人家搬著小板凳出來，坐在門口的大樹下說著閒話……

我父親總是很晚很晚才下班回來，他在玉安一所唯一的大學工作，從單位到家，剛好穿過整個一個玉安城，他每天騎著一輛飛鴿牌自行車，慢慢悠悠地，好像是在邊思考深奧的哲學問題，邊騎車漫步似地回到家。據說他的那輛名牌自行車是在我出生的時候買的，當我二十多歲的時候，他還是騎著那輛車，儘管只剩下孤零零的兩個輪子，一副把手和腳登，但絲毫不影響他騎車的雅興。到後來，他當了學院的院長，別人要給他配備小汽車上下班，他說什麼也不肯，他不願放棄騎自行車的那份悠閒、自在，尤其是這輛歷史悠久的破車，不怕人偷，也就免去了麻煩。有一次，單位的同事向他借自行車，說是有急事要用，他二話不說把車子推來，同事這才發現世上還有這麼簡陋的車，連起碼的車閘也沒有了，父親說，他遇到緊急情況就把腳後跟向後一靠，用鞋底來摩擦車輪，同樣可起到剎車的作用，同事因為事急，也只好騎著車子走了，回來的時候發現自己的鞋底磨出了個大洞，又好氣又好笑地向父親訴苦，父親說，我可是騎了多少年也沒有損壞一雙鞋啊。

在我印象中，父親就像一座掛鐘一樣，按部就班，幾十年如一日地準確無誤、分毫不差地生活著，我既怕他、恨他，可他又像謎一樣地讓我不得不敬重、服從甚至愛戴他。母親是個美麗地近乎神奇的女人，不是漂亮，而是美麗，不是一般的美麗，而是超乎尋常的，超塵脫俗的美麗。她身上透出的那股高雅、清麗、樸素、明快似乎再也無法從現在的哪怕再漂亮的美女身上找到了。如果她年輕時，處在現在這個時代，一定會大放異彩、風光無限，可是在那個年代，她比任何人都要堅決地克服小資產階級情調，克服因為美麗帶來的「引人注目」和由此產生的煩惱虛榮，她真的是從骨子裡希望自己一點也別給「好色之徒」以可趁之機，她把自己裝扮地肅穆莊嚴，面部也一直保持肅穆莊嚴地神色，只有在照片上可以看到她燦爛的笑容。

生活中的她具有最徹底的革命性、最堅定的「無產階級」立場。她從來不會為生活上的瑣事操心，連我小的時候穿的衣服也都是由父親在商店買的，常常買成男孩子的灰顏色衣服給我穿上，我為此大哭大鬧直到無可奈何。我只記得很小的時候，母親溫暖地抱我、親我，但我越大，就離她越遠，我只能感到她那美麗、善良的眼神，溢滿愛意，甚至是求助似的目光，卻感覺不到她身體力行地為我做了點什麼。她愛我卻找不到合適的方式途徑，而我也一樣，這讓我與她在一起更加彆扭，我常想，她要是不那麼美麗，也就不會怪異，也就會像一般的母親那樣自然而然地與孩子親親熱熱地相處。

美麗只有在美麗處才能光焰奪目。而在庸常的瑣碎中，在那高壓狂熱的政治運動中，無論妳怎樣掩飾，都不能擺脫「鶴立雞群」或「冷若冰霜」的尷尬局面。當別人打撲克、聊天或熱衷於做飯、做衣裳的時候，母親卻總是在勤奮地工作：讀毛選、看醫書，她不想平庸地生活，但在那個沒有音樂、沒有色彩、生活充滿著火藥味的年代裡，她的一切努力現在想來都是那麼無助無能、可憐可歎。她從小生活在上海，卻不顧家人親友的反對，一定要到新疆支援邊疆建設，她甚至把自己的父母親從上海接來，與她一起過革命化的苦不堪言的日子，父母年紀大了，生活實在不習慣，又回到了上海，可她一直留在新疆，她的好強倔強和單純執著，讓她不懂得也不甘於為自己的選擇做出妥協。

她十六歲就到了新疆，憑著熱情，在最艱苦的地方磨練自己，騎馬在草原上奔馳，帶領醫療隊下鄉，給維吾爾人看病，打籃球、唱歌……可火熱的激情冷卻下來後，伴隨她的是長久的荒涼、艱辛、愚昧……她從來沒有向我提起過她當年的輝煌與勇氣，直到我自己三十多歲，有了點人生閱歷之後，才感到母親超塵脫俗與沉默怪異的背後，隱藏著她內心怎樣的困惑與不甘。她把父母送回上海後，只在結了婚的四年後，帶著我和我弟弟，回了一次上海，後來似乎就再也沒有回去過。有一次我看到母親哭了，很傷心地長久地默默流淚，我驚恐地問她怎麼回事，她說，她母親去世了。外公、外婆、爺爺、奶奶、舅舅、姨姨，我只知道他們生活在北京、上海，卻從沒有見過他們，外婆是什麼模樣？我們為什麼不在一起生活？為什麼我身邊就沒有熱熱鬧鬧的親戚？為什麼直到外婆去世，媽媽也沒有回到她身邊？

我小時侯一個人在家，無事可做，就把家裡的相冊翻出來，翻來覆去地看，一些老照片被爸爸媽媽藏在一個破書箱的底下，準備燒掉，以免被人發現，當作地富反壞右的證據。我就偷偷撿出來，保存起來，媽媽小時侯拍的一些照片讓我百看不厭，照片上的外婆穿著典雅的旗袍，外公穿著長衫，戴副黑邊眼鏡，身邊放著根精製的拐杖，中間站著一個天使般的小姑娘，大大、亮亮的眼睛，穿著洋娃娃似的裙子，這就是媽媽小時侯的模樣。小時候的媽媽住在上海最繁華的霞飛路上，常常被大人自豪地帶著去參加各種晚宴、酒會。解放後，當這一切都蕩然無存的時候，媽媽毅然決然地要到最最遙遠的新疆接受革命鍛煉。

新疆的生活並非想像中的浪漫，有一次母親呆呆地看著我，仿佛下了很大決心似地說，雲雲，媽媽帶妳走，離開這個地方，別怕，媽媽一定好好養活妳！我猜想她一定遇到了很麻煩的事，我不知所措地看著母親，一句話也說不出來。可是，媽媽永遠也沒有帶我離開過玉安，她自己從十六歲到了新疆後，到現在，已經在那裡生活了六十多年。我多麼強烈地想從母親那裡得到愛，我也深深地愛著母親，但這種感情就像沙漠中掙扎著的小草，無論它多麼頑強，卻永遠也別想長大。

我隱約感到母親與周圍的鄰居是多麼的不同，我也就很少湊在鄰居堆裡，看大人們興致勃勃地打牌、說東家長，西家短。只有那美妙的地方是我唯一的去處，我很快吃完晚飯，告訴母親，出去玩一會兒就回來。走出家門，走出單位的大門，我很得意，沒有人知道我去那裡，路邊是田野，夏季小麥已經成熟，黃燦燦地一片，番茄地裡，綠葉掩映著紅紅的果實，如果有小夥伴在，說不定會一個人站崗放哨，其他人進到田裡獲取戰利品。零零星星有幾戶維吾爾人家，農家小院裡栽種著果樹和豔麗的花草，我走走停停，摘朵小花，折一段柳枝，看蜻蜓在田裡起落，看燕子在空中飛過，走過一條大路，再向右拐是一條農村的小路，道路兩旁是筆直高大的白楊樹，路邊的渠溝裡歡騰著清澈的激流，小路上偶爾有個維吾爾老大爺，趕著輛驢車，嗒、嗒、嗒，一顛一顛地走向遠方，直到消失在視野之外，我跑著、跳著，也向我的目的地奔去，到了，到了，就在小路的盡頭，我把這裡叫做「天梯」，一個近二十米長的大下坡，坡底下有座小木屋，安裝著一個小型的水利發電機，坡下方圓幾百米，是一片群山環繞的未開墾的土地，有密密麻麻的樹叢、有泉水、小溪，還有奔騰的季節河，有沼澤地，有土山，有大的山洞……

曾經和一些大孩子玩打仗的遊戲，跑到很遠很遠的地方，當意識到再這樣瞎跑就會迷路時，我們驚慌失措地開始往回趕，其實誰也不知道回去的路了，只是拼命地向相反的方向奔去，突然就到了這一片周圍是山，水草茂密的地方，再往前面看，一座大大的高坡，一個巨型的輸水管沿著高坡傾斜下來，我們扶著管道，爬上陡坡，上了坡，一條筆直的小路呈現在眼前，走過這條長長的小路，發現回家的大道就在眼前。以後，再沒有人專門到這裡來，除了我。

我小心翼翼地向坡下移動，發電站水流的落差發出陣陣轟鳴，走過一段樹幹搭成的橋，我停下來，把鞋子脫掉，一手拎鞋，一手拾了一根木棒當拐杖，時而把腳伸到清澈、冰涼的泉水池裡，拇指般大小的透明的魚兒閃閃爍爍地從我的腳背上滑過；時而走在季節河的岸邊，富有彈性的泥土，光滑柔韌，索性蹲下來，用泥巴做個小小的雕塑……草綠綠的，風柔柔的，叫不出名字的一叢叢樹木上，掛著奇異的果實，遠處有一群綿羊靜靜地吃草，趕羊的維族小巴朗好奇靦腆地向我張望，他長的可真漂亮啊，大大的頭，大大的眼睛，長長密密的睫毛，我們語言不通，互相微笑一下，又迅速躲開……

玩著玩著，發現放羊的小男孩也不在了，就趕緊收拾行裝返回，當我一鼓作氣、氣喘吁吁地爬到山坡頂上，抬眼一看時，被眼前的景色驚呆了：夕陽把雲朵映染地金碧輝煌，霞光萬里，仿佛整個世界在一場華彩盛大的儀式中重新誕生一樣；我再回頭向下看，天梯的美景與晚霞的璀璨融為一體，構勒出一座真正的人間仙境，我在心裡呼喚著、驚歎著，恨不能永遠定格在這片天地間。

這便是我常來的地方，更多的時候，我不下山坡，只是坐在坡頂上，靜靜地等待晚霞的那一霎那輝煌。美好的時光總是很短暫的，漫長寒冷的冬季、狂風肆虐的春天，蕭瑟的晚秋季節都讓人感到蒼涼悽楚，只有夏季是歡騰的、熱烈奔放而又友好純樸的，仿佛把一年的艱辛與磨難都轉化成了甘甜的果實。三十多年後，我硬是自作主張地到南方定居，江南酷暑難耐的夏季，讓我對玉安留戀不已，就像我當初不明白父母為什麼要離開北京上海來新疆一樣，我也開始對自己的努力追求產生了深深的懷疑。

有一首歌這樣唱到：

「天上的雲，地上的人喲，
匆匆地合，匆匆地分，
天上的雲，地上的人喲，
只有心路沒有阻隔……」

多少年後，我也像雲一樣漂泊，這首歌一直陪伴著我，讓我想起許許多多的人，他們是怎樣地讓我刻骨銘心——懷想而又憂傷。

父母親的結婚照，攝於一九六四年。

三、祕密

有一座花園的名字叫「記憶」，隨著年歲的增長，花園的草木越長越茂密，需要你不斷修剪、整理，如果細心地灌溉，會長出許多奇異的花朵、高大健美的樹木，園子也會越來越大，當你累了、閒了的時候，就可以到園子裡，轉一轉，走一走，花香掠過，腳步踏著樹影浮動的光斑，仿佛踩著心的鼓點。

大人們以為小孩子什麼都不懂，其實儲存在孩子心靈的祕密，恰恰是大人們想迴避，又不得不面對的東西。孩子對什麼都好奇，對「情愛」尤其如此，媽媽是不是經常抱他、親他，發自內心地愛他；爸爸媽媽有沒有鬧矛盾；鄰里的大人們之間有些什麼微妙的關係，他不是用語言，而是用感覺就能體察地入木三分。我想起來，在那個年代，許多男孩子都立過這樣的志向，長大了一定要當警察，把爸爸抓起來，關監獄，因為爸爸總是打媽媽。小孩子們在一起做遊戲，也是配著對兒的，誰當媽媽，誰當爸爸，安排的像模像樣。

我家住在一座單位醫院的家屬區裡，單位裡有一片幾十畝地大的果園，每到夏秋季節，爬牆鑽洞，冒著被抓被罰的風險，到果園裡偷吃各種各樣的瓜菜水果，是院子裡小孩子們最大的樂趣。單位裡還有兩幢在當時很少見的三層高的辦公樓，其中一座木製結構的樓，據說是很早以前，俄國人在這裡建造的。職工家屬們則住在極其簡陋的平房裡，共有四排平房，每排平房住著十來戶人家，這些人都是五〇年代（※1）從內地支邊來的大、中專學生，他們來時都是單身，幾年後，就拖家帶口了。

我家在第一排平房的正中間，房屋前是兩顆大杏樹，杏樹下，蓋了一間雞窩，那時，每家每戶都養雞，可能剛開始，母親也想養，後來儘管院子裡到處跑著雞，一不注意，就踩一腳雞糞回來，但就是沒有我們家養的雞，就這也讓我怪罪了媽媽很長時間。媽媽從不養雞喂鴨、很少做衣做飯，更不與人談天說地，我彷彿無形中也與這個院子的人有了層隔膜。

其實，那時維族人養的雞又好又便宜，從他們那裡買肉蛋菜蔬，真是又省事又實惠。漢族人剛到新疆時，民漢關係非常融洽，維族人甚至學會了養豬，他們不吃豬肉，但把豬養得結結實實，把豬肉賣給漢族人。民漢之間也有通婚，我的小學同學中，有個英俊的小男生，爸爸是漢族，媽媽是維吾爾族。可是到了後來，民族衝突不斷升級，造成流血事件，卻是普通百姓難以理解的。

那時我印象最深，也最想弄明白的事，卻是父母鄰里之間，微妙的難以言傳的男女之情。單位裡春節搞聯歡，有個節目是表演《沙家濱》片斷，扮演刁德義的是位瘦瘦高高、帥氣十足的中年醫生，他的唱腔作態惟妙惟肖，一點也不亞於電影上的演員表演，每個觀眾都為他展現出的藝術才華熱烈鼓掌。但這個人平時卻總是一副不苟言笑，緊縮眉頭的樣子，像個解不開的謎團，後來在他身上真的發生了一件爆炸性的新聞，一次他妻子上班期間，突然有事回家，打開房門卻發現自己的丈夫與一位從烏魯木齊來的實習女醫生在一起，正發生不正當關係。據說

1　一九五〇年到一九六〇年，全國各地的人，響應共產黨的號召，從四面八方來到新疆，組建新疆生產建設兵團，新疆的醫療衛生、教育科研等從無到有慢慢發展起來了。

這位女醫生也有男朋友，正準備結婚，女醫生恬靜秀麗，學習成績優異，已經確定好留在烏魯木齊最好的醫院裡，這次到玉安實習三個月，是一次組織上安排的基層鍛煉。院子裡的每個人都在津津樂道地議論他們，他們也遭到了最慘痛的下場，女孩被打發回家，不再安排工作。男的下放到最偏遠的鄉下。

我不明白不正當的男女關係的確切含義，但隱隱約約感到生活中有種可怕卻又無處不在的東西支配著人們，這就是大人們無法說清，也不敢告訴孩子的「祕密」，單位裡，院子裡，爸爸媽媽之間似乎都被這種祕密控制、威脅、困惑著，每個人都躲躲閃閃，若隱若現，心裡一套，外表一套。我好幾次纏著媽媽問，孩子是從那裡來的，她總是說：妳長大了自然就知道了。我很懊惱，難道妳就不能提前告訴我嗎？但我隱約感到，這是不能輕易告訴的事，為什麼人們會對男女關係那麼忌諱，對不正當的男女關係懲罰的那麼厲害，就是因為這真的是個「祕密」。誰也說不清楚，誰也不能告訴。

所以我想當然地認為，孩子是從母親的嘴裡或肚臍眼裡冒出來的，再不可能有第三種情況．直到我上高中的時候，有一次看電視，那時電視機剛剛出現，諾大的家屬院裡，只在院子當中擺放了一臺，成百人圍著一個小電視機傻看，我偶然看到一個畫面：北極的冰天雪地上，一隻海豹艱難痛苦地產子，那種受難的場面讓我驚呆了，更讓我難過的是新生命怎麼能從排泄大小便的地方出來呢？我戰慄著一直看著小海豹露出小腦袋，再慢慢掙扎出整個身子——我真為海豹媽媽感到悲傷，難過，甚至噁心，憑什麼偏偏要它承受這番令人膽戰心驚的慘痛折磨？

我想，我們這一代人的父母，之所以還生下了我們，是因為他們還不怎麼明白生孩子的痛苦，養孩子的艱辛，或者節育措施沒做好，無能為力，只好聽之任之。

母親沒有告訴我，如何戀愛、結婚、生孩子，但我從她身上，從鄰居的每一個家庭中，還是感覺到了「家家有本難念的經」：不是夫妻吵架，鬧離婚，就是妻子懷疑丈夫喜歡上了別的女人，無事生非、醋性大發，再不就是妻子看不起丈夫，時不時與別人打情罵俏——我憤憤地想，這些人為什麼這麼無聊無恥，既然結了婚，為什麼還要心猿意馬，為什麼男人與女人之間總有那麼多的麻煩事？那時侯我就自認為比任何大人都聰明似地想，我長大了一定不隨隨便便地亂愛一個男人，我一定要找一個認認真真、踏踏實實的男人，我一輩子忠誠他，他也一輩子忠誠我。

世上有些東西是可以傳授的，有些東西卻不能傳授，有些東西隨著人的進化、社會的變遷，會變得面目全非。女兒三歲的時候，突然問我，媽媽妳怎麼會有孩子，我卻沒有孩子，我想了想說，人有孩子的時候，必須首先要有工作，要掙多多的錢，要有個家，這樣孩子生出來後，才能培養好，她似乎並沒有按照我的思路去想，卻說了一句，「媽媽是不是因為我沒有奶呀？」我大笑起來：「對的，對的，妳說的更對，妳現在還太小，還沒有長奶。」現在當我想告訴十四歲的女兒，在她看來該是「祕密」的事情時，我還在想著怎樣字斟句酌地告訴她好，她卻對我的矜持不以為然，沒等我說兩句，她就一口一個：「知道了、知道了」。

後來我才知道，他們班上的每個同學幾乎都在扮演兄弟、姐妹、妻子、丈夫的角色，甚至奶奶、爺爺，甚至同性戀、雙性戀，整個班級簡直就是一個「亂倫」的「野蠻部落」，當然他們只限於紙上談兵，而且談得幽默、風趣、極富想像力，他們語文課本中有一篇課文〈縣委書記的好榜樣——焦裕祿〉，馬上就有同學發明了一個小遊戲：他見人就問焦裕祿姓什麼？別人隨口回答說姓焦，他煞有介事地說，你再說一遍，被問的人，這才回味過來，於是全班同學口口相傳，性交、性交，開心的不亦樂乎。他們的班級，聚集著一幫年級的學習尖子，被學校命名為研究性教改班，有同學就不斷地問，研究什麼？研究什麼？每個人都心領神會，吵吵鬧鬧地叫喊，研究「性」唄！於是老師只要說到某某性，孩子們就笑成一片。這是他們繁重學習生活中最美妙的潤滑劑。我無法想像，如果沒有這些機智的搞笑，他們怎麼能夠承受從早到晚的作業考試。「情愛」不再是一個模糊朦朧、敢想不敢言的「祕密」，他們在沒有真正涉足男歡女愛的時候，已經在遊戲中把它演練的「爐火純青」了。而當他們真得談戀愛時，大概就不會像我們那樣前思後想、愁腸寸斷、神出鬼沒、遮遮掩掩，而是朋友加戀人、親情加友情「革命大家庭似的互助合作」了。

讓我想一想，小時侯關於「情感」的記憶還有那些。還是在幼稚園的時候，從來沒有人教我，更沒有「不潔」的事情影響我，我卻不知道怎麼養成了一個習慣，把手放在「私處」，滿臉通紅，摒住呼吸，感受奇異的快慰。我甚至還告訴了另一個孩子，這樣做很舒服，你們怎麼都沒發現呢？到了二十幾歲的時候，我才在一個雜誌上看到，這種行為的專用名詞叫做「自慰」。關於身體的發現還有一些，比如，把自己長長的眼睫毛用剪刀剪掉，是因為一個大人指著我說了句，這小孩的眼睫毛怎麼這麼長，我回家一照鏡子，果然如此，以為長睫毛不漂亮，就小心翼翼，對著鏡子，好不容易才把它剪了。媽媽下班回家，看著我，總覺的我有點不對勁，仔細一看，才發現眼睫毛沒有了，弄得她哭笑不得。

院子裡有各種各樣的果樹，春天裡樹上開滿了花朵，過些日子，風一吹，地上落滿了粉的、白的、紅的花瓣，再過些日子，青青的果實在茂密的綠葉叢中探出腦袋，孩子們就開始吃酸得令牙齒打顫的小青杏子，我也不例外，並且還要在耳朵洞裡放一粒小青杏子的核，杏核還沒有結成硬殼，白白嫩嫩，裡面是一包水，我就時刻惦念著坐落在我耳洞裡的這個小東西，希望會有一天孵出一隻小雞來。小時侯，我的最好玩伴是弟弟，他一出生不久就送到北京爺爺奶奶家，長到該上小學時又接回到了新疆，我們形影不離，連上廁所都一起去，從不同的門進入，過一會兒，他在男廁所喊，姐，妳好了嗎？一牆之隔的我也高聲喊，快好了，再過一會兒，我們倆就咚、咚、咚，都從廁所裡跑出來。

我上小學的時候，有一件當時讓我很迷惑的事，學校離家很遠很遠，放學後，我常常是又累又餓地移動著腳步，有一次我真的要餓昏了，突然看見一位媽媽單位的同事，騎著自行車從我身旁經過，我趕緊喊，叔叔帶上我。坐在自行車上由他帶我回家真是太舒服了，從此我就一直盼望著有這樣的好機會出現。單位裡有一個阿姨的丈夫，在軍分區工作，他上下班就路過我們學校，後來我就經常在路上碰到他，他見了我也高高興興地把我抱上他的車．回家的路有三條，一條大路，偶爾一輛卡車或拖拉機開過後，塵土飛揚，遮天蔽日，沒有人願意走這條路；一條特別的路，是從一個大的工廠穿過，工廠與我們單位一牆之隔，那堵牆就被人為地破壞了，有時從低矮的牆頭翻過去，有時不知是那位好心人用木板在那堵牆上做了個簡易的門框，我們就名正言順地從門框裡走過．有時走了很長的路，到跟前一看，門框拆掉了，破土牆又壘成一人多高了，就不得不返回，重新走其他兩條路。還有一條小路，一面是工廠的高牆，一面是維吾爾人家的院落和農田，院落掩映在農田深處高大的樹木叢中，基本上看不到人家，但每每人們從這裡走過，院落中的狗就會悻悻狂吠，一個人走這條路總是有點陰森恐怖。那位軍分區的解放軍叔叔總是帶我走這條路，狗叫得再厲害我也不怕。

記得一個夏天的中午，我們從這條小路騎車走過，白恍恍的陽光照著小路發燙，四周靜得不能再靜了，連平時厲害的狼狗，大概也睡著了，整個世界似乎也都睡午覺了。快到路的出口，他輕輕地把車停下來，我坐在車上莫名其妙，他把臉貼在我臉上，輕輕地說，把嘴張開，把舌頭伸出來，我好奇地照他說的去做，他把舌頭放在我嘴裡，很快地攪動了幾下，就又帶我騎著車子走了，我感到莫名其妙，他說，妳別給任何人說這件事，我想這大概也是一件與祕密有關的事，只是我覺得這事沒有剪眼睫毛，往耳朵裡放杏核有趣，我甚至有點害怕，後來他還是常帶我上學，這種事再沒發生，就像是從沒發生過似的。但見了他的妻子我還是感到怪怪的，我曾想把這件事與什麼人說說，但總也找不到合適的人，合適的機會。甚至我下意識地認為，這樣的事，是無論如何不能說的。

還有一件讓我開心的事，在小學老師中有位唯一的男老師，給我們教數學，他下課後，總是坐在我旁邊的座位上與我聊天。他戴副眼鏡，臉圓圓胖胖的，穿著一條的確良褲子，褲子的中線筆直，皮鞋黑亮亮的，一塵不染，沒有任何一個老師像他這樣穿著講究，形象儒雅的，我甚至懷疑他是被批判流放的資本家的闊少，要不怎麼會來當小學老師呢？我不知道他為什麼會與一個小女孩有許許多多的話題，我也忘記了我們當時都說了些什麼，但我和他說話絕對是非常開心快活，他那麼大，我那麼小，我們竟然聊得不亦樂乎，以至於班上同學說，數學老師喜歡上我了。我很得意，能讓老師喜歡，而且是這麼帥的一個男老師，可惜他教我很短一段時間，就不知去向了。

有一座花園的名字叫「記憶」，隨著年歲的增長，花園的草木越長越茂密，需要你不斷修剪、整理，如果細心地灌溉，會長出許多奇異的花朵、高大健美的樹木，園子也會越來越大，當你累了，閒了的時候，就可以到園子裡，轉一轉，走一走，花香掠過，腳步踏著樹影浮動的光斑，仿佛踩著心的鼓點。花園中開得最豔麗妖嬈的花朵當屬玫瑰，帶刺的玫瑰，或者說，罌粟花，帶毒的罌粟。

有一首歌中唱到：「花兒為什麼這樣紅，為什麼這樣鮮，紅的好像那燃燒的火焰，因為它象徵著姑娘純潔的愛情……」

愛情，我想，我大概是個一輩子都在戀愛的女人，從兒童時期對愛與生命的朦朧感知，到青年時愛的壓抑、純潔、錯位；到中年時對愛的反思回味、不斷探尋；到老年了，哪怕我八十歲了，命中註定，我還是會戀愛，為戀愛而活的人，這該是人生美的極致吧！

四、生命之源

生命很可能在一次地震、一次疾病、一次意外中喪失，但只要活著，就該曲折艱辛、精彩豐富，像大海一樣，時而波濤洶湧、波瀾壯闊，時而風平浪靜、靜謐深邃；或像無邊的戈壁沙漠，看似蒼涼、冷酷，卻埋葬著神奇久遠的古老王國，蘊含著無窮無盡的礦產寶藏。

一個男人和一個女人結婚，組成家庭，生下個孩子，這個孩子一天天長大，然後再像自己的爸爸媽媽那樣，結婚、成家，生下個孩子，一代接著一代，生、老、病、死，生命就這樣延續著——當爸爸媽媽的，每天按部就班地忙著自己的事，並不知道孩子的小腦袋瓜裡整天裝著些什麼，他們甚至也不明白為什麼要製作個孩子到這個世界上來，但這個孩子既然來了，就不得不頑強地在這個世界上存在下去，這一點也由不得孩子，沒有人能把握他的命運，孩子自身、父母、他所生存的環境，都不是他所能選擇的。但他卻可以竭盡全力地去追求他所希望的生活，哪怕永遠不能實現。每個人都在裝扮著這個世界，這個世界演繹著紛繁的人生。無論現實是怎樣的庸常、複雜、艱辛，我總是在想，生命應該是個感受激情、感受創造、感受愛的過程。對於一個生命的個體而言，所能做的大概就是永遠懷著一顆探究的心，瞭解這個世界，豐富並創造更美好的世界。

我曾在一篇散文中這樣寫道：「滋養一個人成長的根本動因，大概不是他每天吸收的營養物質，而是他心懷的一種夢想，以及由此經歷的所有人生遭際。」三十多年前，我出生在新疆玉安，也許正是這座沙漠綠洲城市的寧靜自然、樸實無華，讓我對遙遠的未知世界充滿無限的夢想與渴望。未知世界是我的希望之源，對希望的渴盼是我的生命之源。

很小很小的時候，我常常一個人站在家門口，傻呆呆地發愣。院子裡只有幾戶人家，只有在傍晚時分，孩子們都出來玩耍時，小小的院落才會沸騰起來，大多數時候，我只能一個人，遠望白皚皚的雪山，胡思亂想。玉安是個綠州盆地，周圍是山，山上的積雪常年不化，抬頭看山，山頂的白雪與藍天相連，彷彿近在咫尺，但真要走到山下，卻遠得不可思議，或者說根本無路可走。望著遠山，我就常想，山的盡頭是什麼？天地到底有多大？我的那些在北京上海的叔叔、姨姨們此時此刻在幹些什麼？他們周圍當然不會像這裡一樣，有山、有草、有樹、有河，他們也不會像我一樣，整天無所事事，發呆、遐想，他們的生活一定豐富多彩地讓我無法想像。我從沒有見到過他們，但他們的來信、照片，是我凝固、單調生活中的幻想插曲。我這樣時常呆想著，十年過去了、二十年過去了，我依然沒有任何可以走出玉安，到外面世界去看一看的機緣。

讓我想一想，我的童年、少年、我的青春期是怎樣度過的。上幼稚園時，有一次玉安鬧地震，這裡是地震多發區，預報最近兩三個月，可能會發生大地震，於是人們紛紛把床鋪搬到大操場上，仰望著夜空睡覺，那時正好是夏天，玉安的夏天幾乎不下雨，夜空神秘高遠，璀璨的群星像是夜空中無數明亮的眼睛，我的眼睛與星星對望著，怎麼也睡不著……我們居住在怎樣一個神奇的世界上啊，白天陽光普照，萬物勃發；夜晚星光燦爛，寂靜黑暗的世界裡，一切都沉入了夢鄉，唯有星星睜大著閃亮的眼睛，在高遠的天幕中盡情閃爍。大自然從來不曾真正沉默過，在黑暗、寂寞的背景中，彷佛一切都消失了，但群星們開始出場了，它們表演隆重、歡快的舞蹈，閃爍亮麗繽紛的倩影，只有在沉沉的黑夜，你才能去參加它們美麗的盛宴，靜聽它們的歌唱和細語……我漸漸進入半醒半睡狀態，好像隨著夢飛向遙遠的星空，星空有多遼遠，我的夢就有多奇妙……那年玉安並沒有發生地震，但聽說星空特別燦爛是發生地震的徵兆之一。

多年後，我在上海讀研究生，有天，一大早，一位同學專門跑來對我說：「夏雲，我剛剛聽到廣播，玉安附近發生大地震了，妳快問問家裡人的情況怎麼樣了。」我忐忑不安地很快跑到電話廳，戰戰兢兢地給家裡掛了長途，丈夫在那頭若無其事地接電話說：「妳幹嘛一驚一咋的，又不是沒有在玉安待過，看來妳真要變成上海人了。」我一時無話可說，委屈和孤獨湧上心頭。我是什麼人？在玉安，我是異鄉人，在上海，我是外地人。小時候，我不知道什麼是貧困艱苦、天災人禍、任人宰割，長大了，當我明白這一切，希望我的女兒不再受苦，希望我能夠通過自己的努力改變現狀，生活在一個更開放、更文明的環境中時，沒有人理解我，支持我。長時間以來，我總以為自己整天呆想、憧憬，是不是腦子出了什麼毛病？

每個人的心裡都藏著些什麼？為什麼別人似乎總是一副很平靜、很知足的樣子，而我偏偏要有那麼多與生俱來的憂鬱感傷？是誰主宰著世界上人們的思想和行為？生命很可能在一次地震、一次疾病、一次意外中喪失，但只要活著，就該曲折艱辛、精彩豐富，像大海一樣，時而波濤洶湧、波瀾壯闊，時而風平浪靜、靜謐深邃；或像無邊的戈壁沙漠，看似蒼涼、冷酷，卻埋葬著神奇久遠的的古老王國，蘊含著無窮無盡的礦產寶藏。小時候，愛夢想的孩子們，把你們的夢想記錄下來吧，這是孩子回報給這個世界的最好的禮物。三十多年後，有一次，我到黃山去遊覽，晚上住在山上的客店裡，半夜起來，一個人走出房門，周圍的空氣、樹木、天上的星星都像是剛剛從宇宙中誕生出來一樣，新鮮的令人驚異。一顆顆星星又大又亮，就在頭頂上掛著，仿佛伸手可及；空氣清新涼爽得近乎甘甜，仿佛能把人的五臟六腑洗個通透；一叢叢松林，一塵不染，千姿百態，靜靜地吸吮著大自然的養分。這時的我真想躺在地上，與周圍的景觀融化在一起，就像小時候睡在夜空的夢幻中一樣。

懷想童年是件奢侈的事，成年人總是一本正經地教育孩子，讓孩子的天性幻想一點點喪失，直到成為一個麻木刻板的工作機器，直到生活完全規範化、模式化，沒有了情感、樂趣，只剩下功利與感官刺激的行屍走肉。直到現在，我每每走到外面，看到小孩子，我的目光就像發現新大陸一樣，追隨著小孩子憨態可掬、稚嫩天真的神情，內心充滿溫馨甜蜜。

我上小學時，正值文化大革命(※2)，那時的流行詞語是：階級鬥爭要年年講、月月講、天天講。大字報、遊行會、批鬥會，輪番轟炸；挖防空洞，吃憶苦飯、跳忠字舞，熱火朝天。整天吃的是包穀麵餅、清湯寡水的湯麵條，但喊的卻是解放全人類的震撼人心的大口號。上學校讀書，書包裡沒有幾本書，但常常要提著一個大糞筐，裡邊裝著滿滿的糞便，走幾步，要停下來休息一會兒再走，就這樣停停走走，好容易才能把糞筐提到學校去。交糞多的同學，受到表揚，是支援農業生產的先進分子。那時每個孩子家裡都養了雞，要交肥料的時候，把家裡雞窩裡的雞糞收集起來就行了。而我就要為肥料的來源發愁了，家裡從來不養雞、不做飯，一日三餐吃公共食堂，星期天則到維吾爾族人的市場上買包穀饟、牛雜碎、雞蛋等回來，做一餐最好的飯。因為經常要交糞，每家雞窩裡的肥料並不富裕，想求小朋友弄點肥料就特別難，我不得不把找肥料的難題推給媽媽，又哭又叫地一定要讓她幫我把肥料弄來，她帶我到單位的廁所

2　文化大革命，是指一九六六年至一九七六年，毛澤東發動的一場波及全國的政治運動，十年動亂，中國傳統文化遭到徹底毀滅，中國經濟到了崩潰的邊緣。

裡，用鐵鍬鏟小孩子留在糞坑外面的糞便。廁所又臭又髒，看著媽媽默默地一鍬一鍬地為我收集糞便，我心裡反倒孤獨、難過起來。我當時有個最大的願望，就是自己蓋個廁所，把自己每天的糞便收集起來，不管學校什麼時候交糞，我都不會發愁。

那時，小學裡也要開展批林批孔（※3）運動，每個班級要有一個學生在年級大會上發言，我清楚地記得，班主任老師把我叫到辦公室說：「夏雲，聽說妳爸爸是大學老師，讓妳爸爸幫妳寫一篇大批判的稿子，妳在大會上念一念。」我回家鄭重其事地把這件事告訴爸爸，爸爸卻說，妳自己的事情自己做。我便挖空心思自己寫，雖然對這樣的政治運動懵懵懂懂，但我憑著整天時不時地在高音喇叭裡聽到的那些社論、口號，竟然謅出了一篇半長不短的批判文章，那天全校大會，我代表整個三年級學生上臺發言，念著自己根本不懂卻振振有詞的稿子，底下的所有學生也同樣是莫名其妙地傻呆呆地聽著。

我真不明白，我怎麼就能在那樣一個環境中一天天地長大，有時想想，只要是孩子，就是快樂的，因為他們是憑藉著本能與天性存在著。上初中的時候，文革結束了。一位數學老師用整整一節課的時間，給我們講徐遲寫的報告文學《哥德巴赫猜想》，陳景潤的故事，讓我激動不已。以後每次聽他的課，我都像過節一樣，意猶未盡。

那真是一個百廢待興，生機盎然的時期，學校開始認真上課，我和班上的另外兩位女生，學習成績總是名列前茅，我們三個人常常聚在一起，熱烈地交談，沒有人能進入我們的圈子，聽得懂我們的談話，遇到學習上的問題我們就一起去找老師探究。學校組織到農場勞動一個星

3　批林批孔，是指文化大革命中，開展的一項政治運動，借助批判林彪和孔子，以達到清除黨內反對勢力的目的。

期，全班同學男女生分開住在兩個大房間裡，我們三個人卻找了一個放糧食的小房間，名義上是給班級看管糧食，實際上三個人整天住在一起，談天說地，熱鬧非凡，成為班裡同學仰慕的「三劍客」。考高中時，我在全校排名第一，考進重點高中，重點班級，她們兩個，卻跟父母離開新疆，到內地去了。

到重點高中後，我卻像換了一個人似的，十六歲的年齡，內心湧動著莫明的慾望，仿佛有無數的思想、苦悶、情緒在掙扎、波動。可生活卻是死水一潭，每天六、七個小時被一動不動地壓抑在課堂上。開學了一個多月，也沒有真正認識幾個新同學，跟我同桌的一位男生，也是從外校考進來的，長得像個小老頭，從不主動和人說話。人和人之間真是很怪，有些人在一起很快能融洽和諧，而有些人在一起簡直就是風馬牛不相及，我與這位同桌一直就處在一句多餘的話都沒有的尷尬境地。後來我才發現，彼此之間不深交，似乎是這個班級約定俗成的班風。學校運動會，班級沒有一個同學報名參加，每個人都像瘟雞似的，死氣沉沉。高中三年除了討厭的同桌外，我幾乎沒有和其他男生說過話。

老師一個個也像是上了發條的機器，又像是無情無義的冷面殺手，他們除了叫喊著要努力衝刺考上大學之外，幾乎沒有和顏悅色、循循善誘地上過課，外語老師是從廣東請來的，據說是位華僑，可能是懂點英語，但並沒有當過老師，他說漢語我們都不太能聽得清楚，更別說英語了。歷史老師上課，他在講臺上念課本上的重點，讓我們用筆劃下來，然後回家背誦。這種不知來龍去脈、不求甚解，乾巴巴地死記硬背，開始還有點效果，到最後，簡直就是精神折磨……。

沒有什麼課讓我感到愉悅、有趣。我仿佛突然之間喪失了學習的能力，上課做白日夢，根本不知道老師在講什麼。下課沒有要好的同學一起活動、聊天，孤獨的要命，晚上回家，作業不會做，更不想做，東翻翻西翻翻，無所適從，然後就到了睡覺時間，瞌睡蟲爬到身上來，怎麼也趕不走，可覺也睡得不安穩，常常夢見自己題目解不出來，考試不及格，緊張地出身大汗。

第二天上課，老師心血來潮，先要懲罰不聽話的學生。

「沒交作業的同學站起來。」老師嚴厲地說。

我失魂落魄地站了起來，全班就我一個女生沒交作業，其他幾個都是我叫不上名字的男生。

「妳為什麼不交作業？」老師偏偏第一個問我。

「我沒有做。」我老老實實回答。

「妳沒交作業，當然是沒做作業，這還是理由嗎？」

「我不會做。」我再一次低聲說。

「不會做，也不是理由，不會，可以看書、可以問同學。」我不知道老師為什麼和我過不去，全班同學都看著我。

「我看不懂書，也不認識同學，沒有同學願意幫助比自己差的人。」我站在那兒默默地想。

老師並沒有一個個追問下去，他師道尊嚴的威風到我這裡已經發洩完了。

「你們都給我坐下，以後不交作業，不許進教室上課。」

老師訓完話，才開始上課，他講的什麼，我一點都沒有聽進去，只感到無地自容、羞愧難當，我心裡翻來覆去盤旋著這樣的念頭：老師下次再問我為什麼不交作業，我就說，我昨天晚上肚子疼，生病了，所以沒有做作業。那時，我除了破罐子破摔，放任自流外，沒有絲毫辦法。

我討厭這個學校的老師和那種特有的氣氛，我極度厭學，但又不知道該做些什麼事。高三的時候，所有的學生都一門心思地複習考試，炎熱的夏天到了，全班竟然沒有一個女生換上裙子，長袖襯衣、長褲好幾天不換地捂在身上，衣服汗濕了一大片，也沒有人在意，教室裡充滿著鞋子、襪子、襯衣、襯褲的惡臭。除了每天面對厚厚的一摞課本，麻木不仁地死記硬背之外，完全像個植物人。那一年高考，全班六十多個同學，只有一個又瘦又精的小男生考上新疆大學外語系，還有三個人考到內地中專學校，其餘的學生全部落榜。

從七〇年代末起，新疆的漢族人開始大批地返回內地，有人為了調動不惜傾家蕩產，更有人花五年、十年，甚至更長的時間，為能回到內地做努力。玉安的民漢矛盾也開始日益激化，直至發生血腥的暴力衝突。一九八一年十月三十一日，這天下午我像往常一樣五點放學回家，一路上看到一群群的維吾爾族人聚集在一起，我感到很奇怪，但沒有多想，騎著自行車很快回到了家。一個多小時後，父親也回到了家，他神情嚴肅地說，這幾天千萬不能出門，外面出事了。原來，在中午兩點左右，一名漢族小夥子與一個維吾爾族老漢發生爭執，進而動手打了起來，小夥子一把把老漢推倒在地，沒想到老漢再也沒有爬起來。一時間，周圍聚集起越來越多的維族人，在穆斯林宗教情緒的感染下，人們把老漢的屍體用白布包裹起來，由幾個人輪流扛在肩上，在玉安的主要街道上遊行示威，高呼漢族人滾出去，打倒漢族人的口號，到了後來，遊行的隊伍變成黑鴉鴉的上萬人，他們手持鐵鍬、棍棒，只要見到漢人就一擁而上，劈頭蓋腦地猛打，不論男女老幼，這樣的瘋狂亂打一直持續到天黑。玉安城這一天變成了一座恐怖、殘忍的寂靜死城。

此後的一個星期，所有的漢族中小學都停止上課，據說那些天，玉安的醫院擠滿了遍體鱗傷的病人。從那以後的兩三年裡，玉安的漢族人一下子走了一大批。包括學校的老師，特別是高中的老師，能走的都走了。但這場可怕的騷亂事件平息之後，也有一些人並不覺得非要離開玉安不可，無論外界發生什麼大事，他們照樣該吃該睡，鎮定自若。我總覺得父母應該是最有條件趕快離開玉安的人，但他們似乎從沒有動過這個心思。

其實，我在那裡生活多年，也早已經融化到維族人純樸、自然的生活中了。每天早晨還沒有起床，就可聽到遠處清真寺傳來的阿訇呼喚穆斯林作禮拜的聲音，聲音從幾公里之外，橫空破曉，顫顫悠悠地傳來，渾厚、透徹，仿佛天籟之音。每年過節要過兩次，漢族的春節，父母請維吾爾族同事到家裡來喝酒拜年；維吾爾的古爾班節，他們則請漢族同事去家裡做客，每家每戶都會製作非常好吃的點心食品，還可欣賞參與他們那充滿激情活力的歌舞狂歡。平常買東西也都願意買維族人的東西，看他們做生意是種享受，他們總是心滿意足地看守著自己的攤位，放開歌喉，沉醉在自己悠揚自在地吆喝聲中，不管你是否跟他買東西，他總是那麼熱情、爽朗地招呼著、微笑著……賣他們的東西，不會短斤少兩，更不必討價還價，當他們收到您付的錢時，還要雙手合十，在胸前作揖，表示對真主的感謝……但人們的日常生活是一回事，民族間的衝突、國與國之間的戰爭又是另一回事。

從上初中時，我周圍每年都要有幾個人離開玉安到內地去謀生，他們每走一個，就要把我心頭的敏感神經牽動一下。人心思變，好的中小學教師陸續離開，學校的教育水準也在下降。我們那一屆高中畢業的六百多個學生都沒有考上大學，教育局就想辦法，委託玉安唯一的一所高校，辦高考補習班，補習班的老師都是大學最有經驗的優秀老師。他們畢業於名牌大學，卻因種種原因分配到玉安工作。一幹就是三十多年，有一位教數學的老師，儘管年近五十歲，但器宇軒昂，風度翩翩。據說，當年高考，他與他的女朋友，雙雙考進清華，他的女朋友被錄取了，但他卻因為家庭有海外關係，未被錄取。他們依然結了婚，他妻子在清華讀書，他在家帶孩子，妻子畢業後，本來可以留在北京工作，但考慮到他的因素，就到遠在天邊的玉安來教書，玉安缺乏人才，安排他們兩人在同一個大學的數學系工作。他開了高中畢業生當大學老師的先河。他給我們上課時，已經是玉安眾所周知的名人了。因為他的三個兒子，在他的精心培養下，刻苦學習、臥薪嘗膽，那幾年恰逢國家恢復高考制度，真可謂否極泰來，三個兒子，接連都考上清華、北大。

由他們來上課，原先枯燥難懂的內容變得清晰、生動起來，我坐在第一排，總是聽課聽得滿臉發熱、通紅。還有位教歷史的老教師，也已五十多歲，曾是四川一個重點中學的高級教師，離了婚，所以調到玉安工作，我想他是為了變換環境，換換心情吧。他講課講得情緒激動時，忘乎所以、吐沫星子飛濺，有時他會把我們當做自己的朋友一樣，對我們講述一些歷史人物的生活細節，講述他對這些人物的切身體會。我聽他的課，真覺得自己也在經歷動盪起伏的歷史事件。上了幾個星期的課後，他突然意識到應該選個學生當課代表，幫他收收作業，他並不熟悉班裡的學生，這時恰好碰到數學老師走過來，他就要求數學老師向他推薦一個學生，數學老師指著我說，就讓那個臉總是紅撲撲的姑娘當課代表吧。我聽到後，興奮得臉更加紅了。

因為對老師的崇敬和喜愛，我一改以前恐懼、厭學的情緒，第二年考進了大學，儘管考上的是玉安大學，我還是感到，終於能夠告別壓抑、孤獨的高中，多麼暢快。剛進校園不久，有一次，偶爾碰到那位在補習班授過課的歷史老師，他見了我，熱情地迎上來，伸出他的大手，我也激動得不得了，慌忙之中，把自己的左手伸了出來，我以前從來沒有與人握過手，他察覺到握手的方向不對，立刻也換成左手，而我這時卻把左手收回，伸出右手，這樣顛來倒去，幾個回合，最終，他用兩隻熱乎乎的大手，握住我一隻冰涼的小手，用力搖晃著……這是我長到十八、九歲後，第一次與成年男子近距離的接觸。他走了以後，我的左手仿佛被電擊過似的，那股殘存在手上的異性的體溫、力量、友好的情意久久不散。

關於青春的記憶，最觸動人心的竟是那一霎那間的感覺。可憐我長到那麼大，在情感世界裡卻是一個十足的白癡、弱智。要不是在高中畢業後這一年，總算有我暗地裡喜歡的老師，我可能就不會考上大學，生活也許就是另外一種模樣：在該結婚的年齡，結婚生子，除了本能地承受生活的重壓之外，那些不安分的渴望、夢想將永遠埋藏在內心深處，直至消失……。

五、愛的困惑

白雪、白樹，灰濛濛的天，冷風枯草、殘垣斷壁，兩個人就這麼久久地站著，這才叫「談」戀愛，天地有多大，人間有多大，而兩個人的世界，在他們的心中，就足以抵擋一切寒霜苦雨、寂寞孤獨……沒有人打擾他們，只會有人羨慕他們。

剛進大學時，我依然是個瘦弱、羞澀，沒有發育成型的小姑娘，而其他同學，有些來自南北疆的各個生產建設兵團，他們從小幫父母幹農活、做買賣，成熟老練；有些來自家庭較優越的市區，更顯得自信、活潑。而我上街買東西還要讓同學帶路，與售貨員說話，都謹小甚微地不敢大聲說，看到下課後男女同學手握著手，扳手腕，互相比賽看誰的手勁大，我就吃驚地不知說什麼好。班上同學漸漸熟悉後，男女生就開始常常議論誰長得帥、有魅力，誰愛上了誰；而我對涉及到男女感情的問題，總覺得有種莫明的恐懼、神秘。也許小的時候，對男女情感太敏感，記憶中留下了太多家庭不和諧的陰影；也許我還沒有真正與異性交往過，沒有深切感受到來自異性的關懷愛意。當別人津津樂道時，我就想，愛是多麼神聖的事情，他們怎麼能隨隨便便地說來說去呢？

大概是因為大學生活畢竟寬鬆、自由許多，緩解了我高中時的壓抑、苦悶，一學期下來，莫名其妙地，我的學習成績居然排在班級第一，人們這才發現班裡還有一個從來不聲不響的小女生，她是那麼嬌小玲瓏、沉默寡言，大大的眼睛，滿含著與生俱來的憂鬱，像是在永遠地思考著、追問著……。

我多少找回了一點自信，但除了學習，除了和同桌的女生關係不錯之外，我依然是班級裡的局外人。我很佩服我的同桌，佩服包括像我同桌一樣的大部分人，他們遠離自己的父母，每學期都可以乘著長途汽車，走好幾天的路，來到學校。同桌告訴我，她怎樣叫一個陌生人幫她買汽車票，別人不僅幫她買票，還親自把她送到車上。同桌還有不少信件，是考到內地的中學同學寫給她的信。她還告訴我，暑假回家，她以前認識的一個男生向她表示愛意，親了她一口……而這一切對我當時來說，簡直就是天方夜譚。我覺得她才是個真正的大學生，而我的心智仿佛在初中時期就戛然而止，中斷了與人交往，特別是與異性交往的能力，在為人處事、社交情感方面，我簡直不能與班上的同學同日而語。

我聽到一個年輕的老師在與同學們議論，說我是這個班裡的大家閨秀、古典美人，他們的玩笑似乎是善意的，但他們不知道，我自己是多麼封閉、自卑。直到我與坐在我前排的一個男生交往，才打破了我內心的平靜，他叫紀宇，家也在玉安，我們在同一所高中讀書，但以前並不認識，他比我低一屆。他媽媽是小學老師，爸爸是廣播電臺的臺長。我隱隱約約記得，我上小學時，中午不回家，幫著我的班主任老師做家務，能當老師的小幫手是件非常光榮的事。我注意到，在班主任老師家的附近，有一戶人家，母親帶著一個男孩，小男孩非常調皮、受寵，母親長得很清秀、典雅，又很嚴肅、憂鬱。不知怎麼回事，我對這位母親的形象印象極深，我覺得她的神情氣質有點像我媽媽。儘管沒有我媽媽長得那麼美麗，但穿著打扮上更講究，也比我媽媽年輕許多。

沒想到在多少年後，這樣不經意的記憶，發生了作用，這位讓我印象深刻的母親，就是紀宇的媽媽，那個小男孩是他弟弟。紀宇長得很標緻，做事落落大方，坦率熱情，又好像是玩世不恭，把誰都不放在眼裡。班上的其他男生多少有點土裡土氣，他則有種與生俱來的優越、瀟灑的氣質，學校文藝匯演，他表演男生獨唱，那時港臺歌曲剛剛流行，許多人還接受不了，他卻用他那帶磁性的渾厚的嗓音，把這種新潮歌曲演繹得群情激動。歌詞前衛，動作狂放，唱得又一往情深，連外系的高年級學生都對他刮目相看。平時他還愛寫寫小說、詩歌，有才有貌，好事都讓他占全了。這樣出眾的男生當然吸引女生的喜歡，而他又極善於和她們打成一片，他周圍總有一幫女生跟他嘻嘻哈哈、打打鬧鬧。

我一向不善於主動與人打交道，像他這樣眾星捧月的人物，我更不會湊熱鬧，但他坐在我前排，跟同桌僅僅是禮節性的交往，卻總是回過頭來跟我說話，從借用書本文具到討論問題，我不會說調侃玩笑的話，但討論起問題來，卻滔滔不絕，自習課我們倆總是旁若無人地竊竊私語。有時候，下課別人都走光了，教室裡就剩下我們兩人，還在說個不停，後來我們的話題越來越多，說到自己的父母家人，說到小時候發生的一些趣事，特別是當我提到小時候對他母親的印象時，他非常吃驚。從此，我們幾乎無話不談，我們一起聲討在高中時老師的無能，一起感慨如果能考上內地的大學該有多好。有部電影叫《女大學生宿舍》，是根據武漢的一位女大學生的同名小說改變，在武漢大學實地拍攝的，我父親就是武漢大學畢業，又上了人民大學的研究生。這部電影更讓我增加了對父親的崇敬之情，但我不明白，我父母為什麼不會像其他父母那樣望子成龍、望女成鳳，他們總是說，只要能做個普普通通的，有利於社會的好人就行了。我常對紀宇說，我父親是清心寡欲，母親是超塵脫俗，我嗎，最想一個人浪跡天涯。

紀宇看完電影後，深有感觸地對我說：「妳看看，那才叫真正的大學，真正的大學生活。

我們在這個犄角旮旯裡讀書，真不知道能學到什麼？」

「但我們別無選擇，現在又不能退學，在玉安能上個大學就不錯了。先好好把大學讀完，我就不相信我會一輩子待在玉安。」我勸慰他說。

我漸漸感到紀宇雖然受眾人矚目，異性喜愛，平時與同學熱熱鬧鬧，凡事率性而做，大而化之，但他始終掩飾不住自己鋒芒畢露、特立獨行的性格，他學習成績雖好，但並不認真讀書，班級的各項活動少不了他出風頭、襯面子，但他似乎也並不熱衷。他內心總有一股要衝破這個環境的原始衝動，只不過暫時找不到方向目標罷了。也許這正是他與我能談到一起的原因。有段時間，我們倆說著說著，總是最後離開教室，然後一起去吃飯，一起朝食堂方向走去，一走到外面，看到來來往往的同學，從我們身邊經過，我就猶如芒刺在身，話也不會講，動作也僵硬了起來，我怎麼可能和一個男生，在大庭廣眾之下，在眾目睽睽之下，總是走在一起呢？同學們看到會怎麼想？為了掩飾自己的窘迫，以後再要一起離開教室時，我就告訴他，你先走，我還有點事，要等一會兒再走。就這樣，在我們最初交往的時光裡，倆個人就像是做遊戲、擺家家的小男孩、小女孩一樣，輕鬆愉快，又有一點戀戀不捨的情愫。老師講課時，他的後腦勺正對著我，自習課時，他就隨時轉過身來，跟我聊天。我從沒有覺得就這樣下去有什麼不好。

有一天，下課後，我獨自去食堂打飯，一個外系的男生走過來對我說：「夏雲，妳吃完飯後，等我一下，紀宇讓我跟妳說件事。」那頓飯，我不知道是怎麼吃進肚子裡去的，洗碗的時候，不小心把碗也摔在了地上。我不知道將要發生什麼，又預感到肯定會發生些什麼。那個男生倒是很大方，「我們邊走邊說罷。」「我和紀宇小學時就是同學，我比較瞭解他，他年齡不大，但經歷了很多，比我們都成熟，他很喜歡妳，又不好對妳說，所以讓我告訴妳，他想和妳做個朋友。」「我們關係一直不錯，我們本來就是朋友。」我腦子裡一片空白，但故作平靜地說。我不知道他會怎樣理解我的意思，然後像信使一樣向紀宇傳達。他走了以後，我本來應該像往常一樣，到教室去上晚自習，況且晚自習上，還會有一次小測驗。但一想到紀宇也會坐在教室裡，我該怎樣面對他呢？晚風吹過來，帶著陣陣涼意，天色暗了下來，遠處教學樓上的燈光連成一片。我一個人走在校園的一片樹林裡，月光下的林蔭小道靜悄悄的，默默傾聽著我內心深處的喧囂。和他做朋友，不可能，絕對不可能，這就意味著，我們要談戀愛，將來要永遠在一起，這是多麼重大的事情，現在做這樣的決定，簡直就是讓一個啞巴去唱歌，瞎子去彈琴。

愛情，真的對我還很遙遠、很遙遠，我喜歡他，我們在一起的時候是多麼快樂，但如果真要像他所說的那樣談朋友，我們就要遭人議論，老師干涉，父母教導，這一切多麼可怕！真不明白他為什麼還要用這樣的問題為難我？我該向誰訴說我的困惑、迷茫？我該如何面對現在發生的一切？不用說，父母肯定不允許我談戀愛，同學們呢？只要是女同學，對紀宇都有好感，如果我和他在一起，不把她們嫉妒死才怪，她們一定會恨我，離我遠去，讓我成為孤家寡人……我是那樣默默無聞、不諳時事，怎麼可能和紀宇這樣風流倜儻的人在一起呢？已經有那麼多的女生對他表示好感，為什麼他會偏偏向我示愛？他為什麼不能親自對我說他的想法，卻要找別人來說呢？這些錯綜複雜的問題，攪得我昏頭轉向。我不知在外面走了多長時間才回到教室，我覺得自己走進教室時，所有的眼睛都在看著我，我仿佛做了什麼不可告人的事情，無地自容。

這以後的幾天，我和紀宇仿佛商量好似的，誰也沒有主動和誰說話。可是我腦子裡每時每刻都在盤算著，怎樣向他表明我的想法。又過了幾天，我們還是誰也不和誰主動說話，再這樣沉默下去，我會憋死的，無論如何要找他談談，我下定決心，但該談些什麼？在哪裡談？我還是沒有想好。總不能在教室裡談，也不能在校園裡、宿舍裡談，萬一同學們碰見，多麼尷尬。我想只有在家裡了，趁父母都上班，家裡沒人，下午又沒有課的時候，把他叫到家裡來，只能這樣了。星期五下午，全校大掃除後，我告訴紀宇，我家怎麼個走法，讓他務必來一趟，我在家等他。

那時我家剛搬到樓房不久，就在我上大學的校園附近。周圍是一大片農村，上班期間，家屬區裡基本上看不到人影。以前我很少帶同學到家裡來，一是父母對我管得太嚴，不讓我與同學有過多的交往，男同學就更別說了。就是偶爾有同學來，他們也要不停地問：父母是幹什麼工作的？家住在那裡？學習成績如何？等等，搞得同學和我都狼狽不堪。二來家裡的佈局擺設簡單得不能再簡單，毫無生活氣息，跟辦公室差不多，不像同學們家裡那樣熱熱鬧鬧。搬到樓房後，我自己總算有個小房間，房間裡放些花草、貼幾張精美的裝飾畫，書櫥、桌椅、床鋪，擺放得整整齊齊、乾乾淨淨。在自己的房間裡，那麼溫馨、清爽，想幹什麼就幹什麼，真是覺得其樂融融。

我在自己的房間裡等著紀宇，心想，別把他當成男生，就算他是自己最好的朋友，像對待女同學那樣對待他。他進到房間裡，帶著一股風，一股熱氣騰騰的氣息。我給他倒茶水，遞毛巾讓他擦擦汗，然後帶他看我書櫥上的書，很多都是父親的舊書，被我似懂非懂地收集起來，有些是父親上大學時用的書：《簡明世界歷史》、《現代文學綱要》、《哥達綱領批判》、《黑格爾的小邏輯》、《自然辯證法》等等，書紙已經發黃，但書裡面的眉批字跡卻清秀挺拔，總讓我猜想裡面發生的故事。還有些文革期間出版的書，扉頁上大都印著「全心全意為人民服務

——毛澤東」這樣的標語。

我還讓他看照片，那些被我收藏起來的三、四十年代拍攝的古舊照片，上面的人很摩登，我告訴他那些是我母親小時候的照片，其餘的人我也不認識。一切進行地很順利，我們又回到了以前無拘無束的愉快交談中。可當看完書和照片後，我又不知道該幹什麼了。空氣一下子凝固起來，他就坐在我身邊，似乎還沉浸在剛才談話的氣氛中，可我突然無所適從，滿臉通紅，渾身燥熱，我可以清楚地感到自己的臉在一陣陣地發燙，並且變得灼熱不堪。我在心裡不斷譴責自己羞愧難當的窘迫，我想，自己滿臉通紅的樣子，一定很醜，很醜……終於，我說，我們出去走走吧！我們一起走出家門，我深深地吸了幾口新鮮空氣，情緒平靜下來。

「我帶你去走走以前從來沒有走過的地方吧！」我恢復了常態，快樂地說。

正值初春季節，我們沿著農村的田間小路慢慢走著，午後的陽光還很燦爛，照射在剛剛抽芽的嫩綠樹葉上，樹枝隨風顫動，灑在樹葉上的光斑，一陣一陣，有節奏地傳遞到溫濕的空氣中，撲灑在冒著地氣的土地上……我們一直走到很遠很遠，跨過清澈、奔騰的季節河，走過維吾爾人的農舍、果園、墓地，穿過茂密的灌木叢……但我們的談話不外乎還是學校裡的那些事。周圍純樸、自然的景觀，這樣天馬行空的談話，這一切本身已經讓我們非常滿足了。這個下午，我們都很開心，前段時間壓在心頭的困惑，仿佛從來沒有產生過。

臨走的時候，他問我：「明天是星期六，妳有什麼事嗎？」

「沒有。」

「那我們一起到疏勒縣城去一趟吧，那裡的書店裡有很多好書。」

「不行，不行，我爸爸媽媽肯定不會同意我隨便外出的。」我趕緊回絕他。

他似乎感到有點突兀，但馬上換一副毫不在意的樣子，高高興興地走了。他走後，我的心思又在我們剛才相處的一舉一動、一言一行中，回還往復，細細體味了許久、許久……我完全沒有向他表達清楚我的意思，我們還是停留在同學之間純潔的友誼之中。我想，這樣就足矣了。因為進一步怎麼發展我自己也不清楚。

接下來的每天，上課、讀書、吃飯、睡覺，大學生活更像是武林中人在深山老林裡的修煉，整天與古人先哲做精神交流。可惜的是，這裡的大學，好教師陸陸續續都離開了，老師上課大都是照本宣科，沒有自己的多少真知灼見，學生學起來也不過是為了混個考試成績。從大二以後，我再也沒有認真聽老師上過課，隨心所欲地看自己想看的書，到考試的前幾天，找同學的筆記抄一抄，背一背，成績照樣很高。有個教語文教學法的老教師，整天熱衷於找班團幹部談話，上課卻還把文革時期流行的假大空的詩歌做為範例，讓同學們欣賞。我內心對他厭惡之極，但作為學生還不得不對他表示尊重。到考試的時候，他卻來了很厲害的一手，不僅要看考試成績，還要看平時上課記的筆記。許多同學的筆記都是厚厚的一本，讓我看來，都是些可有可無的廢話、空話，他卻裝模做樣地講了一學期。補這樣的筆記毫無意義，但又不能沒有這門課的成績，我靈機一動，既然老師上的還是幾年前的舊內容，那麼，高年級同學的筆記也應該與我們的一模一樣，我找了個老實巴交的高年級學生，把他的筆記借來，換了封面，寫上自己的名字。反正像這種課的筆記他也不會保留。這門課我依然得了優，這是我唯一的一次比較成功的作假。

有時想一想，大學生活，學習知識是一方面，更重要的是在步入社會，獨立謀生之前，在生理、心理上有個更好的緩衝、積澱期，這時候同學之間有更自由、更廣泛地接觸，也不像中學生那樣整天埋頭讀書，與社會基本脫節。事業有成、家庭幸福，成了每個人對未來的基本定位。尤其是女孩子，以為大學畢業再找對象，很難找，耽誤了終生大事，於是每個人心裡最需要解決的問題就是戀愛問題，大學真是個戀愛的烏托邦，一群群朝氣蓬勃的俊男倩女們，讀書、聚會、聊天，歌唱、跳舞……在豐富多彩的活動中自然而然地物色著自己的心中偶像。大二正是戀愛的大好時節，當別人都在躍躍欲試、進行戀愛熱身賽時，我還徘徊在對愛情的迷茫困惑中，不知情為何物。紀宇幾次邀請我一起出去玩，我都拒絕了，我還是對兩個人的進一步發展感到為難，我們又恢復到以前幾乎不說話的尷尬境地。

一天紀宇鄭重其事地對我說，下午到他宿舍去一趟，我們再好好談談。一進男生宿舍的大門，我就不自在了，空氣裡散發著垃圾、髒衣服、汗臭、霉濕的混合氣味，走過每個房間，到處擁擠、髒亂不堪，被子胡亂堆在床上，床單黑糊糊、皺巴巴的，六個人一間屋子，衣物、書籍、碗筷到處都是，簡直像個難民集中營。到了紀宇的房間，他正站在門口迎我，房間裡就他一人，地上灑著水，桌子也剛剛擦過，窗外吹進的涼風，讓我心裡稍稍安寧了一些，我們面對面坐著，一時不知該從何說起。

紀宇終於單刀直入地先開了口：「上次妳讓我到妳家去，我還以為妳已經同意了呢，我們在一起談論了那麼多的話題，早已超過了一般同學的關係，我真不知道妳是怎麼想的。」

「我爸爸媽媽不會同意的，而且這個問題讓我現在回答真的很難。」

其實我從來沒有徵求過父母的意見，不是不想，而是簡直沒法開口，我沒有對任何人說過這件事。愛情對我來說，簡直就是神聖、神秘、遙不可及的事，是應該認真對待，仔細考慮的終身大事，我怎麼也沒想到他會來的這樣突然、突兀。

我其實很喜歡紀宇，甚至到了日思夜想的地步，哪天他沒來教室，我心裡就會不斷地做一些荒唐的推測猜想，他的社會活動很多，精力充沛、膽子又大，不在教室、圖書館讀書，會到那裡去呢？我把握不住他，就像剛睡醒的眼睛無法適應五顏六色的強光一樣，我真不明白愛情、婚姻是怎麼回事，我起碼不能像我父母親那一代人那樣，成家後，不是吵吵鬧鬧，就是百無聊賴，不是夫唱妻隨，就是紅杏出牆，我要建立一個真正和諧美滿、忠誠可靠的家庭。紀宇真的值得我去承諾嗎？而我自己又真的能讓紀宇滿意嗎？

一觸及到這個敏感話題，我們就像兩國首腦軍事談判一樣，嚴肅、沉重。紀宇點了一隻煙，默默地抽著，一副既痛苦又玩世不恭的表情。他怎麼也學會了抽煙，我心裡又是一驚。面對他的直率、老練，我仿佛成了羞怯懦弱、犯了錯誤的小姑娘，我如坐針氈地等待他能打破僵局。他再也沒說什麼，似乎對我們交往這麼長時間，卻變成這樣一個結果，感到很失落、很痛苦。他自信、瀟灑、多才多藝，使得那麼多女孩子崇拜他，沒想到卻在我這裡，自尊心受到了挫傷。其實我比他還要難受，難受的是我沒有信心、更沒有足夠的膽量面對他的表白。我們倆都過於沉重封閉和小心翼翼，反而撞擊不出愛情的火花。

一切都將結束，朝夕相處的眷戀，無拘無束的談話，百思不得其解的困惑……當我從紀宇的房間走出，心裡空落落的，總算卸掉了一個沉重的思想包袱，有點徹底解脫後的輕鬆，又有點令人窒息的感傷、憂鬱。第二天上課，他一臉嚴肅地把我借給他的一摞書還給我。我們真的就這樣結束了嗎？我想挽留點什麼？卻又說不出口。回去後，我也整理出他給我買的、借的書，如數還給他。別說我愛你，不是不想說，而是太想說，而不敢說。愛情，當他第一次敲響一個人的心靈時，那番痛苦甜蜜、幽思懷想是怎樣地讓人說不清、道不明……。

大二下學期，紀宇很快就進入了真正的戀愛狀態，同班一個很出色的女同學，對他一往深情，但沒有得到他的回應，他喜歡上了低年級一位女生，那女孩兒身材嬌小、五官精緻，一副純情、美麗、聰慧的模樣，是讓人一見就會眼睛一亮的那種人。他們真是才貌雙全的一對戀人，常常旁若無人地相擁著走在一起，成為眾人既羨慕又嫉妒的一道校園風景線。當時學校雖然沒有明文規定不許大學生談戀愛，但多少有些忌諱他們這種卿卿我我的行為。在一次班會課上，大家辯論大學生到底是在校談戀愛好，還是工作以後再談戀愛好？一些同學不置可否，大部分同學主張現在考慮這個問題不切合實際，只有紀宇一個人堅持自己的戀愛主張，還和同學據理力爭。他就是這樣不同凡響，敢作敢為，我自愧不如，但在心裡很是佩服。紀宇沉浸在他戀愛的甜蜜中，當然不會在乎我的感覺，就這樣，我一天天地看著他戀愛，也慢慢修復著自己退縮、膽怯的感情經歷。

有一次，大雪天，四周寂靜潔白，我遠遠地看見他與他的女友一動不動地站在雪地上，幾個小時後，我再次經過那裡，他們還在白茫茫的雪地上，原地不動，吵架了？賭氣了？纏綿悱惻，難分難捨了？男女生宿舍進去都是要登記的，校園裡可沒有供學生談戀愛的場所。平時兩個人走在人群中，見得多了，也不覺得什麼，現在，冰天雪地，人們都躲在教室、宿舍裡，他們無處可去，要想在一起，就只能在空曠寒冷的天地間，互訴衷腸了。白雪、白樹，灰濛濛的天，冷風枯草、殘垣斷壁，兩個人就這麼久久地站著，這才叫「談」戀愛，天地有多大，人間有多大，而兩個人的世界，在他們的心中，就足以抵擋一切寒霜苦雨、寂寞孤獨……沒有人打擾他們，只會有人羨慕他們。我想，是否與紀宇在一起，已經不重要了，重要的是每個人都需要戀愛，應該戀愛，真誠地、全身心地愛一次，讓自己成長、昇華，哪怕它是痛苦的、沒有結果的，只要喚醒了心中真誠的愛意，它就是美麗的、動人的，還有什麼比愛一個人更重要，更讓人心潮激盪的嗎？

大四的時候，紀宇和他的女友分手了，後來他與同班的那位對他緊追不捨的女生結了婚，再後來，聽說他離婚了，這並不奇怪，像他這樣的人是無論如何不願受清規戒律束縛的。我們同時留校，在一個系裡工作，告別了大學時代的浪漫，生活更加實際無聊、日復一日，當大家不得不為養家糊口兢兢業業時，他離開新疆玉安，去海南（※4）開創另一片新天地了。

4　一九八三年深圳特區建立以後，一九八八年又成立了海南省。

六、紅莓花兒開

他讓我那麼放心、那麼快樂，就是因為他是真正珍愛我的人，他珍愛我遠遠勝過他自己，也遠遠勝過我對自己的珍愛。

我們從沒有真正「做愛」，但愛的感覺已深入我的肉體、血液、骨髓——那是我一生中最快樂的時光，愛是一種營養，一種青春的濃烈氣息，一種純而又純的芬芳的情愫，可以把一個女孩和一個男孩滋潤成天底下最美麗幸福的人。

「田野小河邊紅梅花兒開，有一位少年真心使我愛，我不能開口對他表白，滿懷的心腹話兒沒法講出來……」

《紅莓花兒開》，這首五〇年代流行的前蘇聯民歌，那深情、甜美的旋律，純樸、自然的唱詞，大概是八〇[※5]年代初，戀愛中的少女心態的最好注釋。二十歲的那一天生日，我唱著這首歌，袁泉彈著吉他為我伴奏。宿舍裡的所有同學都為我祝福生日。我的生日在七月六日，正是每年期末考試的時候，所以很少過生日。只記得小時侯，有一次，我因為什麼事情哭得很傷心，媽媽說，別哭了，今天是妳的生日，生日的這天哭鼻子，就永遠長不高了。我忍著不哭，生怕自己長不高。父親總是說我，妳知道自己最大的缺點是什麼嗎？就是愛哭鼻

5　一九七六年中國結束了文革十年，迎來了改革開放的大好時期，在一九七九年至一九八九年間，稱為改革開放的初期，政治經濟思想文化，發生了巨大的轉型和變化，這段時期，稱為八〇年代。

子。那時侯過生日沒有蛋糕、沒有祝福。但唯一想起生日的那次告誡，讓我覺得自己一下子變大了，以後就真的很少哭了。

這是我第一次像模像樣地過生日，完全是袁泉一手操辦的，他與我們宿舍的每個人都混得很熟，大家湊錢買來五花八門、各式各樣的水果、糖果、糕點，直接把晚飯帶到宿舍裡來吃，每人多打兩個菜，桌子上熱熱鬧鬧地擺滿了吃的、喝的。天黑下來了，我們不開燈，點上蠟燭，一群喳喳忽忽的女生，圍坐在桌子旁，就他一個男生，先是他一曲接一曲地彈唱，他吉他彈的很棒，是自己琢磨著練出來的，嗓音低沉而韻味十足。我很少在眾人面前唱歌，但有首歌我已經不知道在心裡為他唱過多少回了。

輪到我了，我說：「我就唱一首〈紅莓花兒開〉吧。」

放開歌喉的一瞬間，我投入了全部的感情和專注，大家靜靜地，仿佛是在聽演唱會似地，被歌聲感染激盪……袁泉彈得也很入神，一種幸福在我們倆中間化開，也傳遞感染給在座的每一個人。就在我剛剛從與紀宇的感情低迷中緩過神來時，袁泉走進了我的生活。

那天，一個同學讓我陪她到語言系的男生宿舍去借一臺答錄機，宿舍裡有三個男生正在打掃房間，他們都是從烏魯木齊考到玉安來的，從烏魯木齊到玉安要坐三天三夜的汽車。或許是大城市長大的孩子，生活上要講究些，他們的房間比別的宿舍要整齊得多，人也顯得大方、靈氣，其中一個男生熱情地為我們倒茶水，他是個英俊的男孩，戴副眼鏡，眼中的笑容從鏡片中閃爍出來，嘴型很好看，始終掛著微笑——那是張多麼優雅聰慧而有個性的嘴，笑容從他的眼神、嘴角傳遞到周圍的空氣裡，整個房間都洋溢著清新、喜悅的氣息。我們借好答錄機就走了，可他的笑容卻在我的心頭久久不散，怎麼會有這麼青春的男孩，白皙的皮膚、燦爛地一笑，露出一排潔白整齊的牙齒，動作又是那麼敏捷、灑脫、雷厲風行。後來，我在打水、打飯的路上偶爾遇見他，他穿著西裝，打著紅色的領帶，風度翩翩，走路腳底生風，比誰都快，遠遠地向我走來，我以為一面之交，他不會認識我了，但見了我，又是燦爛的一笑，我也對他由衷地一笑，整個世界似乎都被我們的笑容照亮了，心裡舒坦坦、暖融融的。

八〇年代有一首歌唱到：「我一見你就笑，你那翩翩風采太美妙，和你在一起，永遠沒煩惱。」我想，這首歌簡直就是給我們寫的。改革開放初期，人們開始摒棄批判揭露、火藥味十足的「革命」姿態，開始對人的感情世界中一些美好的東西給予承認和關注，轉而呼喚人道、人性。開始有了許多早以絕跡了的休閒娛樂生活。比如：跳交際舞、滑旱冰、看西方的電影、描眉畫口紅、照藝術照等等，學校裡最熱鬧的是學跳交際舞，誰要會跳，或敢大膽去學，就會成為頭條新聞。我一直有點納悶，一個男人和一個女人，根本就不認識，怎麼就牽手搭背地在一起跳舞呢？等許多同學都學得差不多了，看看大家都很正常，也很開心，我也就去湊熱鬧。每個週末，舞廳裡人滿為患，有的在旁觀看，有的盡情地跳，女生以被眾多的人邀請為榮，男生則希望在這樣的場合找到自己中意的對象，只要有男人與女人同時存在的地方，就有戲看，況且又是這麼多的男女聚在一起。以前人們聚集在一起的場合是開大會，大家正襟危坐、不苟言笑，聽著上面的領導長篇大論地做報告，報告完後，還要真正嚴肅地討論。舞場上可不一樣，男人女人們各個風姿卓著，精神振奮，音樂響起來，旋轉、揮動、飄起來、狂起來——僅憑這一點，我寧可跳十次舞，也不願開一次大會。

從這時候起，人們的心靈、情感才開始復甦，個性、自由、自我意識等等新鮮的名詞層出不窮。只是許多人並沒有清醒地認識到這一點罷了。我媽媽就說，現在怎麼又和解放前的三、四十年代一樣了，她對那種整天打牌、搓麻將、開舞會、穿時裝的生活早有領教，理想著革命、平等、艱苦創業，沒想到，三十年河東，三十年河西，一切又都回來了。一個人是無法對時代和社會做判斷的，就像一隻樹上的螞蟻，看不清整個大樹一樣。

週末，要在往常，我總是回家，做一做家務。現在，則希望在舞會上有一點奇遇，學校裡有民漢兩個大食堂，週末，就變成了舞廳，既可營利，又提供了學生娛樂。舞會剛開始，還是看的人多，跳的人少，漸漸的，會跳不會跳的，都像下餃子似地在舞場裡蹦達、沸騰。女生總是被動地站在那裡，讓人挑選，仿佛約定俗成似的，男生則像機警的獵犬，很快就能判斷出哪個女生更有魅力，所以常常是漂亮的女生忙都忙不過來，有些女生卻常常受冷落。怎麼人類進化了這麼長時間，還跟動物似的，難道女生就不能落落大方地請男生跳舞嗎？我不怕沒人請我跳舞，但我更願意自己選擇舞伴，可惜舞場上沒有女生這麼做，我也就忍著不敢去做。我總有些大膽、超前的想法，但在行動上卻是最懦弱的。

可見世界上真正的大事並不太多，往往能夠改變習以為常的小事情，就意味著有一個重大的發現和創造正在孕育。在中國再有才華的女性，也不願意承認自己是女權主義者。仿佛一提到女權就會被誤認為沒有女人味、壓迫男人，殊不知女權不過是女人作為一個「人」的真正覺醒。八〇年代初，女權這個詞還沒有傳到玉安，但我相信，凡是女人，都希望自己能更自由、更健康、更主動地生活，女權實在是一個女人作為人的本能要求。

不一會工夫，我就看到袁泉也在舞場上，只要看見了他，其他人都黯然失色。跳完一場後，我走到他附近，卻裝著沒有看見他。他一看到我，就徑直走過來請我跳舞，看來他也沒有把我當成偶然相逢，欣然一笑的路人，我興奮極了，他的臉上又漾起我熟悉的笑容：優雅、明快、燦爛……其實他是剛進校不到一年的新生，我已是三年級了，但他總是衣冠楚楚，動作矯捷明快，一個人獨來獨往，彷佛有幹不完的事情，一副朝氣蓬勃、胸有成竹的樣子。

一圈跳完後，他從衣袋裡掏出手娟，遞給我擦汗，大廳裡熱的讓人透不過氣。我再一次被他感動，接過手帕，心裡馬上想到的是，我用完了，一定給他洗乾淨，然後，還要買一個新的手絹送給他。男孩子隨身帶手帕的不多，像他這樣主動把手帕拿出來給女孩子擦汗的恐怕更是微乎其微。我希望他再次請我跳舞，但又不太習慣這種嘈雜、擁擠的氛圍，這時他說：「我們到外面走走吧，外面空氣好一些。」這正是我想要說的話，不好意思說，被他一下子說出來了。心有靈犀、一見鍾情、情投意合，我相信每個人身上都會有一個特殊的裝置叫情感密碼，總會有一個你不曾預料，但在冥冥之中與你心心相映的人，在不經意處，突然撥通這個密碼，然後周圍的一切都以你們為中心發生變化，這時候最希望做的事情就是兩個人跑到荒島上去，天天在一起，不受任何人的打擾。人與人之間就是這麼怪。

刻意追求的情感是值得懷疑的，但是這種純自然的感情呼應，太純潔、太珍貴，因為誰也不願意傷害誰，而不敢向前多邁進一步；或誰都以為可以互相包容，彼此諒解，反而失去永遠在一起的機緣，有一種感情注定要撲朔迷離、柔腸寸斷——愛是自然、理想、純潔、善良、詩意、超塵脫俗、一意孤行、忘乎所以，愛要以婚姻做為終結，就變成愛，要以婚姻為終結，就要經受世俗的磨難與考驗。而有多少年輕人能夠明瞭愛情與婚姻的真諦呢？有一種愛只適合收藏和懷想，這就是發自內心的平等的真愛：彼此都能釋放最大的能量帶來無限的快樂。如果說，以前的婚姻是為了種族的繁衍，人們的一生主要是為了養育後代而嘔心瀝血，現代的婚姻為什麼不能成為愛的方舟，載著人們體驗更多的幸福、歡樂；自由、創造；激情、夢幻；溫馨，寧靜——就像純美的戀愛本身那樣。知道一個人是否幸福，就看他是否真心實意地愛著一個人，或正在從事自己深愛的事業，全身心投入，如癡如醉，忘乎所以。

那一年，是我最幸福的時光。袁泉和我從舞廳走出來，這是我們多少次會心微笑後，第一次暢談。他考大學發揮失常，填報志願，本來普通大學一欄未填，想第二年再考自己中意的重點大學，但父母怕他壓力太大，勸他報了玉安大學，誰想到恰恰就被這最後墊底的學校錄取，想重考也沒有機會了。他被語言系錄取，學維吾爾語，這是新疆的特色，當時的語言系沒有英語、日語等外國語課程，而是學少數民族語言，從烏魯木齊到玉安已經夠失落了，再上個維語專業，更覺得前途渺茫。

我說：「看你整天神采奕奕，笑容燦爛，沒想到也會有這麼多無奈的故事。」

他輕鬆地笑笑：「不管怎麼說，遇到妳，讓我感到一種從未有過的淡定、清新，妳比我大兩歲，我就認妳做姐姐吧！」

「好呀，我本來就有個弟弟，小的時候聰明可愛極了，可是長大了以後，卻不再願意上學，真是非常可惜。現在又有你這樣個弟弟，真是太好了。」

我真是希望有他這樣個弟弟，我們可以經常在一起，卻不會被別人議論。我現在才知道，為什麼以前的農村人談戀愛，總是以姐弟、兄妹相稱，既親近，又含蓄，到一定時候，水到渠成，相伴一生。可那時，我想的絕沒有那麼遠，認他作弟弟是件多麼輕鬆、自然，而又愉快的事情，我們一起在校園裡走了很長時間，夜色籠罩著我們，心裡卻明亮、充實。道別的時候，我們已經知根知底，無話不談了。

袁泉和我在一個教學樓裡上課，教學樓旁，有個很大的蘋果園，課間的時候，我經常從那裡經過，突然間就會被一個人叫住，回頭一看，是袁泉，我們就到蘋果林裡的長凳上坐下，說幾句話，預備鈴一響，又趕緊往教室跑。後來，我們開始一起在圖書館上晚自習，別看我是中文系三年級的學生，但他的英語和中文都比我好。聽中文系老師上課，讓我反而對文學提不起興趣，儘管考試成績很高，但總覺的自己似乎什麼也沒有學到。袁泉說，妳何不想辦法考考研究生呢？二十年前，只要能上個大學，就是寶貝人才，讀研究生的人微乎其微，在玉安，還沒有本科學生直接報考研究生，倒是有一個政史系的老師考上了研究生，正在與已確定關係的女朋友鬧著分手，一時間沸沸揚揚，人們都站在正義的立場上，勸說他們不要分手，據說，導師對這種道德品質有問題的人也是不予錄取的。那個老師最終離開了玉安，但不知道是不是去讀了研究生。

對，考研，我計畫著自己的未來：二十三歲大學畢業，二十六歲研究生畢業，然後，結婚生孩子。結婚的年齡不能太大，否則沒人要；也不能太小，早早地就生一大堆孩子，簡直不是人過的日子。袁泉也是我考研的最大動力，他總是說，烏魯木齊比玉安乾淨多了，出門還可以坐公交汽車，不過，為了和妳在一起，我願意畢業以後，留在玉安。當時，玉安滿街跑的還是馬車、驢車，要出遠門，就乘維族人趕的馬車，鞭子一揮，馬奔跑起來，一顛一顛的，跑得人既興奮又擔心。

我們從沒有談婚論嫁，甚至哪怕是牽一牽手，可他的這些話讓我覺得我們真的離不開。而要想和他在一起，我必須離開玉安，到更好的地方去發展，這也正是我長久以來的夙願，我決不會讓他為了我，再做出錯誤的抉擇。對於即將畢業的我來說，考研成了我一切生活的中心，儘管讀的是文學專業，但老師照本宣科的上法，讓我對文學失去了應有的興趣。考新疆大學哲學系的研究生，一個念頭冒了出來，讓我又驚又喜又怕，怕的是哲學系本科四年的教學，我從未涉獵過，卻要考研，簡直是天方夜潭；驚喜的是，平時在家亂翻父親的書，多少接觸了些哲學，現在突發奇想，總算找到了根考研的救命稻草。

每天晚飯後，袁泉早早就到圖書館占好座位，我們一起看書學習，我借來一摞摞書，狼吞虎嚥地看，一段一段地寫讀書筆記，有時文思泉湧，有時又為書中的精彩段落拍案叫絕，即使書太多不知從何入手，有些內容也看不大明白，但也會因為有他在身邊，而慢慢平息焦慮的心情，然後鼓足勇氣繼續努力。

每次到圖書館要關門的時候，我們才離開。晚上校園裡已經沒有什麼人了，大家陸陸續續都回到宿舍上床睡覺，我們倆還興致勃勃邊走邊說，他把我送到女生宿舍門口，然後互道晚安。我躡手躡腳地進到宿舍，很快進入了夢鄉，連睡眠都帶著滿足的笑容。這樣充實美好地過了一個學期，就到了放寒假的時候，他回到烏魯木齊的父母家，我留在玉安，依然發奮讀書，《哲學原著選讀》裡面的有些篇目，讓我體驗到人類歷史上最智慧最偉大的思想閃光，人類正是因為有了這些哲學、歷史、科學、藝術才顯示出無窮的魅力，這些知識才真正是讓一個人強大、高貴、睿智的源泉。每天晚上我躲在自己的房間裡，一看就是一宿，從不知道疲倦。

他回到家後，一連寫了五封長長的信給我，把他的熱情和思念像潮水般地宣洩出來，我一遍遍地閱讀，他像平時那樣稱我雲姐，我也習慣於把他當成自己的親弟弟一樣看待，但信的內容卻燃燒著激情、渴望、夢想……讓人百讀不厭、百感交集。都說少女純情，而男孩子的純情、癡情才真是像水晶般透明，像星空般深邃、璀璨，我幾乎無法確認，像他這樣率性、透明、機靈、純情的男孩到底是現實中的人，還是我的感覺出了差錯。

離開學還有好幾天，他突然到我家來了，那時還沒有電話，我怎麼也不會想到他自作主張地竟然找到了我家。父親開的門，父親新近提拔為玉安大學的書記，但他真正感興趣的還是教學科研，上午一律備課、上課，會議、政務安排在下午，請客喝酒徹底回絕，一切按照決策者統一的思想辦，毫不妥協，他的名言是：一正壓三邪，以不變應萬變。別人背地裡叫他夏馬列，有的人非常敬重他，欽佩他，有的人對他恨之入骨，又無可奈何。

有一次，一個維族老師為了感激他，叫自己的兩個孩子送來兩個大甜瓜和一桶清油，孩子們話也不說一句，把東西往門口一放下就跑走了，父親不得已把東西拿回家後，又硬是和母親商量，找來一塊很好看的布料叫我再給他家送去。布料的價值遠遠大於別人拿來的東西。我常常為類似這樣的事情生氣，別人總是算計著怎樣占點便宜，我父母卻永遠不識人間煙火。我們家除了過年過節大家互相拜個年外，幾乎沒有什麼客人。袁泉的突然造訪可想而知。

父親打開門，一個從沒見過的男孩。

「你找誰啊？」

「夏雲。」

「她不在。」

「我是從很遠來看看她的，她到那去了？」

「她剛出去，現在不在家。」

「那我可以進到房子裡等等她嗎？」

「你是誰呀？」

「伯父，我是她最要好的朋友，要不我就在門口等等她。」

父親不得已把他讓進房間。

「伯父，我是玉安大學語言系的學生，我知道你是咱們學校的書記，你一定很忙，我到夏雲姐的房間等她吧，這樣就不會打攪你了。」

他機警地看看幾個房間，像主人一樣，徑直到我房間的書桌旁坐下，竟然興致勃勃、心定氣閒地翻起書來。

像這樣隨隨便便就進到人家，還東翻西翻的人，父親怎麼受得了。

過了一會兒，父親說：「你還是快回去吧！」

「沒關係，我再等一會兒。」

父親一下子火了起來：「你趕快走，趕快走，我們家不會有你這樣的客人。」

父親幾乎是把袁泉轟著趕出了房間。

當我回到家後，父親還在惱羞成怒地說：「那是什麼人啊，一點不懂規矩，進到房子來東翻西翻，沒有教養，以後不許和這種人來往。」

袁泉闖了大禍，他是無辜的，他受到了多大的委屈，只有他自己內心清楚。我難過極了，本來在父母的影響下，我與男同學接觸就很少，現在和袁泉好好的，以為一切都很正常、快樂，誰想到，就這一下，袁泉的形象被徹底敗壞了。父親儘管剛正不阿，但他已習慣了人們在他面前正襟危坐，不苟言笑。在家裡一切由他說了算，母親幾乎永遠沉浸在自己意想的世界中，弟弟很怕他，他的過分嚴厲，讓弟弟感到自卑，永無出頭之日。我直到上大學後，才敢與他討論問題，正面交鋒，但他一生氣起來，怒目圓睜、咬牙切齒，恨不得讓你粉身碎骨，沒有人不怕他的。我可以想像他對袁泉的態度是怎樣地不近情義，也可以想像他要是知道了我與袁泉的關係再發展下去，會有什麼結果。

見到袁泉我提起這事，他似乎並不太在乎，只是說，我太想妳了，所以很衝動地闖入妳家，不巧妳不在家。他說，他放假回家，每個星期都有一大堆男男女女的同學聚在他家裡，很是開心，沒想到，妳們家的氣氛那麼嚴肅。我這才釋然。我們還是像以前那樣一起在圖書館看書，有一天，下了晚自習，夜晚的空氣中突然飄灑起涼涼的雨絲，玉安幾乎一年四季不下雨，我們倆都很興奮，他突然摟住了我的腰，繼續往前走，我心裡湧起一股濕熱的暖潮，身體不由自主地靠在他懷裡，他隨即捧起我的臉親了一口，然後，微微一笑，又擁著我向前走，我們激動地誰也沒說話。到了宿舍門口，我真希望他再吻我一下，月光下，我們四目相對，這是我長大以後，第一次與異性接吻。小時侯最甜蜜的感覺就是媽媽親我，我總覺得她身上有股淡淡的香味，現在，眼前這個清純的男孩子給我的吻讓我陶醉不已。他沒有像我希望的那樣繼續纏綿，而是非常憐惜不捨地說了聲晚安，好好睡一覺，目送我離開。

第二天，他見到我說：「上帝懲罰我了，我不該親妳，昨晚上我的牙齒疼了整整一夜。」難道我們真的做錯了什麼嗎？他給予我的不正是我所渴望的嗎？我喜歡他這樣浪漫自然天真無邪地愛，因為有他，我變得自信、開朗、美麗，我變得不再在乎別人的目光、議論，我感到了從來沒有過的幸福。我堅持陪他到醫院看牙齒，走在去醫院的小路上，周圍是一片片廣闊的農田，陽光明媚，萬物生機勃勃，走著走著，迎面遇到兩位給我上課的年輕老師，平常我們常聚在一起聊天，我與高采烈地向他們招呼著，好像在洋洋得意地向人宣告，我有男朋友了，我戀愛了。我無所顧忌地戀愛了，週末我們一起去看電影，有時也去參加學校裡舉辦的舞會，他只和我一個人跳，我們的眼神、表情、舉止都在告訴人們，戀愛是多麼美妙的事情，只要是我們兩個人單獨在一起，就不停地擁抱接吻。把對方融化在嘴裡，甜蜜在心裡。戀愛的感覺儘管看不見、摸不著，但卻可以讓人感受無以倫比的快樂。

有個週末，我決定帶他到我小時侯住過的地方去看看，我們倆一人騎一輛自行車，帶著乾糧、水果、水，走了很遠的路，基本上穿越了整個玉安城，到了地方一看，單位的果園不見了，我家住的平房也不見了，周圍沒有一個認識的人，我父母那一輩的老人都基本上離開了玉安。我告訴他，我小時侯常去的一個地方叫天梯，從一個高高的山坡下去，是一片有山、有水、有樹、有草的世外桃源，景色美極了，就在離單位不遠的地方。我們把周圍的地方都找遍了，也沒有發現。終於看到一個大下坡，坡下是整齊的農田和茂密的樹林，也許，天梯真的消失了。走下山坡，我們緊挨著坐在田埂邊上，四周沒有一個人影，他摟著我，給我唱歌：「輕輕地捧著你的臉，為你把眼淚擦乾，這顆心永遠屬於你，祝福你幸福常在……」他唱一曲，我唱一曲，唱累了，一起吃帶來的食品，一起在這無人的地方享受只屬於兩人的溫馨，直到太陽落山才往回走。

過了一段時間，學校裡就開始議論紛紛，說，袁泉是夏書記的乘龍快婿，有一位年老的女教師專門找我談了一次話，說戀愛婚姻是件必須慎重的事情，女的找比自己小的對象，以後肯定會吃大虧，又舉出了很多女大男小婚姻失敗的例子。袁泉的班主任老師也找到我父親彙報情況：袁泉學習成績極差，好幾門課不及格。平常沒有組織紀律性，自由散漫，還說謊騙人。父親很快知道了那次闖入我家的冒失鬼就是袁泉，他把我叫回家，列舉了袁泉的幾條罪狀，讓我堅決不再與他來往。這到底是怎麼回事？在我眼中最率真、可愛的男孩，被那麼多人認為是道德品質敗壞，輕浮不可靠，到底是別人的誤解，還是我的感覺和眼光有問題。

我傷心地責問袁泉，他卻笑一笑，解釋說：「我討厭我們這個專業開的課程，對老師上的課沒有絲毫興趣，有一次老師抽查背課文，叫我站在講臺上給全班同學背誦，我根本沒背過，就說：『老師、同學們，實在對不起，這篇課文我還不會背，但我可以朗誦給大家聽』我就非常認真地朗讀了一遍。」我聽他說著說著也笑了起來。像他這樣的學生真是絕無僅有，在他的思想和行為中，仿佛任何清規戒律都不存在。和他在一起所享有的非凡幸福，也源於他的這種對凡事超脫快樂的感覺。世上怎麼會有他這樣的奇人。

暑假的時候，袁泉沒有回家，學生宿舍要重新裝修，不讓人住，我就給他找了間教工的單身宿舍，我藉口要在學校裡學習，每天總是很晚才回家，白天在圖書館看書，中飯、晚飯都到袁泉那兒去，我雖然也不太會做飯，但比他好多了，我洗菜、炒菜，他就在旁邊興致勃勃地打下手，對我燒的菜也是讚不絕口。飯後，一起洗好碗，然後我們很不好意思地把門輕輕扣上。「妳怎麼總是讓人愛不夠，親不夠。」他喃喃自語，把我抱著坐在他腿上，不停地撫摩、親吻，我蜷曲在他懷裡，任他百般纏綿，他還是個十八歲的小男孩，而我儘管二十一歲了，卻對情愛一無所知，我只感到自己的私處濕漉漉的一大片，渾身酥軟，恨不能讓他把我揉成一團泥，永遠和他包裹在一起，夏天，我穿著裙子，我情不自禁地撩起裙子，我的身子、胳膊、腿、我的那個潮濕的地方都在呼喊他，我多麼希望他能不顧一切地和我愛個死去活來。

他輕輕的把我的裙子拉下來，遮住我的腿，我們的臉和臉，身子和身子緊貼著，他突然狠狠地在我臉上咬了一口，像掙脫蛇的纏繞一樣，掙脫出來。然後他溫柔地笑一笑說：「傻孩子，我不會傷害妳的，妳要是我的親姐姐就好了，或者嫁給我，我們可以永遠在一起。」我也站起身來，緩過神來，想著他的話：永遠在一起，做他的親姐姐，或者嫁給他，這多麼像是一個傳統的神話故事！他讓我那麼放心、那麼快樂，就是因為他是真正珍愛我的人，他珍愛我遠遠勝過他自己，也遠遠勝過我對自己的珍愛。這樣的纏綿永無止盡。我們從沒有真正「做愛」，但愛的感覺已深入我的肉體、血液、骨髓——那是我一生中最快樂的時光，愛是一種營養，一種青春的濃烈氣息，一種純而又純的芬芳的情愫，可以把一個女孩和一個男孩滋潤成天底下最美麗幸福的人。

有天，晚飯後，他說：「我送妳回家吧，太晚了別人會說閒話的，妳知道嗎？我日思夜想的是怎樣能永遠和妳在一起，我真不希望自己比妳小，如果我們多少年以後再相遇，如果我是個頂天立地的男子漢，我就可以順理成章地要求妳嫁給我。知道嗎？每天我都在想像著某一天把妳揉成碎片。可是現在我們還不能總是在一起，不能讓別人知道我們在戀愛，妳明白嗎？」他遞給我一個厚厚的筆記本，「這是我這一年來寫的日記，現在我可以交給妳看看了。」

從我們倆的第一次見面，到我們路遇時微微一笑，到後來我們一起在圖書館閱讀，在他眼裡我美麗、善良、純潔的無以復加，每天他對著這個心中女神傾訴無限的深情，熱烈的愛意，一年來，他每一天所做的事情似乎只有一件，讓這玄妙無比的感情在心裡湧動、翻飛，痛苦、受難，他怎麼不知道自己學業的荒廢，後果有多麼嚴重？怎麼不知道我父親的嚴厲帶給他的幻滅感？又怎麼不在乎別人的議論紛紛？這一切他心裡早已比我明白的多得多。我只會傻傻地去愛，而他卻一直在承受著難以自拔的矛盾心理。仿佛一開始他就感覺到我們之間有難以逾越的障礙，他既想把我緊緊拽住，又希望保持長久的純潔無邪的關係；既想得到彼此愛的呼應，又克制著不希望感情無限制地進一步發展……。

我看著他的日記，有種生離死別的悲壯感，我不配讓一個人這樣深切地愛我，我遠沒有他想像的那麼可愛動人，或者說，我從來沒有意識到自己會在異性眼裡像女神一樣聖潔可愛。而我們的愛似乎命中注定也只能像一隻聖杯一樣，被放置在心靈的聖壇上，供發自內心、潔白無暇的情感去朝聖，一但觸及到現實生活，就頃刻間變成碎片。這到底是我們錯了，還是現實生活本身出了毛病。我們的愛並沒有傷害任何人，但每個人都可以對我們指手畫腳，施加壓力，好像我們犯了什麼天條、罪孽。

第二天晚上，我還是照常在他那兒做飯、吃飯，那幢樓上幾乎沒有什麼人，我們又開始擁抱著躺在床上，久久不願分開，突然有人敲門，袁泉像驚弓之鳥翻身爬起，迅速端坐在書桌旁，裝做一直在認真看書的樣子。「咚、咚、咚、咚」門不停地被重重敲擊著，我鎮定下來，把門打開，沒想到，我父母就站在門口，他們怎麼會知道我在這兒？從小到大，我父母很少為我操心，甚至我考大學的時候，他們也沒有特別關照過我，父親總是說，兒女長到十八歲就應該獨立了，還說，他要把自己餘下的錢全部交黨費，不讓兒女對父母有依賴感。我已習慣了很少從父母那裡得到生活上的幫助和指點，我也不希望他們干涉我的生活。但我萬萬沒想到，我與袁泉的事情會引起他們那麼大的關注。

父母進到房間裡坐下，我既難堪又難過。我希望的是他們能給予我們一點點支持，那種脆弱純潔、令人心痛的真摯情感，如果哪怕有一個人，給予一丁點的支援和鼓勵，我們都會欣喜若狂，感恩戴德，我們都會獲得些許的心靈安慰。母親始終沒有說話，父親對袁泉說：「你進大學才一年，你的班主任老師向我反映過你的情況，學習成績很差，自由散漫，如果再談戀愛，很可能就會留級或開除，這樣下去很危險。小雲已是大三，面臨畢業，以後你們的路都還很長，希望你們能用理智克制感情，把時間精力集中在學習上。」

我和袁泉都默不作聲地聽著，父親說的沒錯，怪就怪在袁泉比我小，父親又有一官半職，在這巴掌大的小地方，我的一舉一動絕不僅僅是我個人的事，我的一切受制於父母，父母儘管超塵脫俗，也免不了是這個生存環境中普遍意識的代言人。

「你這兩天寫一份保證書給我，保證今後不談戀愛，好好學習，小雲跟我們回家，以後兩個人再別待在一起了。」父親給袁泉下了最後通牒。

我無地自容地和父母走出房間，留下袁泉一個人。長大以後，父母就很少有意識地和我在一起談話，現在我走在夜晚的校園中，左邊是父親，右邊是母親，他們像保護傘一樣護送著我回家。

父親問：「妳們沒有發生親密關係吧？」我點一點頭。

「那就好，以後再別在一起了。」

我是他們的女兒，他們為了我好，才來教導我，奉勸我。可是我又錯在哪兒了？難道袁泉真像他們認為的那樣：是騙子、是道德敗壞、是圖有其表的花花公子。我真的被弄糊塗了。接下來的三天，我整個人像被掏空似的，魂不守舍，父親把袁泉寫的保證書拿給我看，勸慰我要有克制力，我整天待在家裡，再沒有去找袁泉。但他的笑容、他的聲音、他的體溫、他的那些文字，真真切切、明明白白地在我腦海裡回盪……世界的末日、崩潰的邊緣，沒有他的日子，我找不到一絲一毫生命的意義，一種絕望感、荒誕感、孤獨無助的感覺籠罩著我……。再在家裡待下去，我會發瘋的，我開始想著找同學去玩，以此分散注意力，轉移悲傷壓抑的情緒。我和幾個同學約好週末晚上去市裡的舞廳跳舞，到了舞場上，沒想到，袁泉已事先在那裡等著了。為了我，他幾乎和我班上的所有同學都很熟悉，他還是那樣笑容燦爛地迎向我，把我摟在身邊，我們倆無所顧及地盡情地跳著，彷彿剛剛做了一場噩夢，噩夢醒來是早晨，一切又都恢復到以前的柔情蜜意之中。

「我實在是不得已才給妳父親寫了那份保證書，妳千萬別在意。」他說。

在與我的交往過程中，他始終扮演著一個鍥而不捨的追求者角色。而我卻是那麼地懦弱、彷徨，遊移不定。我的情感從來沒有真正自由釋放過，他剛剛引導我、誘發我，使我找到了心靈情感得以敞開的視窗，又被種種的非難、誤解搞得惶惶不可終日。我不知道是應該相信父母，還是更應該相信他，即使是相信他，我們又能在多大程度上把握自己的命運？只要有合適的機會，我們依然在一起，他繼續鼓勵我考研，陪我在圖書館看書，我一心想著，只要我能考出去，就是自由人了，我就可以用自己的眼睛看周圍的一切，看我的父母，看袁泉，好好對待我的愛情，然後按我自己的想法組成一個幸福的家庭。

大四一開學就是準備教學實習，我和幾個成績好的同學，提前到玉安二中去實習，這正是我上高中時的學校，學校裡老師緊缺，初三年級的課正好沒有人上，我們幾個實習生就臨時湊數。一個班六十幾個人擠在一間教室裡，小孩子們真的很無辜，無論老師講的好壞，都要坐在那裡一動不動地聽，碰到好老師是幸運，碰到不好的老師也絲毫沒有辦法，碰到有誤導的老師，身受其害，還全然不知。

實習前，我專門做了一套西裝，穿在身上，以顯示自己的成熟莊重。接下來的時間是住在學校裡備課、上課，批改作業，一副為人師表的派頭。上課時，可以面對幾十個學生照本宣科，可以指揮學生幹這幹那，在辦公室，學生喊一聲：「報告」，我喊：「進來」，學生才能進來。這些做法多少助長了自己高高在上的感覺和虛榮心。自己當老師後才發現，教師與學生，父母與孩子之間從來沒有真正平等過，或者說，教師和父母本身從來就不知道平等為何物？人與人之間的尊重與理解為何物？教師、父母不過是機械地灌輸給孩子現成的知識，強加給孩子現成的觀念、意識，孩子們幾乎沒有自主意識，自由思考的空間。我們學習了那麼多書本上的知識，可對自己身處的環境卻茫然不知，對愛情、婚姻、家庭恐懼多於嚮往，對未來也沒有個明確的目標，空有天真的激情和浪漫的想像，卻找不到得以生長、培養的土壤。美好的感情被埋葬了，理想消失了，一切都未老先衰了。有一種開始注定以失敗而告終，但因我們身處其中卻全然不知。

有一天，我像往常一樣，在辦公室批改作業，有人敲門，我頭也不抬地喊：「進來」，袁泉興沖沖走到我身邊，我以為是學生，依然理也不理，繼續機械地批改作業，我等著學生先開口說話，沒有聲響，這才抬頭一看，「怎麼會是你，嚇了我一大跳。」我禁不住叫起來。

「下午沒課，所以來看看妳，沒想到，妳還真像個老師。」他頑皮地笑著說，我既興奮又不知該如何安置他，因為接下來我還要上兩節語文課。

「我去聽妳的課吧！」他找了一本教材，跟我走進教室。

我講課完全是把教參上的內容抄到備課本上，然後再按照備課本上的內容一字不落地告訴學生，學生與老師的區別僅僅在於：老師有教參，有習題答案，而學生沒有，我常想，如果把教參、答案給學生，老師不是不用上課了嗎？我總覺得自己是在糊弄學生，但也沒有能力和方法給予學生更多的東西，我想我從中學到大學的大部分老師可能都是這樣教我們的，這樣想想，心裡也就安慰了許多。袁泉坐在最後一排聽我上課，一節課下來，完成了規定的教學任務，但課堂上死氣沉沉。

「下節課我來幫妳上吧！」袁泉躍躍欲試。

「你沒有備課，怎麼上？」我有點不放心。

「這些課文有些也滿有意思，讓我來講一講，應該沒問題。」

第二節課，袁泉笑容燦爛、揮灑自如地站在講臺上，他領孩子們朗讀課文，提問題、講故事，在教室裡從東竄到西，做著誇張的表情，引起孩子們陣陣笑聲，一節課很快過去了，孩子們還圍著他問這問那。我真有點嫉妒了，他天生是當老師的料，可惜像他這樣的老師在當時確實是很少見。

「怎麼樣?妳還滿意嗎？」他問。

「豈止是滿意，像你這樣上課，沒有幾個人能成為合格的老師。」我由衷地說。

我想起他曾說過，大一時，他們老師檢查他背誦課文，他不會背，卻站在講臺上毫無羞愧感地、興致勃勃地把課文朗讀了一遍，搞得老師有種被愚弄的感覺，他好像還渾然不知。那情景不就像是他現在這樣，沒有備課，卻能在講臺上發揮得淋漓盡致——他真是個永遠長不大的可愛的孩子！我興奮地想。

實習結束後，接下來的一個重大事情是考研，我明知自己考不上，但明知山有虎，偏向虎山行，到考試前，我基本上閱讀完了哲學系規定的必讀書，但英語還是不得要領，除了背了一本單詞，什麼也不知道。我們班是報考研究生最多的班級，共有六個人，大家都抱著不妨一試的態度，不去考研，大四心都散了，也沒事可做，現在有一個目標，可以讓自己靜下心來讀讀書，又有什麼不好的呢?我們這六個人，便成了班級的特殊階層，有些公共課可以不上，不喜歡的課，可以以複習考研為由請假。

考研的那天大家很自豪、很開心，全玉安就是玉安大學的幾個學生和一位老師參加。那位老師是第三次參加考試了，叫考號的時候，第一個叫到他，他大概是整天複習，腦子都僵化了，監考人重複了幾次，他坐在第一排位置上，卻置若罔聞，監考老師以為這個考生不在，就把其他人的考卷都發下去了，這時這位老師才緩過神來，意識到自己已經坐在考場上了。全考場只有他是堅持不懈複習了幾年，立志不考上研究生誓不甘休的，其他人似乎都是他的陪襯。這位老師據說是考到了新疆大學數學系，後來又讀了博士。其他的人都名落孫山。

多少年以後，我才突然意識到：考大學、考研、考博、出國、經商……黑道、黃道、白道，每一個都能選擇自己的人生道路了，每個人都應該首先為自己負責，創造自己應有的價值。直到現在，我大學畢業已經二十年了，我的同學中，還有人還在一次次地考研，還在想著出國留學，還在尋求著不斷發展的途徑，這不能不讓人感慨萬分——時代變了，每個人都在發生著巨變，每個人都可以名正言順、堂堂正正地尋找發展、尋找愛情、尋找機遇、尋找夢想與希望……

考研結束後，我給報考的導師寫了一封三萬字的長信，把我對哲學的思考、感悟用文學的語言，激情澎湃、洋洋灑灑地書寫了出來。那時中國理論界正是百廢待興，百家爭鳴的時期，開展著對真理問題的討論，對「兩個凡是」的批判，理論家、哲學家們自由、熱烈地發表言論，學術界一派欣欣向榮的景象，我置身其間，如饑似渴，肆意揮灑著年輕人不懈的求知欲與創造力。考研提供給我了一個在歷史長河中汲取思想精華的機緣，我常常沉醉其間，就像戀愛般幸福愉快。我多想讓這樣的生活一直繼續下去，為了袁泉，更為我自己。我想，一個人假如有文學的情感想像，有哲學的思辯深刻，有歷史的豐富公正，再有科學的嚴謹與探索，他將會成為一個怎樣智慧、高貴的人，這樣的一生才不枉為一生。我夢想著自己有幸福的愛情，有執著堅定的事業，有豐富高貴而樸素單純的生活。對一個女孩子而言，二十多歲的時候，沒有把握住發展的機會，以後可能就將永遠失去發展的機緣。我知道這次考研外語首先就不過關，不可能按正常途徑錄取，但我的感悟力、理解力不會亞於別人，這就像有些人擅長音樂、體育一樣，有些人擅長哲理與思辯。我把自己平時寫的讀書筆記、日記中的一些精彩片段寫在書信中，同時告訴導師一個大膽的想法，轉到新疆大學哲學系本科重讀一年大四，然後在那裡邊聽老師的專業課，邊準備外語，一年後，繼續考研。

過了一段時間，導師寫來了一份三頁稿紙的信，他說，他把我的信讀給他的學生聽，讀給他的女兒聽，他被我的信深深吸引和打動，也看出我有想到新疆大學去再讀一年本科的想法，他說，學校還沒有這樣的先例，但他願意為我爭取。我激動地把信拿給父親看，父親也是教哲學的，和導師本來就認識，如果導師那邊同意接受我轉學，玉安大學又肯辦理這樣的事，該多好啊！

父親對我考研和讀哲學並不熱心，他說：「這些導師都很忙，考他研究生的也不止妳一個人，女孩子學文學專業就很好，學哲學太艱深，難有發展。妳再別麻煩導師了，也別給他去信了，這樣的事即使辦好了，也未必對妳有好處。妳先好好工作幾年，以後的發展機會還會很多，凡事不要急於求成。」我的熱情一下子冷卻了下來，無論我怎樣一意孤行，但我一直相信父母的話總是對的。因為除了父母之外，再不可能有人給我真誠的指點。

大三的時候，我一心想趁暑假去北京玩一趟，死磨硬纏了很長時間，父母說，那是花錢賣罪受，路上既不安全又不衛生，以後工作了，單位派去出差，那是有組織有計劃地去，那樣到哪兒去都不會出問題。我說，那時侯一切都是安排好的、現成的，還有什麼意思，讓我去我都不會去，話雖這麼說，但還是要老老實實待在家裡。同學請我到她縣城的父母家住幾天，汽車開到門口，接我一起去，父母堅決不同意，說，一個女孩子住在別人家會很危險。我也只好謝絕別人的好意。我第一次坐火車是在二十八歲的時候，母親告訴我千萬別和陌生人說話，別管別人的閒事，更別占別人的便宜。從烏魯木齊到上海的火車，要走四天三夜，中途臨時停車，別人都悠然自得地下車買東西或活動活動腿腳，就我不敢下車，害怕東西被偷，或火車開動了，來不及上車，被丟在荒郊野嶺中。

父母結婚、生孩子，生活完全固定化，早已忘卻了他們當初來新疆時的勇氣和理想，也不在乎孩子對外界世界的渴求和嚮往。他們生活的那麼平淡、那麼自足，我一直弄不懂他們是曾經滄海，心如古井，還是大智若愚、韜光養晦。我雖然對他們的許多做法不理解，但我還是在大事情上順從他們的意志。父親作為大學教授都不能給孩子指點，還有誰能給孩子指點。

父親接著說：「以前妳談戀愛，我們反對，現在妳快畢業了，有合適的人就應該好好考慮，婚姻是一件大事，對女孩子來說，有好的家庭比什麼都重要。袁泉、紀宇這樣的人都不可靠，找對象不是要找長得漂亮的，而是要找踏實可靠的。」

我以為父親從不關心我，但他不僅知道我與袁泉的關係，還知道我與紀宇的事，這到底是怎麼回事？他很少和我一本正經地談話，但他的每次談話都給我觸動，讓我深思，父母不是不關心我，而是在我最關鍵的時候，不至於讓我誤入歧途。我有點感動了，可憐天下父母心，沒有不關心孩子的父母，只是每個父母關心的方式不同罷了。父母不需要兒女有什麼豐功偉業，只需要兒女平平安安，幸福安康。還有什麼比父母的關愛更真切的嗎？

大學畢業是人生的轉折關頭，好好成個家，過平平安安的幸福日子，才是當務之急。

母親在一旁插話了：「別把談戀愛當成一項任務，這樣的事，還是順其自然的好。」

「不當成任務，當什麼？什麼事情妳不努力去做，怎麼能做好。」父親說。

他們為我發生爭執的時候，我總感到：父親的話是對的，母親的話則更能打動人心。而我必須按父親說的去做，才算尊重他們的意願。女孩對家庭的嚮往，不是出於自覺自願，而是受父母和周圍環境的影響。想一想，別人都成家、結婚，有了孩子，自己還孤家寡人，獨自一人地在社會上拼搏，多麼可怕，更可怕的是年齡越大，越嫁不出去，豈不是自絕生路。也許真的該結婚了，愛情、事業不過是未來的理想，婚姻才是實實在在女人的安樂窩。大學校園是談對象的最好場所，出去工作以後，外面的人層次太低，很難找到合適的伴侶。是該理智地對待一切了，我畢業工作，袁泉才大二，而且家在烏魯木齊，畢業後肯定要回去，我既然研究生無望，就該考慮下一步的工作生活。

父親明確地說：「如果妳還和袁泉在一起，就把妳分到最邊遠的縣城中學去當老師，但按照妳的學習成績和條件，留在玉安大學中文系當老師應該是最好的，或者到報社當記者也行。」

我更喜歡自由、獨立的生活方式，對我而言留在大學裡當老師是最好的選擇。現實的利益讓位於夢幻般的真情實感，這是每個愛情悲劇的永恆段落。留校工作以後，我自己都不好意思再與袁泉接觸了，只聽說過有男老師與女大學生談戀愛的，哪有女老師與男生談戀愛的事。只聽說袁泉畢業後，回到了烏魯木齊。我則按部就班地結婚、生子——但我常常夢見袁泉，甚至在我結婚的時候，生孩子的時候，在我十年後，到上海讀研的時候，我都會夢見他，思念他，我一直在想，他到底是怎樣的人？到底是我看錯了人，還是我父親錯怪了他。我想把我這部作品寫完後，首先送給他，是他讓我知道世界上真有這樣一種如癡如醉的愛情：刻骨銘心，不可替代；常常被人忽略，但卻永恆存在。沒有他，我真的不會知道怎麼戀愛，也不會懂得愛情會有那麼神奇的力量。

二十年後，我從洛昌回到烏魯木齊探親，名曰看望父母，實際上更想見見他。不曾想，在烏魯木齊大病一場，沒能見到他，只留給他了一個電話號碼。後來他打電話告訴我說，他結婚不久就離婚了，現在自己一個人帶著一個十歲的女兒。他的聲音還像以前那樣爽朗明快，仿佛還帶著超然物外的笑意，只是這麼多年來憑添了更濃的思念，更無奈的感慨……

一切恍若隔世。他甚至在電話裡追悔未及地脫口說：「當初我要是和妳做愛就好了！」

我心中湧起無限的酸楚，也許感情過於單純執著的人，反而難以跨入婚姻的殿堂，更難以守住現成的婚姻。

七、找個標準丈夫

有備而來的婚姻永遠能戰勝純潔美妙的愛情。
生存剝奪夢想，一切歸於平庸。

有些人是先戀愛，然後結婚，有些人是為了結婚而戀愛。與袁泉的被迫分手，讓我悟到了婚姻的真諦，婚姻與其說是一種男女結合的法律形式，不如說是一個人必須完成的任務，就像你必須要考大學，必須要工作一樣，不是想不想結婚的問題，而是怎樣認認真真、規規矩矩地儘快完成婚姻大業的問題。有了婚姻，你才有了一個歸屬，屬於某某人的妻子或丈夫，這樣別人就不會對你刮目相看，就有利於社會的穩定，種族的繁衍。戀愛可以自然、任性、花前月下、纏綿悱惻。婚姻則是要做給別人看的，對方的年齡、體重、身高、職業，家庭環境等等，像天秤上的一個個籌碼，男方、女方，斟酌再三，惟恐吃虧上當。對女人而言，婚姻更是一場冒險和賭博，嫁個好丈夫，一生平安，生活無憂，否則，後果不堪設想。對有些人來說，婚姻簡直就是一門最為實際的學問。

玉安大學就有這樣一戶人家，男的是部隊專業幹部，女的是辦公室的資料員，家裡三個女兒，既沒長相，又沒什麼才能，但他們真的是信奉：「女子無才便是德」，硬是耐心等待，挑三揀四，比較來比較去，最終都嫁給了頗有能耐的丈夫。他們的小女兒比我大兩歲，考大學考了三次都沒有考上，滿臉俗不可耐，裝腔做勢，和她母親一個模子，談朋友談了不下十幾個，都沒談成，最後，有個年輕老師考上了公派出國的研究生，但必須是結過婚的人，才能公派出去，小夥子性格內向，曾受過嚴重的感情創傷，似乎患上了戀愛恐懼症，始終下不了決心結婚，但為了能出國，又不得不趕快找個人結婚，這是新疆的土政策，結了婚再派出國，就能確保人才不外流。於是他們一家人齊動員，硬是把這個先前根本就沒有把他們女兒放在眼裡的人，進行曉之以理，動之以情的感化教育，兩個人最後竟然成了。小夥子從日本留學回國後，到了北京，他們的小女兒也順理成章地「雞犬升天」了。這家人總是自豪地說，我們三個女兒雖然學歷不高，但是女婿個個是研究生、博士生。

是誰說過，中國人重婚姻，輕愛情；重面子，輕心靈；生活得虛偽、壓抑、扭曲，還要打腫臉充胖子，自以為是。婚姻能為女人買張永久的飯票，為男人安身立命找個窩，這樣的好事何樂而不為呢？這樣想想，中國人要能寫出真正的愛情小說，實在是為時太早，寫婚姻謀略倒是大有可為。有備而來的婚姻永遠能戰勝純潔美妙的愛情。生存剝奪夢想，一切歸於平庸。婚姻本來是愛情的保障，卻變成了泯滅愛情的牢獄，因為對許多人而言，他們尋求婚姻的出發點，是功利大於感情。愛情可以千變萬化，儀態萬方，魂牽夢饒，而婚姻永遠像是給別人做秀似的現場表演。愛情是夢幻的主題，婚姻才是人間萬象、男歡女愛，所有矛盾的聚焦點，所有人性的真實展露。如果當初我把這些問題看透了，想清了，我還會結婚嗎？

我可能會在四十歲、五十歲，或六十歲，才結婚，有這樣兩個人，一直在互相惦念，他們曾經情投意合，自然真切地相愛著——可現實把他們分開，而他們的心靈卻從沒有停止過對對方的渴念，感情任憑時間的沖刷愈加單純堅定，直到六十歲，他們終於舉行了婚禮。我寧可要這樣的悲壯愛情，也不要現成的死水一潭的窩囊婚姻。可是，世上沒有先知先覺，一個人只有當他回看自己走過的路時，才能切實悟到些離經叛道的真理。撫摩傷口，感受心跳，懷想真正屬於自己的東西。

大四畢業的當口，我們全班三十多個人，男男女女，彷彿雨後春筍般，全部成雙成對了——真是個收穫和成熟的季節。人們開始初嘗甜蜜的禁果，匆忙應對未來生活，壓抑了多少年的情感、情慾爆發出最後的狂歡，告別青春，告別大學生活，開始過日子，像自己的父母一樣，過個好日子。我心裡整天盤旋著一個念頭，認認真真找個對象，趕快把自己嫁出去，否則袁泉將一直成為我內心無法割捨的感情創傷。我的班主任老師主動找我說：「小雲，妳的個人問題怎麼樣了？我幫妳介紹個對象，如何？」他是玉安文壇的名流，朋友很多。我趕快說：「不用了，不用了」，我無法想像兩個互不相識的人談婚論嫁的情形。父親的一個交情頗深的老同事到家裡來做客，見了我，用驚異的目光打量著我說：「呀，都長成這麼可愛的大姑娘了，怎麼樣？有對象了吧？」我很不好意思地點點頭。在心裡醞釀了很長時間，搜刮出所有接觸過的男生，我已經確定了自己的追求對象。

那時流行的一句話是：談對象要「普遍撒網，重點培養」，我雖然沒有普遍撒過網，但是兩次感情經歷已經讓我對與異性接觸不再感到恐懼、為難，甚至增加了自信，在我看來，婚姻不應該是被動地由別人來挑選自己，而是應該主動地尋找自己合適的伴侶。婚姻的最大要素是忠實、可靠，很多人都說，戀愛是一回事，婚姻又是另外一回事，有些人只適合戀愛，卻不能保證婚姻的穩定，而我一定要找一個永遠也不會和我鬧離婚的人。從小到大，看多了夫妻不和，矛盾重重的事情，都是男人太花，或女人太風騷，我絕對要做一個最好的妻子，而他也必須是穩重、成熟，有事業心的人。紀宇、袁泉屬於天馬行空、鋒芒畢露的人，總不能讓人踏實放心，像王一大這樣的人才是標準的丈夫。

八〇年代，有一部小說叫《人生》，寫的是一個農村青年高家林，富有才華和思想，好容易奮鬥到省城，痛苦地拋棄了與自己思想感情無法溝通的戀人，但在省城卻遭遇到更沉重的打擊，精神找不到歸宿，在農村與城市，傳統的戀人與現代女性之間痛苦地徘徊。是守住農村的戀人，還是尋求新的生活，高家林的困惑、矛盾、痛苦，集中體現了這個發展中的時代，人們感情的動盪起伏。婚外戀、離婚，這樣一些話題，開始被熱烈地討論。有人甚至說，離婚是社會進步的表現，我心想，如果社會越進步，離婚率越高，社會還不如退步的好。我對婚姻更加感到難以把握，也更加堅定了一定要找個忠實、可靠的人的想法。

王一大是校學生會主席，學院組織學生黨員學習、組織大型的文藝匯演，都是他在忙前忙後，和校領導協商、和學生幹部談話，一副老成持重、統帥全域的樣子，好像真理在握，能呼風喚雨，定奪乾坤，比任何人都有感召力。他在物理系，我在中文系，大二時，我就在班裡擔任幹部，與他接觸過幾次，總覺得我們是天上地下兩種人，新舊社會兩重天，但有一次碰到他，他主動聊起文學作品，竟然也說的頭頭是道，還給我介紹了幾本新書。我有點受寵若驚，他是不是對我有點哪個意思？大四時，他被送到陝西師大讀書，元旦我給他寄了一張賀年卡，並請求他幫我買考研的政治書，一次課間休息，同學們拿來一大摞信，其中有一本郵寄的書和一封信，是他寄給我的，他是學院的名人，有同學揶揄說，他給妳寫的怕不是情書吧。

他信裡說，他新年給朋友發了一百多張賀卡後，抽空給我寫這封信，他說，我是中文系少有的思想敏銳、感情細膩的女孩，而且可塑性很強。好像一個長者評價學生似的。我也給他寫了回信，文筆更加汪洋恣肆，希望給他留下深刻印象。他從陝西師大回校，留在物理系當老師，我也正好留校。他的成熟、能幹讓我望塵莫及，他是我見過的最踏實、可靠的男人。找對象就要找像他這樣的人。我心裡暗下決心非他不嫁，而且他肯定能得到我父親的認可，肯定不是那種感情花俏的人，他做事滴水不漏、左右逢源，和他在一起，以後肯定不會鬧離婚。

但又有一個痛苦的念頭纏繞著我：我不可能忘記袁泉，我深深地自責，這是我唯一的一次違背自己內心的情感所做的事，我的感情是屬於你的，袁泉，你知道嗎？可是你為什麼還是一個大二的小男生，你是那麼任性、幼稚，不知道自己的未來，更不能給予我最終的依靠，你要是比我大該有多好，要是我們兩個人還能在一起該有多好，現在，我違背自己的意願，背叛你對我的感情，你能原諒我嗎？你能明白我心裡其實還是裝著你嗎？每一次走在校園裡，我都希望能碰到你，假如我們再能好好談談，假如我們能想辦法脫離這個環境，假如我們都有信心等待，我一定和你在一起！理智又告訴我，袁泉還是個稚嫩的男孩，王一大才是真實可靠的男人，既然要結婚，就別再三心二意了。

此後，我再也沒有見到袁泉。而王一大和我就在同一個宿舍樓裡。王一大回來後，給我看他厚厚的一本畢業留言冊，全班四十多人，幾乎每個人都對他交口稱讚，他到哪裡似乎都能很快成為眾星捧月的領袖人物。這讓我非常不可思議，又敬佩有加。我考慮再三，像下最後的賭注的似的，在他的留言冊的最後一頁上，寫下一行小字：「請容許我留下一片心跡：告別學生時代，我們將迎接更美更新的生活，願我的夢裡有你的身影，願未來的日子有你相伴。──小雲」我把本子默不作聲地還給他，我相信他不會拒絕我。我實現了自己的誓言：主動追求一個合適結婚的人。他有政治才能，又能像長輩一樣呵護著我，和他在一起，安全、實在，我終於自行解決了婚姻大事。那天，為了排解焦躁等待的心情，我和一個好朋友蘇婕去逛街，她是戀愛專家，上初中住校，就開始談戀愛，高中時又和一個男生難分難捨，在大學裡，她像俠客似地雲遊在男生的世界裡，和他們每個人都情投意合、稱兄道弟，她告訴我和男生交往的秘訣就是，把自己也當成男生。第一次到袁泉宿舍就是她邀我一起去的。

我們兩性格大相徑庭，但卻時常在一起狂聊，她把戀愛故事告訴我，不僅能得到讚歎，還能保守祕密。女生都有點遠離她，可我偏偏覺得她有種豪氣、聰慧，與眾不同。快畢業時，她火速談了一個對象並結婚，男方的父親是玉安地區中級法院的院長。她告訴我，她男朋友比她大五歲，在銀行工作，本來有個女朋友，但和她認識後，很快就與那個女朋友分手了。為此，她留在了玉安檢察院工作，沒有像其他同學那樣分配到縣城。我一直以為這是她性格使然，極易得到男生的讚賞，找男朋友結婚對她而言是易如反掌的事，而不是像有人猜測的那樣，她是把婚姻當做擺脫小縣城的跳板。

她最清楚我與袁泉的事，現在我把和王一大的事告訴她，她說，王一大是個很不一般的人，深不可測，今後應該很有發展前途。婚姻本來就是那麼一回事，其實和誰在一起都差不多。就看妳自己需要什麼了。我像賭博一樣為自己的婚姻賭注忐忑不安、瞻前顧後，她卻對婚姻如此淡然。婚姻到底是什麼呢？王一大和我預料中的一樣，過了兩天，他就對我說：「哪天妳有空，到我實驗室聊聊。」

工作了就是不一樣，他自己就有一間實驗室，下班後，不會有人來，我們面對面坐著，我感到很壓抑、拘謹，生怕找不到話題冷場、尷尬，他卻一直侃侃而談，從現在手頭正忙著的工作，講到他小時候的故事，我像小學生似的靜靜地聽。他哪像個剛工作的人啊，甚至比三、四十歲的中年人都顯得老練、成熟。無形中有一種駕馭控制人的力量，他的話語既有煽動性，有又感染力，一說就是一個多小時。我彷彿在崇拜一個英雄人物似的聽他佈道。

他說，他小時候幾次歷險，一次被高壓電線擊中，送到醫院時，已經停止呼吸，醫生正準備打強心針搶救，另一個更有經驗的醫生趕來，制止打強心針，用人工呼吸的方法慢慢救活了他。如果那個醫生不趕來，他被打一針，肯定就死了。他手上還有被電擊的痕跡，因為那次重創，他有十年時間，常常頭痛。

還有一次他和一群小孩在河壩裡游泳，全是一幫維吾爾族的小男孩，一絲不掛，在湍急的河水中，像鯉魚似的上躥下跳，沒有人教他們游泳，但他們個個都會狗爬式在水裡自由自在地玩耍。當時正是春天，山上的雪水融化，河水暴漲，河床比原先寬了好幾倍，一個小男孩一下子被激流沖到很遠的地方，眼看就要沉到水底沒命了，王一大趕緊游過去救，托住男孩時，男孩已經神志不清，卻硬是把王一大死死拽住，王一大自己也在慌亂中嗆了幾口水，差點沒命了。當他們兩被沖到河岸上時，已經奄奄一息，所有的孩子都驚呆了。

他們家三個孩子，他是老大，小時候，總是他帶著兩個妹妹，照顧她們的生活。他父親曾被關過半年的監獄，每天又都是由他來給父親送飯。因為從小在維族人群中長大，王一大還會說一口流利的維語。他的這些故事讓我聽得眼淚直在眼眶裡打轉，怪不得他這麼成熟、能幹，原來從小他就比別人受了不知多少倍的苦。我心裡湧起一種神聖的感覺，如果我能成為他的妻子，一定好好照顧他，讓他再不要過那種受苦受難的日子了。後來每次我們相約出來，都是他說，我聽，他說的都是以前的光榮歷史，我沒有值得炫耀的歷史，與他比起來，我的生活是多麼地瑣碎平淡。

而我卻容易展望未來，他是學物理的，我想，我也改學物理吧，我對理科一向比較感興趣，初中時，我的物理、化學都很棒，但到了高中，所有的課程一落千丈，我總覺得文科自然而然就能學好，不需要著意去下功夫，理科卻是實打實的東西，需要嚴格訓練，一個人應該從事一項科學工作，而把藝術當做愛好。這也是我想和他交往的一個原因之一。

和他在一起，遠沒有和袁泉在一起那麼輕鬆、自然，無論是紀宇還是袁泉，我們都是平等的，可以感受到一種互相的渴望。但王一大彷彿是高高在上的偶像，我對他充滿了崇敬，他對我是什麼感情，我卻深感困惑，他什麼都告訴我，關心我，後來我們在一起，沒有說幾句話，他就開始摟抱我，他的身體緊緊貼著我，體下那個東西硬幫幫地頂在我身上，我感到為難，又不好拒絕，我弄不懂他這是粗魯，還是喜歡我。他總是訴說自己美好的品質，對我沒有一句讚美之詞，只是說，他沒見過像我這麼羞澀沉靜、不善言辭的女人。「妳的文章寫得確實不錯，但妳的口頭表達，為人處事還很幼稚，不過可以看出妳是個非常善良的人。」他說。他的評價反而讓我有點自卑。這也許就是學理科的人談戀愛的方式吧，沒有多少波瀾起伏，心蕩神移。

後來，週末我們再在一起時，我就把他叫到父母家裡。我父親對他頗為欣賞，每次在家裡，都是他們兩個人興致勃勃地談話，我和母親則忙著做飯，真是「不像一家人，不進一家門」，父親喜歡他這種滴水不漏、善解人意、凡事做得有條不紊、規規矩矩的處事方式。

吃飯的時候，母女照顧夫婿，父親平時很少有人和他隨意暢談，現在有王一大和他神侃，他很開心。我也覺得這樣的一家人，確實和諧美滿。我們彷彿是天地作合，都在一個學院當老師，都到了談婚論嫁的節骨眼上，而且一文一理，父母滿意，周圍人認可。我母親從來不到別人家去串門，可為了我，為了我在婚姻大事上萬無一失，她親自到物理系的系主任家去瞭解王一大的情況，主任自然是說，小雲找到王一大這樣又能幹又實在的人，真是很有眼光。

學院有個考研的名額，物理系推薦王大一去考。那時剛好又遇到學校分配樓房，我和王一大既然已經親密無間過，而且父母、同事也覺得一切都該是情理之中的事了。只有領了結婚證才有資格分房。反正無論如何我要完成嫁人的歷史使命了，就像當初我必須要考大學一樣。只是現在就結婚似乎太倉促了點。但是領不領結婚證呢？

我與王一大商量，王一大問：「妳真的願意結婚了，妳要考慮好啊！」那種感覺好像是要投入到一場生死抉擇的鬥爭中去，他怎麼就不能有點風情地說，嫁給我吧，我們永遠在一起。我有點失落，事到如今，我還有別的選擇嗎？商量結婚這樣重大的事情，與談論其他小事似乎並沒有什麼區別，這讓我有點納悶，但我決心已定，永遠和他在一起，永不分離。王一大專門去問了別人領結婚證的程式：先要到計劃生育辦公室領張結婚申請表，填好結婚的理由，及有關情況，再由男女所在單位的領導簽字蓋章。王一大把結婚理由那欄填得滿滿的，措詞嚴謹認真，和填入黨申請書差不多，我總覺得這樣的東西不過是做做樣子，只三言兩語寫了幾個字，但看到王一大的認真勁，又不得不再加上幾句話。

大學畢業的那年的一月十一日，我們到街上照了結婚照，領了結婚證。那天晚上，王一大叫來了十多個同學朋友聚在宿舍裡，我準備了十幾個菜，大家喝酒、聊天，王一大最擅長的是在眾人面前滔滔不絕、呼風喚雨，他一個人說的話頂在坐的所有人，沒有人不敬佩他這種才能。我終於嫁到了一個能幹無比的標準丈夫。

結婚的那段日子，我開始熱情洋溢地經營一個家。王一大要考研，我當時真是有點擔心，萬一他考上了，我們不是要長久分開嗎，這是多麼可怕的事情。我父親說，正因為這樣，妳們要先結婚，他讀研也好放心去讀，我心裡劃過一個念頭，應該讓他先去讀研，過幾年後再決定我們的事。他讀研的三年時間裡會發生什麼，還不知道呢，我怎能忍受牛郎織女的日子。但這僅僅是念頭而已。我更不明白父親為什麼會這樣想，好像婚姻就是一個保險箱，婚姻的形式比兩個人在一起更重要。

但不管怎麼說，我還是盡最大的努力支持他考研，我們的新房也在佈置裝修，他父母從鄉下買了十幾噸的木料運來，我父母支援了我們八千塊錢。怎樣弄好個家，我心裡七上八下的，茫然一片，仿佛老虎吃天，無從下口。於是我就到別人家去參觀、體會，借來家居書認真研究，從買鍋碗瓢盆等生活用品，到買塗料、地板膠等裝修大件，從畫傢俱圖紙，到聯繫工匠做活，都是我一個人搞，木匠在家裡吃住，我要給他們一天做三頓飯，有四個木匠，其中一個胖胖高高的木匠，看上去又蠢又懶，飯量卻是大的驚人，有他在，米飯要做兩鍋，菜要多增加一倍，做了幾天，我實在受不了，把他辭了，做飯的任務才減輕了許多，就這樣也做了二十一天。

兩個月後，家裡全部弄好，在當時可以稱的上是佈置得最簡潔、漂亮的新房，連小寶寶的房間也佈置好了，小桌是月牙型的，避免有方型的棱角，碰疼孩子，式樣生動活潑、頗有童趣。床設計了兩種樣式：有長大後的單人床，還有專為寶寶準備的床：在雙人床的箱櫃上裝個輪子，如果有小寶寶，就可以把箱櫃拉出來當床，小寶寶睡在裡面，既寬敞又安全，又是在父母身邊，沒有小寶寶的時候，就是一個普通的床箱，推進到床板下。佈置好家，我覺得自己都可以成立個家裝服務部，幫助新婚夫婦解決新房佈置的難題了。

王一大沒有考上研究生，而且分數實在太低了，這情有可原，玉安天高皇帝遠，與內地大學是無法同日而語的。我們現在都還年輕，又是當老師的，一起學習、散步、討論問題，然後一起去上研究生，該有多好，我心裡憧憬著未來小家庭的美好生活。

八、婚後生活

男人一開始就不懂得怎樣做個好丈夫，就像女人一開始就不懂得怎樣做個好妻子一樣。

最好的朋友是知趣相投、平等尊重的朋友，如果談戀愛、結婚能像朋友那樣相處該多好啊！可惜的是女人總喜歡找比自己強大的男人，甘做小鳥依人狀，而男人在一個弱智的女人身上才能感到自己被崇拜的虛榮。

男人、女人從來就不是棋逢對手，所以無法理解、溝通，也是在所難免。

終於有了自己的家。小時侯，要受父母管，大了要受老師管，現在工作了，有了自己的家，一切都可以由自己支配，新的生活開始了。我暗暗得意、自豪，別看我平常做事總是優柔寡斷、瞻前顧後，但在大事情上卻能當機立斷，速戰速決。我是我們班上最早結婚、最早有了新房的人之一，完成了安身立命的大事，就可以一心一意做自己想做的事了。女孩子有了感情的歸宿，一切才能真正開始。我的生命從此和他緊密地聯繫在了一起，我們要一輩子在一起，患難與共，同舟共濟。當他把我摟抱在懷裡，親吻我、撫摩我，把我的衣服一件件褪掉，我哭了，不知道是委屈還是激動？是興奮還是恐懼？兩個本來互不相干的人，因為戀愛、結婚，命運把他們連在了一起，生活將完完全全是另一種模樣了。今後無論發生怎樣，我們都將是世界上最親密、最可靠、最值得依戀的人。小時侯，要得到父母的愛，長大成人了就要建立自己愛的世界。我對他的依戀寄託了我對這個世界的全部感情和思想。只有結婚以後，我才知道怎麼叫癡情？他和別的女人多說一句話，我會難過半天，他晚上回來晚了，我會睡不著覺，我恨不能他就長在我的身體裡，他走到那裡，就把我帶到那裡。

有一次，我的一個同學舉行婚禮，要在飯店裡請十桌的客，學院各級領導，普通教師，三姑六戚，一百多人，都聚到大廳裡，杯盤交錯、熙熙攘攘，我最怕這樣的陣式，總是坐在角落裡無話可說，呆若木雞，剛開始，一切亂糟糟的，毫無頭緒，王一大就盡情地給各個酒桌上的人敬酒，穿梭在上級下級、朋友親屬之間，說著幽默風趣的話，把氣氛一次次推向高潮。婚禮結束後，我那位同學專門到我這裡來向我和王一大表示感激，正因為有了王一大在場，婚禮才變得熱鬧非凡。新郎新娘把頭頭腦腦，有身份的人用小轎車送回家，其他人也都走的走、散的散，王一大本來是騎了一輛自行車帶我來的，但走出飯店不幾步，就搖搖晃晃，忍不住嘔吐了起來，他喝醉了，又壯又胖的身軀癱軟在我身上，我費力地攙扶著他，天色已經很晚了，周圍除了偶爾有一兩個喝醉酒的維族人在馬路上橫衝直撞外，見不到一個熟人，我好容易擋上了一輛馬車，把自行車和他架到馬車上，維族老漢把我們送到家時，已是夜深人靜，我把王一大扶上樓，進家給他脫衣上床、洗臉、洗腳，他迷迷糊糊摟住我：「還是有老婆好、老婆就是好，我喜歡妳，真的好喜歡妳！」他在醉夢中，一個翻身壓在我身上：「告訴我，妳是不是還想著袁泉？妳說，妳丈夫有沒有本事？」我說不出話來，即便我心裡有別人，我實際上也已經屬於你，就讓我們兩個永遠相依為命吧！我實實在在地進入了一個男人的生活，一個活生生的男人，他的能幹、灑脫；他的醉態、放縱，我都要承受。此刻，一個醉醺醺的男人，我看著他，摟著他，和他那麼近，那麼親密，沒有人再能像我們這樣息息相關了，父母、兄弟姐妹、都不可能像我們這樣貼得那麼緊。「我是你的，王一大。」我囁嚅著，縮蜷在他懷裡。

他半醉半醒，把我抱著一下子滾下床，用盡全身的氣力，翻來覆去，瘋狂地咬我、舔我、戳我，我呼喊著、驚叫著、呻吟著……每次這樣的時候，我都有種要和他做愛到死的衝動。做愛時，我的腦海裡充滿了幻覺：一個大大的原始森林裡，長滿了奇形怪狀的樹木，我赤身裸體地奔跑著，他在後面拼命追，我在前邊沒命地跑，跑了很久很久，突然之間，他像巨人一樣把我掀倒在地，我瘋狂地和他搏鬥，躲避他的親近，讓他的慾望一次次落空，再積聚更大的力量來對付我，最後他發瘋似地捆住我的手腳，把他的陰莖戳入我的身體，我的身體隨著他的抽動，像波濤般起伏，我是大地，他是雷電，我要讓他為我轟鳴、為我燃燒，為我耗盡最後一口氣。等他累了，我再把他捆起來，用嘴、用手、掐咬他的全身，像他折磨我一樣折磨他，我們一起同歸於盡。直到他再也不敢侵犯我。

他說：「女人真是不可思議，那麼重的身體壓在上面，竟然不會壓壞。」

我說：「女人可能就是為男人造的吧，女人是一個神秘的山洞，男人是一個剛勁的大炮，大炮轟炸山洞，就留下了無法治癒的創傷。」

我一心嚮往著溫馨美妙的家庭生活，就像學生時代那樣，兩個人一起看書、討論問題、種花、聽音樂，讓生活變得詩情畫意，情濃意長，我更希望他把我當成一個知心的朋友，我們有共同的志趣，愛不僅僅是男女的慾望本能，而首先是人與人心靈與感情的溝通與吸引。小時候，我看居里夫人的傳記，深為她的聰慧、樸實的性格，事業、愛情的成功而感動，居里和居里夫人營造了怎樣一個非同尋常的世界啊！激情、創造、全身心地工作，淳樸而超脫地生活，兩個人水乳交融、互為力量和愛的源泉。我和王一大也應該有一幅家庭、事業發展的藍圖，共同創造出一片溫馨而充實的愛的天地。

但現實生活卻讓我感到不可思議，我敬佩他，服從他，一心想讓他認為自己是最好的女人。以前我們多少還談論一點「形而上」的話題，可現在，待在一個屋簷下，不是做飯，吃飯，就是做愛，只要我在他身邊，他就可以隨時隨地攪亂我，他有無限的精力和興致，把我挑逗成他的囊中之物，他壓在我身上，厚實龐大的軀體在我身上激烈地衝闖，他的大手握住我的兩條腿，把腿掰開，讓他的陰莖長驅直入，發洩完後，再肆意地把精液塗抹在我身上，這一切都讓我感到弱小羞愧、無地自容，好像一隻任人宰割的綿羊，他是老虎、野獸；我是家貓、小鳥。我是他的女人，一個女人，就是要以滿足男人的慾望為滿足。他是愛我的，才會一遍遍搞我。他做愛越多，我越像吸毒似的，迷戀他。

他的社會工作很多，開會、聽報告、寫總結、上課、做學生的思想工作……幾乎到了日理萬機的地步，而我總是在上班開會的時候，心裡盤算著晚上買什麼菜、做什麼飯？我早早地回到家，把飯做好，他則比我回來晚得多，一起吃飯，也沒有什麼話可說，他不是看電視就是聽廣播，等我吃好飯要出去散散步，他還深陷在沙發上，不願移動，他常常是把電視看到所有的頻道都休息，電視上閃出雪花（※6），再沒有什麼可看的為止。他說他長到很大的時候，他媽媽還給他洗腳，我就覺得自己也該如此，但心裡還是有點彆扭，就只給他打洗腳、洗臉水，以示親熱。

晚上睡覺的時候，他就肆無忌憚地做愛。我有時實在弄不清這到底是怎麼回事？妻子就是應該無限制地滿足丈夫的性需要嗎？我真不想讓他再這樣無休止地隨心所欲下去，但他還是纏

6 剛有電視的時候，只有幾個頻道，到了晚上12點，所有頻道的節目都停止播放，電視螢幕上就只有噪音和閃動的光斑，像雪花一樣。

綿不斷。「男人不這樣，會憋壞的。」他說，我拗不過他的哀求，就讓自己再為他狂歡，恨不能讓他在我的狂歡中徹底消亡。原來婚姻就是兩個人能隨時做愛，卻不會被人干涉。我討厭他一味地做愛，又找不到拒絕的理由，如果哪天他對我真的冷淡了，我又充滿委屈、憂傷。我不明白我到底是要他還是不要他？到底是想排斥他還是想親近他？

他關注的是各種各樣的社會工作、社會新聞，在工作中，察言觀色、見機行事，調和各種各樣的矛盾，充分顯示自己的組織才能，把每個人都管理得服服帖帖，人們心甘情願聽他的指揮，感激讚美他助人為樂、先人後己的品格。而家就只是他做愛與吃飯、睡覺的地方，他和妻子的交流、對妻子的關愛，也不過是給妻子帶回來一些好吃的東西，請妻子和他一起參加一些社交活動，妻子是他的門面、附屬物、擺設，所謂「下得了廚房，出得了廳堂」。

男人一開始就不懂得怎樣做個好丈夫，就像女人一開始就不懂得怎樣做個好妻子一樣。最好的朋友是知趣相投、平等尊重的朋友，如果談戀愛、結婚能像朋友那樣相處該多好啊！可惜的是女人總喜歡找比自己強大的男人，甘做小鳥依人狀，而男人在一個弱智的女人身上才能感到自己被崇拜的虛榮。男人、女人從來就不是棋逢對手，所以無法理解、溝通，也是在所難免。

王一大是個好丈夫，愛家，愛我，他並不是有意要顯出大男子漢的樣子，他對我做的一切深懷感激，並自豪他有一個好妻子，而在別人看來，我也找到了一個最好的丈夫，工作上無可挑剔、能幹正派，生活上時時處處想著老婆，對老婆讚不絕口。只是他不明白怎樣才能與一個女人平等、真誠地交流，就像他在工作中已養成的習慣一樣，不是誇誇其談、高高在上，就是委曲求全、俯首貼耳，對待女人，他或者像上帝那樣扮演救世主的角色，或者像奴僕那樣心甘情願地被任意驅使。

他的社會角色已完全消解了他的性格角色，在家庭、工作中他彷彿完美無缺，像泥鰍一樣滑溜溜、不會與任何事、任何人產生摩擦衝突；又像是石頭一樣頑固堅硬，不管外界如何變化發展，他不溫不火，永遠真理在握。沒有性格就是他的性格，沒有觀點就是他的觀點，我越貼近他，越不明白他，他像一個深不可測的泥沼，我陷入其間，失去了所有的判斷力。我天天和他在一起，我們說的話就是那麼寥寥幾句，我彷彿得了失語症，他為我營造了一個安全、凝固的空間，我卻感到一片黑暗，沒有方向，沒有目標，沒有心靈的呼應，只有動物般地機械運動——發情與洩慾，只有這還讓我感覺到自己作為一個女人的存在。

結婚後，我常常莫名其妙地哭，非常傷心地，一個人痛哭，我也不知道自己在哭什麼？他關切地問：「妳怎麼了？是不是我那點做的不好？」我實在說不出他有什麼具體的不好的地方，他是那麼自信、自足，他的學生、周圍的老師似乎沒有一個人像他這樣，彷彿從來沒有憂慮似地，一天一天從早到晚忙個不停，別人有什麼困難就找他，有什麼煩惱向他傾訴，惟獨我的心靈和他隔著一堵厚厚的牆。他好像從來沒有意識到這一點。也許是我太幼稚，他太成熟，我太浪漫，他太現實。做飯、料理家務、做愛，不可能成為我的生活全部，我想在家裡看看書，聽聽音樂，在自己的小房間裡不受干擾地備備課，可他的應酬不斷，今天他的同學朋友來了住幾天，明天有幾個學生到家裡來找他辦事，後天他父母親戚又送來一大堆土特產——家裡人來人往，川流不息，他興致勃勃、海闊天空地和別人聊天、喝酒，一聊就是幾個小時。客人來了我要倒茶、招呼，客人走了我要笑臉相送，和他在一起每天都是熱熱鬧鬧，心裡卻空空落落，不知道自己在幹些什麼，我在生活中完全喪失了個人的空間。

結婚不久，我就開始旁敲側擊地對他說；「你應該找一個沒有知識文化，沒有思想的人，她以和你做愛、給你做飯為滿足，你們在一起肯定會各得其所，非常快樂。」

他說：「其實大部分男人的理想都是這樣，可我當初選擇妳，就是要讓別人知道，我的妻子也很有才能，我們一個人學文科，一個人學理科，將來培養孩子就有優勢。」

我啞然，我們倆可能是處在結婚的磨合期吧。

哪能一結婚就和諧一致，幸福美滿呢？

九、太陽出世

沒有平等、尊重的性生活，性只能是罪惡，必然伴隨著迫害和侮辱。愛情實在不是一種感情，而是一種能力。男女互相愛慕、互為力量和慰籍的能力。有了這種能力他們才能共同承擔愛慾所帶來的一切後果。學會做男人，學會做女人，真的是從學會性愛開始。

作家池莉曾寫過一篇小說《太陽出世》，講一對夫妻已到了對生活厭倦無奈、麻木冷淡的時期，因為孩子的出生，生活從此有了希望、力量，夫妻倆在培養孩子的過程中增進了感情，擁有了責任和能力。對大部分人來說，孩子不僅為婚姻上了一把安全鎖，還為失去活力的兩人世界帶來了生機。我常想，為什麼發達國家不搞計劃生育，人口還是負增長，他們真的不喜歡孩子嗎？他們養不起孩子嗎？當然不是。也許他們有更多的選擇來支配自己的生活，養孩子不再是為了傳宗接代，養兒防老，而是完全出於一種期待、願望，一種對兩個人愛情結晶的猜想、渴念。沒有孩子的愛似乎更純粹，相愛的人不需要用孩子來作為他們感情的紐帶，但孩子確實可以讓愛著的人更甜蜜、更豐富。

可是在不同時期，不同地方，人們對孩子的理解卻是那麼地不同。我的一個大學同學結婚後，連生了三個孩子都是死胎，每一次對她都是天崩地裂的打擊，她本來苗條勻稱的身材已變得肥胖臃腫、不堪目睹，醫生說，他們夫婦不適合生孩子，但是她的公公婆婆鐵了心要抱孫子。她就不斷地到各個醫院去檢查、治療，我每次看到她，心裡都一陣陣難過，我真想告訴她，再別為了生孩子折磨自己了。生活的內容有很多，生活的方式也各不相同，為什麼就不能選擇一種更自在、更理性的活法呢？她大學畢業的五年時間，就是在一次次生育的磨難中度過的，看她現在的這個樣子，妳無法想像她上大學時是多麼活潑、可愛。二十年前，在玉安的一所高校發生這樣的事，沒有人會感到有什麼不正常。

後來，我自己生了孩子後，才感到在那樣一個地方，女人為什麼願意不停地忍受巨大的痛苦，一次次地生孩子。以前，在玉安，你常常可以看到這樣的情景，一個年老的維族婦女，身後跟著一群孩子，懷裡還抱著一個吃奶的孩子，你無法判斷這個懷中的孩子是她的子女，還是她的孫子女。一種撕心裂肺的慘痛之後，一個新的生命誕生了，當母親懷抱著自己的骨肉，感受著小東西吸吮自己的乳房，看著他伸胳膊、蹬腿，他的哭、他的笑，他每一天、每一階段的變化都牽動著妳的心，對孩子的這種感覺，真的是勝過男歡女愛，比男歡女愛更純、更濃、更久遠。生孩子固然痛苦，但在孩子身上寄託的那份母性，調動了女人的所有情感、思緒，似乎是任何東西都無法替代的。這就是為什麼有些婦女一旦不能生孩子了，反而感到前所未有的失落、空虛。如果我是一個傳統的維族婦女，我想，我也會生養一大群孩子，他們都是我的心肝寶貝，養育孩子是我的天職，再苦、再累，也任勞任怨。愛孩子勝過愛一切，女人在對孩子的愛上付出的感情，具有驚人的力量。再沒有比生孩子、養孩子，更耗盡心力、情感的了。女人別無選擇、心甘情願地承擔了這個最大的苦痛。

對有些女人而言，愛是痛苦的，越痛越愛，越愛越痛，當男人把他的精液射入女人的體內，就意味著女人要承擔永無止盡的生活上、感情上的種種磨難，就像信仰宗教的偉大殉難者一樣，淒涼而又悲壯。從這個意義上說，避孕藥物和工具的使用，對女人是一個多麼巨大的解放。生育與性愛分離，縮短了男女生理上的差距，讓女性有了生育的選擇權。社會的發展真的到了讓女性既可以在家裡做個賢妻良母，也可以獨立、自在地生活的地步，只是很多人還是按著生活的慣性在活著，而剛結婚的我對這一切更是想都不曾想過。

上海電視臺曾做過一檔兒童娛樂節目《歡樂蹦蹦跳》，戴眼睛的年輕大學教師——四眼哥做主持，問孩子們一些很普通卻又有趣的問題，童言無忌，孩子的回答常常令大人感到出乎意料，有一次，四眼哥哥挑選了三個男孩和三個女孩，問他們：「你們長大了以後想要生幾個孩子？」男孩們搶著大聲說：「生兩個、生四個、生十個。」女孩子們則怯怯地小聲說：「生一個、我也生一個、不生孩子。」主持人問：「為什麼呀？」男孩唧唧喳喳地說：「生兩個可以一起玩。」「生四個剛好可以湊一桌打麻將。」「我要找多多的老婆，所以就生十個孩子。」女孩則說不出生孩子的理由，那個長大了不願生孩子的小女孩悄悄地說：「因為生孩子疼。」

三、四歲的孩子，沒有人有意教他們這些東西，但他們的回答卻讓人在笑過之後，有番感慨——男女真的不一樣。要不要生孩子？生孩子到底是怎麼回事？該怎樣養育孩子？當我還沒有考慮這些問題的時候，這一切已不容質疑地擺在了我面前。剛和王一大在一起的時候，他說，妳要想辦法採取避孕措施。他是體外射精，應該沒問題吧，我想。我會生孩子嗎？懷孕、生孩子到底會是什麼感覺？怎麼避孕我不懂，又沒有去看過這方面的書，問別人更是難以啟齒，有些人結婚好幾年也沒有孩子，我可能也不會很快生孩子吧？我僥倖地想。有一天我在圖書館看書，突然感到一陣噁心，還沒有跑出圖書館大門，就把胃裡的東西全嘔了出來，幸好是一大早，圖書館就我一個人，我趕緊借來鐵鍬、掃帚把嘔吐物清理掉。難道我真的懷孕了？我暈暈忽忽地走在回家的路上，我還以為自己可能天生就不會生孩子呢，怎麼這麼突然就懷孕了呢？他不是每次都採取避孕措施了嗎？也許真的是胃病什麼的。後來就什麼不舒服的感覺也沒有了，不是懷孕，又會是什麼？晚上吃完飯後，我忍不住告訴王一大，我可能懷孕了，他感到很意外又很為難：「我讓妳注意避孕，妳不注意，看，現在出問題了，我們現在還不能要孩子。」「可這已是個小生命了。」我撫摩著肚子，有點好奇，有點憐愛地說。「現在還只是沒有成型的細胞組織，還不是胎兒。」他說。「那怎麼辦？」「我們到醫院去做掉吧，剛結婚還什麼都沒有準備好呢。」我心裡有點難過，我捨不得讓肚子裡這個小小的東西離開我。

「我們先到醫院檢查檢查，做不做到時候再說。」我說。

第二天，我們一起去醫院，像是去幹什麼見不得人的事，在路上生怕碰到熟人，在醫院門口恰恰看到玉安大學的一個行政人員，趕緊躲開，直到確定她已經離開了醫院，我們才悄悄進了婦科門診。王一大在門外等著，我還是很緊張，醫生冷冷地命令：「把褲子脫了，躺在床上。」我乖乖地聽她的話，赤裸著下體，躺在那兒，像一隻任人宰割的牛羊，羞愧、恐懼、無助一起湧上心頭。美麗動人、青春亮麗，婀娜多姿，都是用來形容年輕女子的，而誰會想到，當她們為愛付出代價時，卻是那麼可憐可歎。這時，我甚至有點恨男人、恨自己，我到底從他身上得到了什麼快樂？我為什麼要這樣做？

「妳真要把孩子做掉嗎？」醫生問，我點點頭，但我心裡真不想讓她動手術。我痛苦地祈禱、等待著……躺在床上，我忍不住斜眼看著醫生，她好像是把一根鐵絲似的東西伸進陰道裡攪動，我害怕極了，屏住呼吸。過了好半天，她說：「妳的輸卵管彎曲，很難做手術，妳是懷第一個孩子，最好不要做，否則容易引起習慣性流產。」我鬆了一口氣，上帝保佑，一切就讓它順其自然吧！我真的想要孩子！一想到自己還能懷孕、將來就要生出個孩子，這讓我產生一種奇異的期待感。走出手術室，我興奮地告訴王一大，我沒有做成手術。但是到底要不要孩子呢？我們都是剛開始工作，有千頭萬緒的事要做。「過幾天，我找一個學生的家長，他是二醫院的院長，由他請個有經驗的醫生再幫妳看看。」王一大說。

再到二院時，專門請了一位婦科主任來檢查，她一看說：「陰道已經感染了炎症，先要打針吃藥，消了炎後，再來做手術。」我好像時時處處都注意衛生，怎麼會有炎症？結了婚，一切就由不得自己了，兩個人的世界，不光有爛漫親昵，還潛藏著很殘酷很危險的東西。誰會想到結婚有這麼多的麻煩，我體質雖然不強壯，但從小到大很少得病，沒想到現在突然間，又是懷孕、又是炎症，一次次跑醫院，心裡真不是滋味。怪不得女孩青春亮麗、光芒四射，女人卻多是憔悴倦怠。只有那些懂得愛護自己，也懂得與丈夫很好溝通和交流的女性，才能真正明白婚姻的價值，創造婚姻的幸福，變成優雅自信的女人。

在性愛上，女人永遠不可能與男人平起平坐，男人愛就愛了，女人愛了之後，卻要面臨一系列的問題。後來，我又有好幾次因為避孕的失敗到醫院來，就常常看到醫生對那些沒有結過婚就做人流的女孩態度非常惡劣，鄙視她們，嘴裡不停地罵她們賤貨。看著她們蒼白痛苦、沒有血色的臉，她們孤獨地、難堪地在別人的白眼中離開的身影，我辛酸地想：女人千萬不要輕易愛上一個人，更不要相信所謂的性解放，性解放與其說是「性」的解放，不如說是人格的解放。沒有平等、尊重的性生活，性只能是罪惡，必然伴隨著迫害和侮辱。愛情實在不是一種感情，而是一種能力。男女互相愛慕、互為力量和慰籍的能力。有了這種能力他們才能共同承擔愛慾所帶來的一切後果。學會做男人，學會做女人，真的是從學會性愛開始。

我打針吃藥堅持的一個星期，再到醫院檢查，醫生說，炎症消下去了。她開始給我做手術時，我又是一陣心驚肉跳的等待，過了一會，她說：「妳做人流確實比較困難，還是把孩子生下來吧，要不就等到四個月時，做引產手術。」

「我想要孩子。」我說。不管怎麼說，我還是不忍心讓一個正在形成的小生命被痛苦地流掉，既然上帝已經把孩子賜給了我，無論如何我要把他生下來。回家的路上，我很輕鬆，至於說怎樣做母親？怎樣生孩子？那還是幾個月以後的事。現在我可以一心一意地等待著一個新生命的誕生了。這期間的心情真是瞬息萬變，一會兒好奇，一會兒擔心；一會兒充滿希望，一會兒又心懷疑慮。孩子會是男孩還是女孩？會不會生個缺胳膊少腿的畸形兒？吃過消炎藥會不會對孩子有影響？每天關注著自己的身體的變化，時不時去稱一稱體重，做好吃的盡情吃，不光是為自己更是為孩子，懷孕的媽媽們碰到一起說個不停，如何給孩子準備衣物？如何給自己增加營養？共同的期待讓她們彼此感到特別親切。家裡人也把自己當做重點保護對象，夫妻之間更加關心、愛護。

伴隨著愛和希望的生命期待，本身就是一首動人的歌。當肚子裡的小生命漸漸大了的時候，行動不便、睡覺沒法翻身，整個人就像只笨重的大袋鼠，心裡就盼著孩子快快出來，他或她會是什麼模樣呢？聰明嗎？漂亮嗎？他現在在肚子裡能聽到母親的話、感受到母親的撫摩嗎？有時，我坐著、站著、幹著自己的事，突然肚子就會鼓出一個大包，而且一動一動的，孩子在伸胳膊踢腿呢！我驚喜極了，一股幸福的暖流在全身蕩漾開來。小寶寶已經會在肚裡不安分地亂動了，他就要出來了，我就要做母親了，要有自己的孩子了，一個生命從無到有，九個月的孕育變化，一天天地在自己的子宮裡由細胞長成有頭有臉、有手有腳的小人兒，實在奇妙，這期間讓我對胎兒，有了種切膚的骨肉之情。

懷孕七個月的時候，剛好是放暑假，也就避免了我大腹便便地去給學生上課。一畢業就結婚，一結婚就懷孕、生孩子，這讓我有點在同事、學生面前無地自容，我更害怕碰見紀宇、袁泉。從一個浪漫幻想的大學生轉瞬之間變成一個婦道人家，連我自己都不敢相信。偶爾我心裡劃過一道影子，那是袁泉，他站在遠處，望著我燦爛地微笑著——我卻怎麼也走近不了他了，我們之間隔著的何止是一條鴻溝。

一個女孩，一下子就變成了女人，變成了媽媽，這太不可思議了。我想我現在這模樣，就像農村裡的維族小姑娘早早就有了孩子，整天呼兒喚女地忙碌一樣，又可憐又可惜。暑假和王一大回到他父母家，他父母住在比玉安還要偏遠的一個小縣城裡，離玉安還有五百多公里的路程。他們雖然都是機關的幹部，但生活還是保留著自給自足的自然狀態，種菜、養雞、生火、做飯，為一日三餐，從早忙到晚，這種生活對我而言既陌生又新鮮，我整天挺個大肚子和他們一道買苜蓿、剁雞飼料、晾乾菜，反正多活動對生孩子有好處。

王一大對他的父母總是讚不絕口，他父母是那種願意把五臟六腑都奉獻給孩子的人，孩子一回到家，家裡就炸開了鍋，買菜、做飯，請客、走親戚，人來人往，熱鬧非凡，現在又帶回來個媳婦，一個腆著大肚子的媳婦，家裡更是紅紅火火，蒸蒸日上，一派喜氣洋洋。王一大每年寒暑假都要回家，他說，在家裡可以想睡到幾點就睡到幾點，想吃什麼就吃什麼，隨心所欲、自由自在。而我卻不願意和父母在一起，更不願整天無所事事。但現在不同了，有了小寶寶，心態也不一樣，所有人都圍著我轉，而我圍著小寶寶轉，我吃飯、睡覺、休息、做家務都惦記著小寶寶，有了這個小生命，不上班、不看書學習，也覺得心安理得、天經地義。暑假結束的時候，我的預產期也快到了，我希望能回到玉安，由王一大照顧我生孩子，但王一大說：「還是留在父母身邊，他們有經驗，家裡人多，萬一有個什麼事，也好有個照應。」我只好答應。定期到醫院檢查，一切都正常，又過了一段時間，開始有陣痛，我趕緊打長途電話讓王一大快點回來，王一大回來的第二天晚上，我又開始一陣陣地腹痛，真的快要生了，一家人半夜四點鐘就起了床，披星戴月地向醫院走去，路上沒有一個人影，漆黑一片，只聽地見腳步刷、刷、刷疾走的聲音，到了醫院的急症室，醫生看了看說：「還早呢，先躺著吧，起碼要到幾個小時後才會生。」縣城裡唯一的一所醫院裡，大都是維族人，當時他們還沒有實行計劃生育，婦產科的觀察室裡已經有幾個中年維族婦女在哼哼唧唧地強忍著劇痛等待生育，黑糊糊的房間，幾張破爛床，那情景就像是走進地獄之門，婆婆安慰我說：「不要緊，別害怕，妳看這些維族人，她們生孩子就像拉泡屎一樣簡單。」

是啊，別人能做的事我也能做，既然別的女人都生出了孩子，我又有什麼不能的呢？疼痛像潮汐似的一陣陣湧來，從半夜到凌晨，從凌晨到上午，每到疼痛難忍的時候，我就扶在王一大身上，由他帶著我在醫院裡轉來轉去，以分散注意力。我們的命運已經連在了一起，現在又要有一個我們共同製造的新生命出現了，只有他在，我心裡才感覺踏實。我們都沒有做好當父母的心裡準備，但孩子就要生出來了，這都怪我，也怪這個小寶寶太奇特、太頑強，如果他（她）真要被流掉了，我肯定會後悔難過的，現在我要做一個真正的女人了，為人妻、為人母，即使忍受再大的痛苦也心甘情願。我渴望著、期盼著一個新生命的誕生，我要看看自己到底能生出怎樣的一個孩子。不管這個孩子是男孩還是女孩，我都要把他或她生出來，養大，讓他（她）過的比我好，讓他（她）充分體驗生活的酸甜苦辣，讓他（她）為有我這樣一個媽媽感到驕傲自豪。

我的痛是他（她）帶來的，他（她）是我的血肉，每一陣疼痛都是他（她）在掙扎著要出來的信號，我心裡默默念叨著他（她），祝福著他（她）是個健康、聰明、漂亮的小寶寶，我咬著嘴唇，慢慢挪動著腳步，一邊在醫院的院子裡輕輕地走動，一邊在心裡一遍遍祈求他快點出來，平平安安地出來……整個上午總算熬過去了，到了中午，我硬著頭皮吃了點東西，我要儘量多吃點東西，以便生孩子的時候有力氣。醫生又來做了一次檢查，宮頸口又開了一指，疼痛更加劇烈，隔壁產房裡傳來痛不欲生的慘叫聲……接下來該輪到我了，我一定要堅持住，一定要鎮定，我不敢發出呻吟，甚至不敢露出痛苦的神色，我只是在心裡默默地期盼、等待，既然必須承擔苦痛，既然希望小寶寶順利生產，唯一能做的就是強忍著身心的折磨，做出一付超然平靜的樣子對待一切。

疼痛撕咬著我的心肺，撕咬著我的每一寸血肉，讓我的每一根神經戰慄、痙攣，我真的快要死了……我真不明白女人為什麼要遭這樣的罪？孩子的出生怎麼會要忍受這麼巨大的痛苦？我被疼痛扭曲著、折磨著、煎熬著……頭腦卻越發清醒，醫生給我做了最後的清洗工作，我等待著「置於死地而後生」那最後的關鍵時刻。丈夫、婆婆、小姑子都被醫生請到門外，不再讓進來，現在只有我和腹中的孩子了，產房裡空曠曠的，一片緊張寂靜，日光燈照得每個人臉上發出慘白的光，我看了看牆上的掛鐘，十點半了，從昨天的半夜四點到現在的晚上十點，我已經忍受了十八個小時的劇痛。突然，我感到下體有一股液體沖了出來，我驚叫起來，醫生說：「羊水已經破了，該生了。」

我上了產床，盡量保持鎮靜，兩手抓住產床的把手，長時間的疼痛已經讓我不知道什麼叫做疼痛了，心裡只有一個信念：寶貝快出來吧！醫生說：「已經看到孩子的頭了，妳要和我們配合好，我讓妳用勁妳就用勁。」醫生看著孩子一點點出來，並且告訴我：「用勁，好，停一下……好，再用勁……」我像個戰場上英勇戰鬥，在犧牲的最後時刻，也要完成任務的士兵一樣，在產床上使出渾身解數，配合著醫生的指令……

「哇……」一陣響亮的啼哭。「是個千金」我聽見醫生說。孩子被放在另一張床上，我側頭看了看她，她正睜著黑亮亮的眼睛望著房頂上的日光燈。一個多麼美麗、可愛的寧馨兒！我深深地舒了口氣。我的兩隻胳膊，因為用力過度，已經輕飄飄地失去的知覺。丈夫、婆婆都進到房間裡來看孩子，我只聽見醫生對婆婆說：「她真是不一般，不哭不叫，硬是用力氣把孩子生下來了，只是孩子頭太大，陰道撕裂，需要縫幾針，再打一針破傷風，開些消炎藥就行了。」沒有打任何麻醉藥，醫生縫針、打針，我已經感覺不到任何疼痛了。我沉浸在孩子出生的驚喜和激動中。

孩子很快就被抱去稱體重、測試各項健康指標，體重七斤八兩，孩子五官感覺靈敏，一切正常。——上帝保佑我，真沒有想到自己會生下這麼健康的一個孩子！我身材本來就小，懷了孩子也不見長幾斤肉，本以為生出來的孩子會像小貓一樣又瘦又小，沒想到她竟然白白胖胖的，頭髮烏黑、眼睛又大又亮，體格健壯，哭起來，聲音清脆響亮，給她餵奶時，她更是像小狼狗似的急不可待地吸吮，當我把她抱在懷裡感受她用勁吸咬我的乳房時，我驚異於這個小東西旺盛的生命力——生命真是一個奇妙的現象，母親一生完孩子，自然就會分泌出奶水，孩子一出生就會吸吮乳房。生完孩子的三天三夜，我竟然一刻也沒有入睡，大腹便便了幾個月，現在突然孩子從身體裡出來了，就活靈活現地躺在我身邊，我還是覺得奇怪，我怎麼會生下這麼個孩子？

女人真是太偉大了，一個生命的孕育、出生真是太不容易了，我甚至開始對每個女人都心懷崇敬，她們能夠忍受生育的痛苦，還有什麼苦難不能忍受的呢？生育孩子讓她們透徹地感悟到了生命的來之不易，她們願用一生一世的愛換來孩子的幸福！我甚至想，我們的社會應該形成這樣一個寬容、善良的環境，應該讓每一個男孩、女孩在他的成長過程中，都有一個機會到醫院裡去看看，親身體驗和瞭解母親是怎麼生育孩子的，讓他們從小就珍惜生命、愛護生命。讓男孩懂得女孩將來要完成的使命，經受的苦難，讓男孩更加珍惜女孩，理解女孩；也讓女孩在成長為一個成熟女性之前，在學會做母親前，就有足夠的心裡準備和知識準備，這樣我們的後代才會生活得更健康、美好、溫馨、和諧。

孩子餓了、渴了、該換尿布了，每時每刻，她所有的一切都牽動著我的心，寶寶熟睡的時候，我無法入眠，心裡還在不停地翻騰著無窮無盡的驚喜激動；當她醒來的時候，我更是目不轉睛地盯著她看，她黑亮亮的大眼睛，她袖珍般的仿佛一碰就要融化的稚嫩的小手、小腿，她身上淡淡的奶香味，她甜美寧靜的呼吸，她咧開小嘴肆無忌憚地放聲大哭的樣子，她從嘴角溢出的口水、奶水……都像夢一樣既真切又奇特地纏繞著我，她是我的孩子，一個多麼美妙的來自天國的最好的禮物。

剛出生的孩子據說都是像小老頭一樣皺巴巴的，而且吃了就睡，睡了就吃，可她卻胖嘟嘟、白嫩嫩地，那麼招人喜愛，整天眼睛睜得大大的，黑黑亮亮的眼睛裡好像什麼都有，又好像什麼都沒有。給她餵奶的時候，她會像個靈敏、健壯的小動物，一口咬住乳頭，然後極有節奏、韻律地使勁吸吮，母親的奶水一股股地從身體裡傳入她的口中，看著她閉著眼睛，緊緊地貼在自己懷裡，盡情吸吮的樣子，我一邊忍著乳房的微微疼痛，一邊有一種「做愛」般的快感，一種醉酒般的甜蜜，當她吸累了，吃飽了，她的小腦袋從乳房上斷然移開，嘴角微微一牽動，她心滿意足地甜甜地笑了一下——她這出生後的第一次輕輕的微笑，讓我仿佛被一種叫做幸福的暖流電擊了一下——我愛我的女兒，勝過一切。

她比我的生命還重要。——這是生命傳達給生命的最本真、最自然的愛！也許我的所有痛苦，所有期待，就是為了這份來自孩子的親昵、依戀。女人在愛孩子的時候才是真正幸福的時刻——溫柔、奉獻、甜美、期待……這個時候才覺得做女人真好！寧馨兒，我就叫她寧馨兒吧，她的皮膚像玉石、像水晶一樣光潔、晶瑩；她的身體像花朵、像綢緞一樣柔軟、清香；她的眼睛像美酒、像寶石，更像月亮、像星星……不，世上沒有比小孩子更可愛的東西了，她活潑潑地、憨態可掬地一天天的長大，每一天都有新的變化：會笑了、會伸舌頭了、會打噴嚏了、會啃手指頭了、會抓東西踢腿了；眼珠子會隨著人的走動靈活轉動了，會因為聽到關門、開門的聲音，臉上顯出驚異的神色了……如果我是個電影導演，我一定要拍攝一部小孩子成長的影片，讓她出生後的每一個可笑、有趣、天真、浪漫的神情、動作永留人間。

馨兒真是越長越漂亮，烏黑發亮的頭髮漸漸變成了一頭小捲毛，眼睫毛也長得長長的，像兩把黑扇子守護著撲閃的大眼睛，她真是一點也不亞於畫片上的小天使，每天給她餵米粉，那印在米粉盒子上的可愛的胖米粉娃娃，也就是她這個模樣。她實在太美妙了，我甚至懷疑是不是自己生的，她既不像我，也不像王一大，她更像我媽媽小時侯的模樣。

在我成家後不久，我父親就主動辭退玉安大學院長、書記的職務，到新疆大學做專職教授，他覺得自己更適合搞學問，特別是隨著年齡的增長，有意避開外界的紛擾，寫寫文章，教教學生，對他來說既是很好的修身養性、又是最充分地發揮才智。父母只希望我應該先有個安定的小家，好好過日子，但我到底應該怎樣安排自己的家居、房間？結婚生孩子應該注意那些問題？對這樣一些細節他們一概不聞不問，都是我自己懵懵懂懂地摸索著做。在公公婆婆家的小縣城順利生下孩子後，我就希望能回到玉安，由我和王一大兩人自己帶孩子，我有四個月的產假，可以每天陪伴孩子，孩子再大點，就可以請個保姆，王一大說，我和孩子最好還是在他父母家再住幾個月，家裡人多熱鬧，父母帶孩子又有經驗。孩子出生的一個星期後，王一大回到玉安上班，我則留在小縣城裡。

公公是一個科研單位的領導，常常忙著開會、寫總結。婆婆則是這個科研單位裡的一個下屬機關的檔案管理員，每天的工作就是到單位去報個到，跟人聊聊天，餘下來的所有時間都用在打毛衣、養雞、做飯上。現在有了孫女更是忙得不亦樂乎，何況又是這麼漂亮、可愛的孩子。這個孩子成了家裡的「小太陽」，大家每天下班回來的第一件事情，就是搶著抱孩子、逗孩子。

婆婆上班的地方離住家就幾步路，所以家裡再忙亂也不用著請保姆，只要她不時回家照看一下就行了。家裡人來人往，親戚朋友一把幫，孩子像一個稀奇的小玩具，被人們傳過來，遞過去，不停地逗著、玩著、誇讚欣賞著……王一大的舅舅、姨姨、兩個妹妹、周圍的鄰居，有送小衣服的、有送吃的喝的，好不熱鬧，孩子被人抱慣了，整個白天幾乎不睡覺，硬是要人抱在手上，下班的時候，家裡人多，輪流抱著孩子開心、逗樂。大家上班後，就剩我一個人在房間裡，我想哄孩子多睡睡覺，自己也好休息休息，但我無論怎麼哄，孩子都不睡，而且一定要抱在手上才安穩，我就坐著、站著、走著，什麼時候都把孩子抱在懷裡，孩子即使是看上去睡著了，可只要往床上輕輕一放，就開始大哭不止，怎樣哄都沒有用，除非妳再把她抱起來為止。

我就這麼一天天，幾個小時、幾個小時地抱著孩子，一直等到他們都下班回家，我才有喘息的機會，一個孩子把一家四、五個大人搞得團團轉，有時我真希望哪怕有一個人幫我帶一天孩子，我給她一百塊錢，都行。

家裡每個人都想盡情表示對孩子的由衷喜愛，這個人給孩子餵點水，那個人給孩子餵點菜，孩子睡覺、吃奶、大小便毫無規律，大人筋疲力盡、孩子也開始出現拉肚子、食欲減退的症狀，家裡人又陪我抱著才幾十天的孩子去看病，醫院離家裡很遠，縣城裡沒有公交汽車，更沒有計程車，我就和家人輪流抱著孩子一步步走著去醫院，平時那麼可愛的孩子現在抱在手上變得像鉛一樣沉重。這樣反反覆覆一段時間後，我兩隻手腕整天酸痛難忍，醫生說，這是得了鍵鞘炎，緊接著，我又得了痔瘡、胃病。渾身上下仿佛變成了支離破碎的一堆廢銅爛鐵。

王一大在玉安，離這裡有五百多公里的路程，只等著四個月後，放寒假才能回來，他以為我在家裡有眾人照顧著，好的不能再好了，就時常寄來些從報紙、雜誌上剪下來的育兒文章，寫些怎樣培養孩子的大話、空話，他怎麼能體會得到一大家人被孩子拖累得一個個精疲力盡的樣子。——養個孩子怎麼就這麼難？到底為什麼要養孩子啊！我忍不住時常這樣想。

有一次，他們都上班了，我一個人抱著孩子去打針，街道上沒有幾個人影，偶爾有幾輛維族人趕著的馬車、驢車從身邊經過，地上隨處可見一攤攤馬糞、驢糞，正午的陽光白恍恍地照耀著，乾燥的塵土，糞便的騷臭味道，像燃燒的火焰一樣，在空中獵獵飄舞，我看著懷裡嬌小熟睡的孩子，心想，我為什麼要生孩子？為什麼要把孩子生在這樣一個大荒漠的邊緣城市？我能給予她什麼呢？我甚至對她有一種深深的愧疚感，我真不該讓她來到這個世界上受苦受難，像她這樣漂亮、可愛的孩子，多麼應該在一個更好的環境裡成長，我怎麼就這麼不負責任地、隨隨便便地，把她帶到了這個世界上來了呢？

好不容易走到了醫院，醫生給孩子做了藥物的皮試試驗，準備給她打針——這麼小的孩子就要打針。我一陣揪心地痛，眼淚止不住流了出來，青黴素大人打了都會痛很長時間，更別說這麼小的孩子了。可馨兒還從來不知道打針是怎麼回事？一雙大眼睛奇怪地東瞅西看，醫生動作很快地給孩子打了一針，孩子這才爆發出強烈的哭聲，我的心也總算落了地，過了一會兒，便抱著她疾步走出注射室，出門的時候，孩子邊哭邊用手一個勁地向後指著，我奇怪地向後面看了看，原來我把包裹小孩的毯子落在醫院的床上了，我轉回身來，取回毯子，把她抱好，她這才乖乖地不哭了。三個月的孩子，不會說話，只會用哭、笑、表情、動作來傳達她的感受，她看上去那麼小，但好像什麼都能感受到，她竟然還能意識到我把她的東西落下了。多麼聰明的孩子，我緊緊抱著她，貼在自己的胸口上，心裡熱浪翻湧——我一定要好好培養她，讓她成為個幸福、出色的人。

放寒假的時候，孩子已經五個月了，我的產假也要結束了，王一大春節回到家的時候，孩子整天咿咿呀呀地，更加憨態可掬。春節其間，家裡又是人聲鼎沸，三天兩頭地請客、吃飯，在酒桌上，王一大儼然是一家之主，比他父親還活躍，勸酒、敬酒、划拳、說小段子……把上上下下的人都調動地興高采烈，怪不得他這麼能說會道，原來從小就在自家的酒桌上百煉成鋼了，他是王家的軸心，父母的驕傲。在他們家待久了，我才漸漸體會出中國的普通家庭是怎麼回事？人與人之間紛紛擾擾，糾纏不清，熱熱鬧鬧、矛盾重重。我、我父母和他們比較起來簡直就是生活在一個世外桃源的真空世界裡。我在他們家就像一個什麼都不懂的天外來客，好奇、驚奇又困惑、天真，我不由自主地觀察、體驗著這種一波未平、一波又起的世俗生活，有時我為他們的熱情、周到感動得熱淚盈眶，有時又覺得不可思議。

做月子的時候，本來應該由王一大照顧自己、照顧孩子，可王一大從來就是在家裡睡懶覺，孩子尿濕了，哭了，他還在呼呼大睡，根本醒不來，都是我和他媽媽半夜起來看管孩子，做月子的講究很多，不能刷牙、不能看書、不能到外面見風、見陽光，房間裡沒有衛生間，我只能在家裡用便盆，我真有點不好意思讓王一大去做那些洗尿布、倒便盆的事，自己卻又無能為力，沒想到王一大倒是心安理得地在家裡吃了睡、睡了吃，每天都是他父親一大早就進到房間裡來，掃地、擦桌子、倒便盆。我心裡說不出是難過，還是感動。

父母好像就應該一輩子為兒女做牛做馬似的，兒子都二十多歲，有了自己的妻子、自己的孩子，許多事情完全可以由自己來幹了，他們還把兒子當成嬰幼兒似的，恨不能繼續為兒子端屎端尿，在他們的意識裡，除了自己的寶貝兒子、女兒，親戚、姐妹兄弟，以及兒子女兒的子子孫孫的後代之外，似乎再也沒有可以容納自己喜怒哀樂的思想空間了。兒女小的時候，給兒女餵飯、擦屁股；兒女大了，又忍不住要給孫子女餵飯、擦屁股。他們把馨兒當成自己的寶貝孩子一樣，事事操心，好像他們兒子肩負的家庭重擔還不夠，現在後繼有人，孫女又將要成為這個家庭的希望所在了。

馨兒出生不久，婆婆就和我商量，想通過我父母的關係，把馨兒的戶口安在烏魯木齊，這樣今後孩子長大了，就可以到烏魯木齊上學，我們也好借此機會調到烏市去。我心想，真要去烏魯木齊，我在大學畢業的時候就可以去，但現在正因為結了婚，有了孩子，就只能先在這個小地方生活下去了，我父母是絕對不會做這種不明不白的事情的。

對我婚姻的干涉是他們唯一為我做的一件大事，現在我的終身大事圓滿完成，他們就心安理得地過自己的日子去了，老倆口住在新大校園的家屬區裡，周圍滿是花草樹木，校園裡空氣清新、環境優美，生活方便、簡樸，他們營造了一個外人無法介入的完全自我的獨特世界。我曾寫信勸他們到各處走走，盡情地享受生活，到兒女家住住，到北京、上海的親戚家看看，但他們哪裡也不去，父親在繼續帶研究生，寫文章，天熱的時候，每週都到烏市郊外的一個大水庫去游泳。母親則在家裡做做飯，學學英語，用秀麗清新的鋼筆小楷把父親寫的文章像撰寫字帖似的謄寫出來。

可王一大的父母卻是那樣的不同，他們彷彿總是在生活的風頭浪尖上搏擊掙扎，為了兒女、為了一家人的前途命運嘔心瀝血、絞盡腦汁。住在王一大父母家的那段時間，我才知道，他們家大大小小的人都是靠他爸爸的關係被安排在小縣城裡，他的舅舅、姨姨從四川農村來，被安排在縣城做生意，他大妹妹中專畢業，通過他爸爸老同學的關係，找到了一個新提拔的市長助理做對象，並藉此留在了市裡，他小妹妹學習太差，考了幾次學校都沒有考上，又是通過他父親的關係，被安排在一個單位當出納。他們家整天請客吃飯絕對不是什麼興致所至，而是為了給兒女提供一個體面的工作，像樣的生活。與此同時，他們也在不斷地給兒女灌輸一些社會上精明的處事之道、為人之道。

我隱隱約約地感到，我與王一大之所以很快就結了婚，與他父親的教導關係密切，王一大一定是先回家徵求了他父母的意見，他父親教導他說，學院的書記院長既然看上了你，欣賞你這個女婿，而且，這個女孩子本身也沒有太大的毛病，你就不要錯過這個機會，這關係到你在玉安大學的政治前途。婚姻已讓我幾乎完全喪失了自己，現在小寶寶出生了，她不僅是我的骨肉，更是王家的後代，我從一個浪漫、幻想的女孩著實變成了一個生活中「成熟」女性，我一下子知道了太多的自己以前全然不知的東西。我除了麻木地、順其自然地工作、帶孩子以外，再也找不到生命的激情了。——一朵凋零的花，還沒有來得及體會青春、亮麗、個性、自由是怎麼回事？生命就已匆匆走過。

當我再回到學校時，好些人都問，妳是不是進修去了，怎麼這麼長時間不見妳人？我說，我去生孩子了。他們愕然，妳自己還是個孩子呢，怎麼這麼快就要孩子了！我抱著孩子，整天沉浸在養孩子的歡樂和瑣碎中，有時也想，我自己的命運都沒法把握好，怎麼就養起孩子來了。

一九九〇年七月，女兒十個月大，帶她去烏魯木齊，看望外婆、外公。

十、第一次出門遠行

我們總是為孩子、為父母、為家人，為單位、為領導……瞻前顧後、委曲求全地活著，什麼時候，我們面對自己的心靈、面對大自然、面對一種超乎功利的友情、愛情，好好地、好好地，呼吸過自由、新鮮的空氣？放鬆、純淨，像出生的孩子般，重新體會一下我們周遭的世界？

帶孩子的母親，心中最大的期盼就是孩子快快長大，自己好擺脫瑣碎、勞累的狀態，重新獲得自由。我把馨兒帶回玉安後，既要上班，又要做飯、帶孩子，好在大學裡不做班，一周四節課，我除了每週去上兩次課，參加系裡的會議外，都可以在家陪伴孩子。玉安找不到合適的保姆，我不在家時，王一大就留在家裡邊備課，邊照看孩子，我們嚴格地按照科學的作息時間帶孩子。吃飯、睡覺、活動，都養成良好的習慣。每天雖然也有幹不完的事，但孩子吃得好，睡得香，大小便極有規律，再不像在王一大父母家那樣每天熱熱鬧鬧的一團亂麻，各種毛病層出不窮。

馨兒的確比別的孩子更健康、聰明，而且非常乖巧、可愛，只要是我一個人和她在一起，我就給她放音樂、跳舞、做遊戲，雖然她只有幾個月大，但她好像什麼都懂，她那專注的眼神、燦爛的笑容、咿呀學語的樣子，讓我陶醉不已、憐愛萬分，我和她一玩就是幾個小時，觀察她的每一個細微的表情、動作，我可以從她的神態上判斷出她是不是要大小便了？有沒有什麼不舒服？因為帶得仔細、科學，馨兒半歲以後就很少尿濕尿布，七、八個月的時候就會清晰地發出「吃」、「喝」這樣的詞，十個月的時候學走路，一開始她會非常小心翼翼地移動著小腳，走一下，停一下，甚至在地上蹲一會兒，再走，很少跌跌撞撞，冒冒失失，十二月的時候已經能夠很穩當地自己走一百多米。一歲以後幾乎就再沒有尿過床，一歲半的時候，幾乎能說所有日常的語言，有時會突然冒出幾句很有意思的話，我總覺得像她這樣的孩子，應該由母親專職來培養，如果我能在她出生成長的這兩三年裡，一心一意地照料培養她，她很可能會成為一個極為出色的孩子。

這時候我就想，如果丈夫能完全支撐一個家，或者我們的社會能提供這樣一個完善的育兒機制，讓有一定資質的母親能在一個有效的時間段裡，系統地培養孩子，該有多好啊！母親每天和孩子在一起，感受她的變化成長，這會帶給她無窮的樂趣。等孩子長到三、四歲，再了無牽掛地去工作，這樣不僅對孩子的教育非常好，對母親身心的恢復和健康也極為有利。孩子雖然很小，但正是大腦、身體發育的最佳時期，是與母親交流、從母親這裡獲得溫柔的感情，善良的智慧必不可少的階段，讓一個沒有文化的保姆帶孩子，或者放在托兒所裡，由別人統一帶孩子，都是對孩子成長的極大損失。母親應該是孩子一生中最好的老師。一個有知識、有文化、富有感情、智慧的女性更有能力條件培養出身心健康的後代，這樣說來，女人對社會的貢獻不僅是會生孩子、更應該是懂得把孩子培養成一個真正對社會有用的人才。孩子絕不僅僅是自己的私有財產，他首先是一個在社會上具有獨立意識的人，從一個嬰幼兒成長為一個真正意義上的人，母親起著多麼重要的作用。

從這個意義上說，一個國家婦女的素質決定著這個國家人口的素質，高素質的女性才有可能培養出高素質的後代。可我們這代人的父母，當初條件太艱苦，沒有培養孩子的意識，我們自己又因為忙著在這個急劇變化的時代裡不被淘汰，大都把自己的孩子極不負責地讓老年人來帶。自己的孩子自己不悉心照料，卻讓老年人再次受苦受累，這還被譽為是中國傳統美德的發揚光大：中國人重視親情，家庭觀念強，老年人的奉獻精神值得稱道等等。殊不知大多數老人只能管管孩子的生活，對孩子的智力、性格等多方面的科學培養，卻很難照顧得到。我們的社會在強調發揮女性價值的同時，卻以剝奪女性真正的價值為條件，什麼時候女人才能還原為一個真正意義上的女人？讓女人做女人應該做，願意做的事情，這是對女人的最高獎賞。

又是一個學期過去了，帶孩子、上課、做家務，熬是熬過來了，孩子也已一歲多了。可以放在學校裡的托兒所了。但我實在不忍心讓她和一大堆大大小小的民漢孩子亂七八糟地待在一起，托兒所的阿姨都是玉安大學的家屬，沒有文化，更沒有什麼職業規範，只是湊在一起，暫時解決職工一時的困難。王一大說，別人的孩子都能上托兒所，我們的孩子又有什麼不能上的呢？再說，也不能總把孩子擱在家裡。馨兒在托兒所放了一段時間倒還習慣，可能是還太小，對有些事情還處於混沌狀態。我就記得自己小時候，每次上托兒所都是大哭不止，托兒所的阿姨總是非常嚴厲，她們把孩子們撂到一邊，讓他們呆呆地坐著，不許動，不許亂跑，自己一幫人湊在一起，嘰嘰喳喳地聊天，議論這個家長缺德，那個孩子沒教養，我對她們又恨又怕，好像只有那個幼稚園的院長，年紀大些，白白胖胖的，給人和藹可親的感覺。

每天上下班接送孩子，馨兒常常是最早一個被送來，最後一個被接走，別人都是還沒有下班，就把孩子早早地接走了，而等到我下了最後一節課，到食堂買了中午飯，再去接孩子的時候，托兒所就剩馨兒一個人。有一次我又是很晚才去幼稚園，一群維族阿姨圍在一起聊天，不見一個孩子，難道馨兒是被別人接走了？我心裡一陣緊張，跑出托兒所的大門看看，也沒見孩子的影子，再轉到房間裡，發現在一大堆阿姨的身後，馨兒一個人乖乖地坐在一個小板凳上，專注地玩著。她不哭不鬧，像小神仙一樣自在，見我來接她，高興地撲在我懷裡，而且一個勁地叫著：「吃饃饃，吃饃饃，吃饃饃……」，聲音稚嫩、悠長，像唱歌似的，我把剛從食堂買來的大饅頭拿給她一個，在回家的小路上，她邊走邊香噴噴地吃著，不一會功夫，饅頭就吃掉了一大半。她還不停地用小手指指著各處問：「這是啥？」「這是地。」「這是啥？」「這是門。」「這是啥？」「這是牆。」她不停地問，我不斷地答，很快就走到了家。

星期天，她和差不多大的一群孩子，滿院子跑著玩，我就在陽臺上細細地觀察，有的孩子大大咧咧、跌跌撞撞；有的孩子唯唯諾諾、膽小怕事；馨兒則顯的靈秀、溫存、聰慧。孩子們玩的花樣千奇百怪，樹葉、石子、泥土、小昆蟲都會給他們帶來無窮無盡的樂趣。馨兒總是玩得滿頭大汗，衣服、褲子、甚至後背上都沾滿了泥土，晚上睡覺前，給馨兒洗澡脫衣服時，會突然從身體裡滾落出一個滑溜溜的小石子。小孩子是多麼地可愛啊，她不懂得什麼是憂愁，還給大人帶來了無限的歡樂、心靈的慰籍。看著她小模小樣，怡然自得的樣子，我有時真希望她永遠不要再長大。

玉安大學家屬區附近有個很大的足球場，學院上體育課、開運動會都在那裡，晚飯後，我叫王一大別老賴在沙發上看電視，一起去散散步，我們一人牽著馨兒的一隻小手，從一個垃圾堆堆成的小土坡跑下去。玉安大學周圍住著些農村的居民，他們用水、用電全沾玉安大學的光，垃圾也倒在操場附近，多少年了，就是沒有人管。躲過垃圾堆薰人的臭味，操場還是大的足以讓人心曠神怡，天是那麼高，那麼藍，天地之間，一個剛剛學會走路的小人兒，從遠遠的地方一顛一顛地往父母這邊跑來，笑著、叫著、揮舞著小手，仿佛運動員要衝到終點似的，一頭撲進媽媽懷裡，這是馨兒最喜歡做的遊戲，也是我們一家三口最開心、快樂的時候。這時候，我又該幻想了：「要是將來的什麼時候，我們全家人能在江南鳥語花香的雨中散步就好了。」一我對王一大說。邊塞的荒蠻、廣闊、閉塞、乾燥，總讓我對江南潮潤的空氣、悠久的文化心存嚮往。王一大卻早已對我諸多的浪漫幻想見怪不怪，他從來都是不置可否。我繼續道：「等我們三十歲的時候，馨兒就六歲了，真想像不出馨兒六歲的時候，我們會是怎麼樣的？」當時在我看來，三十歲已經是個了不得的年紀了，是該好好享受生活的時候了，孩子不用再費心，工作也已上路，如果那個時候，我們一家在南方有一個自己的房子，既安全，又舒適，此生足矣！

玉安最大的問題還是民族問題，穆斯林的極端分子打著宗教的口號，對漢族人採取敵對的態度，一旦鬧起事來，人身安全沒有保障，在玉安過慣了的人倒也不覺得怎樣，反正天高皇帝遠，再鬧也鬧不到哪兒去。地震、沙塵暴、維族人鬧事，停水停電，似乎就是玉安生活中不可或缺的一部分。比如，晚上正在看書、看電視呢，突然又停電了，人們就紛紛從家裡出來，圍成一圈，你一句，我一句，有一搭，無一搭地說著閒話，或者枯坐在桌前，在極度的黑暗中，胡思亂想，等待光明。又比如，你在街上走著走著，就有一幫維族小孩，圍著你喊：「黑大爺，滾出去，黑大爺，滾出去……」他們把漢族人叫黑大爺，大概就像早年的中國人把日本人叫倭寇一樣，意思是新疆是他們的領土，漢族人是侵犯了他們，漢族人統統應該回到內地去。他們邊喊，邊向你頭上扔石子。維族人鬧事似乎不可怕，可怕的是一有什麼風吹草動，每個單位就要開大會表態，每人寫一份思想彙報，在會上宣讀自己堅定不移的政治立場，比如寫，我們要堅持兩個離不開的思想，維族人離不開漢族人，漢族人離不開維族人，就像妻子離不開丈夫，丈夫離不開妻子一樣。穩定壓倒一切，新疆的主要矛盾是民族分裂主義製造的民族矛盾，民族團結是新疆發展的大計等等。

開大會的時候，大家紛紛表態，要像愛護眼睛一樣愛護民族團結，民族分裂主義分子是民族敗類，要堅決與他們鬥爭到底。用的詞全是文革時期火辣辣的政治術語，現在聽起來卻平添了幾分調侃、嘲弄的味道。因為每次開會都是講這些話，說起來就像呼喚自己的孩子一樣自然順暢。開會遲到早退，算曠工，要扣工資，所以沒有人敢怠慢，而且會議一開就是兩三個小時。有一次主持會議的副院長宣佈會議開始後，就坐在主席臺旁的位子上，聽院長作報告，院長的報告又臭又長，聽著聽著就睡著了，還打起了呼嚕，可能是頭一天晚上請客喝酒太累的緣故，坐在底下的上百位老師，都看著他頭歪在一邊，嘴巴張的大大的，呼呼酣睡的樣子，誰也不敢擅自上主席臺叫醒他，就這樣一直等到院長的報告講完，他還在夢中，整個會場上突然寂靜下來，只有他的呼嚕聲格外響亮，每個人都等待著他上臺宣佈會議結束。還是宣傳部專門負責給領導倒開水的服務員，上前把他推醒，這位副院長大人，迷迷糊糊地睜開眼睛，發現自己在大庭廣眾之下，竟然甜甜地睡了一覺，面無愧色，反而樂呵呵地走到主席臺上，先咳嗽幾下，清清喉嚨，然後拉長調子說：「今天院長的講話非常重要，大家回去後，各系部要認真討論，並做詳細的記錄，記錄匯總到院辦公室檢查。現在，我宣佈：散會！」人們便鬧哄哄地，湧出會議廳，三五成群地往各自的單位走去，有說有笑，熱氣騰騰的，仿佛生活本來就該是這樣。

黨領導一切，上面一個檔，下面就是一團忙亂，沒完沒了的政治任務、開會，評先進，衛生大檢查……搞一些似是而非，莫名其妙的矛盾鬥爭，把人當傻子一樣往死裡耍。明明是少數分裂主義分子鬧獨立，他們違法亂紀，應該由政府職能部門處理，一般的老百姓為什麼還要陪著時間、精力，寫思想彙報、受教育？我感到自己像個生活在中世紀的玩偶，被麻木不仁、愚昧無知的人肆意支配。在家我是個傻瓜，除了帶孩子外，沒有半點樂趣，在單位更是個十足的大白癡，我對這些活動沒有絲毫興趣，還要裝模作樣，賠笑臉，表決心，獻殷勤。我以前所有的那些模模糊糊的情緒、情感、思想、夢想，都被生活像抽油煙機一樣呼啦拉地抽乾了。大學畢業的時候，同學們都互相祝願：家庭幸福，事業有成。我現在有家、有孩子、有還算體面的工作，卻沒有了夢想、激情，沒有了生活的動力。這到底是怎麼了？我整天鬱鬱寡歡，忙著買菜、做飯，飯做好了，先要給孩子餵，等孩子吃好了，飯菜也涼了，我就囫圇吞棗地隨便吃一點。上課也提不起多大興趣，別的老師照本宣科，人云亦云，我也基本上如此。心情不好，生活又累，胃病、失眠越來越嚴重，人瘦得不成樣子。

王一大倒是活得挺賣力、挺自在，定期到院、系領導家坐坐，談談心，時不時送些從父母家帶來的土特產，系主任家裡搬煤氣罐、買大米，這樣的體力活，也非常信任地交給王一大去幹，好像王一大是他們的親生兒子。有次，王一大幫著系頭家推煤氣罐，把腳給扭傷了，一個星期都是瘸著腿走路。我十分難過，就對他說：「你們系主任也太不像話了，工作上的事情叫你多幹幹，也就算了，家裡的粗活、累活怎麼也讓你去幹？」他憨厚地笑一笑，感覺像是在戰場上光榮負傷，還挺榮幸。維族老師搞個什麼活動也喜歡請王一大去，王一大說著一口流利的維語，和他們稱兄道弟，狂喝豪飲。他還擔任班主任，學生成績不好，談戀愛，分配工作都要他操心，整天忙忙碌碌，早出晚歸。我怎麼也想不通，區區玉安大學的一個班主任，為什麼每一天都是忙得不可開交？我父親在玉安大學做書記、院長時，也沒有他這麼忙，每天還可以看幾個小時的書，每星期還上四節課。

王一大的辛苦畢竟沒有白費，年終被評為優秀班主任、優秀共產黨員。我和他簡直不能同日而語，思想幼稚、消極，不關心集體，不注重群眾關係，簡直是一無是處。我很苦惱，卻找不到解決問題的辦法，按說，丈夫這麼會做人，我只要聰明一點，多學學、多看看，也不是什麼太難的事，但江山易改，本性難移。不是我出了錯，一定就是這個環境出了錯，什麼時候，我才能走出封閉荒蠻，走出這片停滯、麻木、死氣沉沉的地方？生活無聊透頂、山窮水盡的時候，就是新的轉機開始的時候。玉安大學要求留校任教的年輕老師到內地參加助教進修班的學習，為期一年，我和王一大都有資格去。我還從來沒有出過玉安，沒有見過火車、沒有坐過飛機，不要說北京、上海，就是烏魯木齊，也讓我覺得是個了不起的大地方。

學院接到內地各個大學助教進修班的資料，讓我們教師自己填寫申請，有人填中山大學、有人填陝西師大、有人填北京師範大學，我一時不知填那個地方好，王一大說，我們兩填在一個地方吧，夫妻倆離家那麼長時間，如果能一起來去，在同一所大學裡學習，也好有個照應。我想，也是，第一次出遠門，人生地不熟，有他在身邊，就什麼都不怕了。我們結婚兩年多，一直在一起，從來沒有分開過，我甚至養成了一個習慣，他不回家，我就晚上睡不著覺，胡思亂想，生怕他出什麼事，或移情別戀了。儘管我再也感覺不到兩人生活的幸福美滿，但我也找不到還有什麼樣的生活，比這種日復一日的平淡生活更有意義。

我們都填報了陝西師大助教進修班，但當把表格交到系裡去的時候，我突然有一種想要獨自去一個地方的衝動，我改變了主意，我告訴系主任，我的表格填錯了，需要重新填，拿到新的表格，我填寫上了華師（※7）。我的心怦怦亂跳，但又安慰自己說，我不是一直嚮往北京、上

7　全名「上海華東師範大學」簡稱「華師」或「華師大」。

海嗎？為什麼就不能大膽地獨立做一次選擇呢？回到家，我像做了錯事似地，唯唯諾諾地告訴王一大，我改變主意，決定去上海進修了。王一大倒也沒說什麼，很不高興的樣子，我們兩人的心裡都不輕鬆。暑假過後，我們就要啟程了。馨兒不得不放在他父母家，好在她可以上幼稚園了，而且婆婆也樂意帶馨兒這麼可愛乖巧的孩子。只是我心裡難過萬分，一遍遍地抱她、親她，告訴她：「媽媽要到很遠很遠的地方去，很長很長時間才能回來，媽媽太想妳了，真不願意離開妳。」我以為她會哭著撒嬌說，媽媽別走、別走！但她卻像小大人似地，聰明伶俐、細聲細氣地說：「媽媽不用難過，妳要是想我了，我們還可以互相寄寄照片呀！」多麼好的孩子，好的讓人欣慰又心酸！

我和王一大一起坐三天三夜的長途汽車到烏魯木齊，在我父母家住幾天，然後我們各自去上海、西安。臨走的頭一天晚上，我們倆在新疆大學的校園裡散步，校園面積很大，優美寧靜，我對即將開始的旅行充滿好奇、激動，更對自己擅自做出去上海進修的決定暗暗高興。我一定要抓住這次機會，好好體驗一下外面的精彩世界。我不相信，我會一輩子永遠窩在玉安。王一大叮囑我在火車上要注意安全，把自己的東西看管好。就要離開他了，我有點戀戀不捨，有又點從未有過的輕鬆自在，我不知道該對他說些什麼好。他突然仿佛下了很大決心似地說：「我們都是結了婚的人了，妳在外面千萬不能和別人有不正當的關係。」我吃了一驚，他怎麼會說這種話？我平生最痛恨、最看不起的就是這種感情不專一、拈花惹草、行為不軌的人，我永遠也不會做那種事，你作為我丈夫難道連這點都不知道嗎？

你為什麼總是趾高氣揚，一貫正確，像上帝一樣保護著別人，難道你就不希望妻子豁達、開朗，自信、聰慧？難道只能是妻子一個勁地盼著丈夫功成名就，躲在丈夫身後坐享其成，夫貴妻榮？難道丈夫就不能對妻子的發展哪怕保持一點點正常平和的心態嗎？難道夫妻必須是幾十年如一日地待在一起，才能顯示愛情的忠貞不二嗎？我小時候是受父母管教，大了，就結婚，盡妻子、母親的義務，我多想一個人自由自在地生活一段時間。我從來沒有一個人，在一個陌生的地方，完全自我地生活過。

我們總是為孩子、為父母、為家人，為單位、為領導……瞻前顧後、委曲求全地活著，什麼時候，我們面對自己的心靈、面對大自然、面對一種超乎功利的友情、愛情，好好地、好好地，呼吸過自由、新鮮的空氣？放鬆、純淨，像出生的孩子般，重新體味一下我們周遭的世界？王一大不理解我，就像我無法理解他，也許我這些不著邊際的想法，永遠不會被人理解。我們在追求生活的藝術，藝術的生活，我們只顧辛辛苦苦、按部就班地創造無數的物質財富、精神財富，卻沒有正常的心態來接受、領略它，就像我們好不容易戀愛，結婚，卻不明白怎樣讓兩人的世界多姿多彩、詩情畫意，反而為自己套上了無窮無盡的枷鎖一樣。生命的最美體驗在於達到一種空靈的境界。讓愛在自由、獨立中，波瀾起伏；讓生命在變換、發展中創造激情！

什麼時候我才能生活地豁然開朗些呢？

從烏魯木齊到上海的火車票非常緊張，提前十多天就開始預訂，但還是沒有指望拿到，每次到問訊處打聽，售票員都是一臉的不耐煩，冷冷地說：「沒有。」你再好言好語，進一步向她打聽什麼時候會有，她劈頭蓋臉地甩出一句：「不知道。」就再也不理你。好像你就是一包垃圾，被她甩得遠遠的，唯恐避之不及。窗口只是用來應付民工的，最多只能買張站票，這麼遠的路程，三天四夜的顛簸，沒有座位，不暈倒才怪。唯一的辦法是托關係，送禮。我父親在烏市有那麼多的學生、熟人，他卻不肯出面幫忙，也許在他看來，為這種小事有求於人，有失尊嚴、體統。還是王一大托他父親的老同學，七里拐彎地找到一個大飯店的老總，好不容易才弄到一張硬坐票。

我要帶一年四季的衣服，火車上三天四夜的食物，當我拎著大包小包，上了火車後，心裡緊張難過地要命，我就要離開丈夫、女兒了，這一分別就是一年，一家人各在天涯，有多少思念、多少牽掛在啃咬著我的心。火車開動了，我夾在一幫喧囂、嘈雜的人群中，靜靜地坐著，好像汪洋中的一條船。車窗外的景物由慢而快地漸漸移去，別了，玉安，別了，新疆，還有我的父母親人。我就要橫穿整個中國，到上海，到我夢想中的另一個未知的、精彩的世界。

車廂的走道、廁所都擠滿了人，腳下、頭上堆放著滿滿的行李，下午四點上車，要到七十二小時後，也就是第三天的凌晨四點才能到上海。周圍的人大都是結伴而行，他們三三兩兩地湊在一起，拿出罐頭、水果、麵包、啤酒開始心定氣閑地吃晚飯，吃到興頭上，就勸酒划拳，車廂裡更加人聲鼎沸，熱氣騰騰。吃完飯，有些人又擺開陣勢，打起牌來。一時間認識的、不認識的，都成為了同一個戰壕裡的戰友，大家說笑著、閒聊著，好像是自然而然地就組成了一個「共產主義」大家庭，反正時間長著呢，乾坐著也無聊，不如大家開開心心，也好打發路途的寂寞孤獨。新疆人豪爽，即使是再不豪爽的人，到了新疆也會變得熱情洋溢、開朗大度，全沒有內地人的文質彬彬，細膩謹慎。

車廂裡充滿了煙味、酒味，嗆人污濁的氣味，也充滿了叫聲、笑聲、忘乎所以的吵鬧聲。走之前，媽媽一再囑咐我，到了火車上，不要隨便和陌生人講話，不要接受別人的東西。我就真的像深宅大院裡的怨婦，一聲不響地沉思默想，或看著別人熱火朝天地玩鬧。天色漸漸暗了下來，我透過車窗，看到遠處陌生的城市，一幢幢樓房，樓房裡亮著燈光，現在正是每家每戶吃完晚飯，閒散地靠在床上、沙發上看電視的時候，燈光是那麼地溫暖、溫馨，我的眼淚流下來了。這是我第一次獨自離開家的夜晚，火車在一個陌生的城市穿過，身邊是陌生的人，沒有家裡的寧靜、舒適，沒有軟綿綿的被窩，沒有女兒稚嫩的笑臉，沒有丈夫的呵護……這就叫做人在旅途的孤獨。

人們開始睡覺了，走道上、凳子底下，都睡滿了人，在這樣的時候，還顧得了什麼，只要還能有一個巴掌大的地方容身就不錯了，頭臉的周圍是亂七八糟的臭鞋、臭腳，男女老幼，橫七豎八地躺在地上呼呼大睡。我趴在桌子上，縮成一小團，也開始睡覺了。後來坐在我旁邊的人，頭靠在椅背上，睡著睡著就歪倒在一邊，怎麼也睡不踏實，只好躲到凳子底下去睡，我和他商量，今天晚上，他把凳子讓出來，我睡凳子，他睡凳子底下，明天晚上，我睡凳子底下，他睡凳子。他說好。我蜷縮在凳子上一直睡到天亮。

第二天，我和周圍的人也漸漸熟悉了起來。火車每到一個大站停靠幾分鐘，大家都要下車買點吃的、活動活動腿腳，我卻不敢下車，生怕下去後，擠不上車了，或者東西被人偷了。硬座車廂像個真正的難民營，各種各樣的人來來往往、川流不息，我幫著坐在旁邊的旅伴們照看行李、物品。等他們上車坐定了，又開始打牌、喝酒、抽煙、吃零食，我招呼他們當心點我的行李，我要離開一會兒，再在這個車廂待下去，我會憋死的。

我在人群中擠著、跨著，從這節車廂到那節車廂，穿過臥鋪、餐車、軟臥、直到把整個列車走了一遍。後來我乾脆在軟臥車廂裡待著，反正也沒有人認識我，軟臥車廂的地上鋪著地毯，洗手間那麼乾淨整潔，每間房門都是關著的，偶爾有人繫著拖鞋、穿著寬鬆的衣服，閒散地走出來，悄無聲息地穿過你身旁，我坐在房間外的凳子上，看著外面的風景：昨天是滿眼的戈壁，單調、蒼茫；今天就是丘陵、窯洞、梯田，遠處的河流、人家……火車穿過一個個隧道山洞，蜿蜒在崇山峻嶺之中。可以想見，當初人們在修建這條鐵路時，付出了多麼艱辛的勞動，這是中國最長的一條鐵路線，橫穿十六個省，行程一千六百多公里。如果我此時待在家裡，三天四夜，和三年、四年一樣，幾乎沒有什麼變化，現在，我卻終於進行了一場橫穿中國的旅行，在我二十七歲的時候，終於第一次出門遠行了。

白天，我在臥鋪或軟臥車廂裡找個清靜的地方待著，晚上就回到硬座車廂中睡覺，即使睡在地上也不覺得難為情了。快到上海的時候，我已經像一個老「游擊隊員」，對列車生活和周圍的人事駕輕就熟。大家都是旅途中的遊子，都希望能和諧相處，平平安安，出門在外，哪像父母說的那麼危險、可怕。列車到達上海是半夜四點，上海月臺上燈火通明，車廂裡的人流騷動起來，紛紛湧向車門，窗外有許多接站的人們，在激動地揮手、叫喊。人們或者隨親朋好友到家裡去，或者早已胸有成竹地知道在那裡住宿，我該怎麼辦？媽媽只是告訴舅舅、姨姨，我會到上海去進修，叫我在華師安定下來後，抽空去看看他們。現在，直接趕到華師，深更半夜的，也找不到人，只能住店了。下了車，我才感到自己是多麼疲勞、衰弱，提著一個大行李，跨著兩個大包，艱難地向出口處走去，巨大的人流從我身邊滑過，兩旁閃亮的看板，像巨獸撲入眼簾，我腿發軟、口發乾，頭發昏，幾乎不想再動彈了。到了出口處，一大堆人湧了上來，舉著旅館的小招牌，吆喝生意，我只想找個地方趕快躺下。潮濕黏稠的空氣中，一股下水道的刺鼻嗆味，撲面而來，無數的燈光、無數的車輛、無窮無盡的人流，沒有方向、沒有目標，廣闊無邊，雜亂無章。

我把行李放好，定了定神，一位招攬生意的中年婦女，湊過來拉我去住店：「十五元一晚，供洗澡，就在車站旁邊。」我看她還算體面，就跟她走了，她幫我拎大行李廂，走了很遠，繞來繞去，到了一片黑乎乎的居民區裡，低矮的平房，狹窄的街道，周圍沒有一個人影，好容易看到有一家人家亮著燈，門上掛著一個牌子：春明旅社。進去一看，這哪是什麼旅社？可能就是世世代代上海平民窟裡的普通人家，一間小的不能再小的房間，兩張上下床，一張桌子，屋裡一個八十多歲的老太太，罵罵咧咧的，我問，在哪裡洗澡，中年婦女把屋角的一個簾子拉開，只有一個自來水龍頭，我也顧不得許多，心想，先洗去三天四夜的臭味、汗味，再睡一覺，明天，定定心心到華師。

我邊洗，邊聽到老太太還在用上海話不停地嘮叨，好像意思是責怪中年婦女，讓旅客來洗澡，水費都要花掉一筆，還賺不賺錢了。洗完後，我納悶怎麼睡覺？中年婦女說，是在她家的另一間房間睡覺，我又跟她提著行李，在黑魆魆的平民窟裡走了一段時間，到一所低矮的房間門前，她把門打開，開了燈，房間裡一張雙人床、一個舊衣櫃，一看就是專門給旅客準備的，被褥雖然舊點，但還算乾淨，總比火車上和衣而睡地窩在地上好的多。我心裡多少踏實了點，她叮囑我說，明天早晨走時，把門鎖好就行了。她走後，我躺下來，空氣潮濕憋悶，一股股嗆人的黴味幾乎讓我沒法呼吸，這才發現，房間裡只有一個小小的窗戶，而且是封死的。我把門打開，空氣稍微好受一點，但外頭一片黑暗，我怎麼敢躺在床上睡覺？

這家人家一定是把別人常年不住的房間，改成所謂旅館來賺錢。房間裡的濕氣、黴氣實在讓人無法入眠，我走出房間，只能找那個中年婦女再幫我想辦法了，我把行李箱、兩個大包放好，隨手把門帶上，去找那間旅社，黑暗中，轉了幾條巷子，卻怎麼也找不到那間旅社了。所有的房屋都是又矮又破，地上淌著臭水，一隻野貓忽然從身邊閃過……嚇得我出了一身冷汗。再走遠了，恐怕連住的房間也找不到了，我又折回去，糟糕，房門已被我鎖上了。我只能硬著頭皮再去找那間春明旅社，伸手不見五指的夜裡，我一個人在附近的小巷子裡，轉來轉去，又累又怕，真是叫天不應，叫地不靈，周圍的房屋像墓地一樣寂靜、幽暗，我真怕從哪裡冒出個怪獸，一口把我吞了。

旅店是無法找到了，我就在住處附近不停地走動，壯著膽子，等待天亮。不知在巷子裡來回走了多長時間，天開始一點一點地亮起來，霧氣籠罩著的小巷，在我眼中漸漸明晰了。這是一片破敗不堪的民房，春明旅社就在不遠處，黑漆漆的木門上，掛著旅社的牌子，中年婦女端著便盆，從小破門中閃出身來，把惡臭的汙物就倒在門前的下水道裡。我已顧不得氣憤、委屈、疲憊，叫中年婦女幫我把門趕快打開，清晨的涼濕空氣，讓我精神為之一震，不管怎麼說，我總算到達了上海，熬過了黑夜，我使出渾身解數提起行李，走出這個骯髒污濁的地方。我叫了一輛計程車開往華師，才開始定睛看這個由人流、車流、高樓大廈、巨型看板、破敗的貧民窟、擁擠阻塞的交通……所組成的光怪陸離的世界。我被安排在華師的教師進修樓裡，從四層樓房的視窗望去，據說是上海最大的公園——長風公園，滿眼綠意盈盈，公園門口是熙熙攘攘熱鬧的人群。我無心看風景，倒頭就睡在宿舍床鋪上，靜下心來卻感覺床在搖，身體在晃，頭腦裡哐鐺哐鐺，還響著火車行馳的聲音。玉安、荒漠、都市、人流……在列車撞擊鐵軌的轟鳴聲中融入夢鄉……。

十一、華師、華師

我們每個人都心甘情願地接受社會大課堂的塑造：戰爭製造殺人犯、官僚統治製造愚忠的奴僕，消費時代製造金錢的奴隸，無知製造愚昧、縱慾製造墮落……每個人在時代的狂潮中顛簸激蕩，只有少數人，有自己的目標，他們堅實而平和，他們為理想生活，並為生活中的人提供一種理想的範本；他們有足夠的勇氣和信念抵禦外界的侵擾，並提供給人們一種抗擊「風暴嚴寒」的能力。

助教進修班有四十多人，來自全國各地，我和另一個維族小夥子來自最遠的新疆玉安，還有一位來自西藏的靈芝。這是個奇妙的集體，男男女女大部分都已成家生子，卻又不遠萬里，告別家人，來到大學讀書、學習。維族小夥子叫買買提江，和我同在玉安大學中文系工作，以前我們並不熟悉，到了華師，我才發現他是那麼標緻帥氣，高鼻樑、大眼睛，又濃又長的眼睫毛，捲曲烏黑的頭髮，衣著講究得體。他父親是玉安日報社的社長，怪不得他身上有種維族人少有的儒雅之氣。他是這個班級唯一的一個少數民族，大家對他很好奇，把他當寶貝似地，親切地叫他小江，但他還是顯得處處小心謹慎，總是像小弟弟似地跟在我身後，讓我幫他買飯票，買日用品，聽課也坐在我旁邊，我一開始聽課，總是昏天黑地的，不知道老師在說些什麼？小江更是什麼都不懂。

上了一個多星期的課，大家漸漸熟悉，我沾小江的光，也備受眾人矚目。中秋節到了，所有中文系的老師和我們助教進修班的新生組織聯歡，大家聚集在一個大會議室裡，桌子拼成一個大圓圈，先是每個同學輪流介紹自己。其他同學都是例行公事地站起來說，我來自什麼地方，叫什麼名字，輪到我了，我不知哪來的勇氣和激情，聲情並茂地說：「我叫夏雲，來自中國最西北角的沙漠綠洲城市——玉安，從邊塞小城玉安到東海之濱的現代化大都市上海，要坐三天三夜的汽車，再坐三天四夜的火車，途徑十六個省市，行程一千六百多公里。我為自己能在二十七歲的時候，還有機會經歷這場橫穿中國的旅行感到自豪和驕傲！」我停了停，還想繼續激情澎湃地說下去，全場突然爆發出熱烈的掌聲。每個人都情不自禁地被我感染，為我激動，為大家能從四面八方相聚在這裡感到欣慰。我羞澀地低下頭，滿臉通紅地坐了下來。前邊一排，是我仰慕已久的老師、教授，旁邊坐著是來自四川、江蘇、東北等地的學員，他們都是我渴望瞭解的這個未知世界的一扇扇窗口。在這樣一個全新的環境、全新的狀態下，我突然有一種從未有過的自信而聰慧的力量。

接下來，大家開始表演節目。班長事先給我和小江打過招呼，讓我們跳一段新疆舞蹈，小江從新疆帶了幾盤維族音樂的磁帶，我們倆只稍稍排練了一下，就等待到時候臨場發揮就是。對玉安的維吾爾人來說，跳舞是家常便飯，他們個個能歌善舞，熱烈奔放，當地的漢族人也耳濡目染，有時和他們一起歡樂舞蹈。遇到節日婚慶，成千上萬人在廣場空地上高歌勁舞，像龍捲風似的，狂歡的激情席捲大地，直衝雲霄。我和小江的節目被排在最後一個。師生同臺獻技，班長表演自編的幽默小品，引起人們的哄堂大笑。有位老師站起來，緩緩地朗誦著他自己創作的詩歌，那低沉、溫暖的聲音，讓我心靈震撼，陷入忘乎所以的興奮和激動中，莫非我今天的超常表現就是為了他？

在玉安大學當老師的時候，我看到一本由幾位華師老師共同撰寫的《外國小說家評述集》，一篇篇文章看下去，有一篇署名林遠光的文章，讓我百讀不厭——他的文字帶著生命的呼吸，帶著纖細溫柔的情感，帶著豁達智慧的波濤，他傳遞出的資訊讓我戰慄，面對書上的文字，我一遍遍地看，默默地、呆呆地想，仿佛看到了林遠光的身影從書中顯現出來——一個中年男子：清秀、儒雅，溫厚、堅毅，他向我走來，我們四目相對，潸然淚下……後來，我就經常在文學雜誌、報刊上看到他的文章。有段時間，全國的文論刊物又在連篇累牘地刊登批判林遠光的文章。他在上海，在華師，怎樣在學術界沉浮、顛簸，艱難前行，堅守學術的良知和真理，我一無所知。我在新疆玉安過著另一個世界的另一種生活，他永遠不會想到他的文字能傳播的那麼遙遠，那麼深入人心地在感染一個從小生長在玉安，與世隔絕的女人。這個女人整天帶著孩子，全心全意地盡一個母親、妻子的責任。難道我當初突然之間，改變主意，要到華師進修，就是為了能親眼見見這位心目中的偶像？現在他就坐在我對面。他比我想像中的樣子更超塵脫俗、平易深沉。真不敢想像，我竟然真的能成為他的一名學生。

他的詩朗誦引起一陣激蕩的掌聲。節目一個接一個繼續著，但大部分節目沒有經過什麼準備，只是插科打諢地圖個熱鬧。有兩個女生被挑選出來，比賽磕瓜子，誰在一分鐘之內，磕得多，誰獲得小組優勝獎品。一幫男生在她們倆旁邊喊加油，圍觀的人很投入，一幅幅急不可待的樣子，恨不能直接把一大把瓜子塞到女生嘴裡。人們又喊又叫，瓜子有多髒，吃瓜子的樣子有多滑稽，怎麼會想出這麼俗氣拙劣的遊戲？原來全國各地高校的中文系助教，聚在這裡，展現在華師老師面前的才藝，就是這種水準！我不忍再看下去了，轉眼看看對面的林遠光老師，他臉上掛著無奈的笑意，冷冷旁觀著……幾分鐘前，他的詩朗誦，營造出一種多麼高貴、莊嚴的氛圍，現在一眨眼又被這樣一場鬧劇替代了，同樣是表演、遊戲，效果是多麼的不同！坐在同一個會場上，人與人又是多麼的不同！這諾大的會場裡，只有我的心釋放著對他的理解、崇敬和同情。他知道嗎？

當主持人宣佈最後一個節目，新疆民族歌舞時，我和小江出場了，隨著明朗歡快的音樂節奏，我的舞步、腰身，振顫、扭動，就像一個真正的維族姑娘一樣，展示著女子特有的柔美、純真的感情，小江的動作瀟灑、豪爽，熱情四溢，仿佛一下子找到了自己靈魂的力量，昂揚的樂曲聲中，我們倆的舞姿交織著、變換著，如行雲流水般，在大廳裡迴旋往復……會場的氣氛一下子達到了高潮。我邊跳邊邀請在坐的老師、學生上場一起跳，林老師和其他的幾位老師盛情難卻，躍躍欲試地到會場中間，他們和著我們的節拍動作，也開始歡樂地跳了起來！越來越多的人，情不自禁地跟著聚到舞場中央，揮動著手臂，腳踏著節奏，忘乎所以，激情狂歡，我相信，他們從來沒有這麼盡興地跳過民族舞蹈，儘管動作不規範，但這種所有人融到舞蹈的海洋中，享受熱烈歡騰的氣氛，著實讓他們難以忘懷。直到樂曲停止，人們還興致勃勃、意猶未盡……誰也沒有想到，中秋晚會，會因一曲維吾爾歌舞達到如此出人意料的效果，每個人都記住了我們。包括林老師在內，我想。

九月，玉安正是秋高氣爽的時候，藍天、白雲，空曠寧靜的田野，放蕩不羈的秋風，人們悠然自得地享受著大自然的春華秋實。維吾爾人在親自用泥土搭建的小院落裡，喝茶、唱歌，桌子上擺滿了琳琅滿目的水果，他們最開心的事情就是有人到他們家裡做客，哪怕是素不相識的人。上海的此時卻潮濕悶熱地令人窒息，空氣中升騰著的，仿佛是一鍋越煮越黏稠的、永遠化不開的、腐爛變質的氣體，我臉上的皮膚整天像從油罐子裡拎出來似的，黏乎乎、油膩膩的。

自來水渾濁不堪，又摻雜著大量的漂白粉，喝起來又苦又澀，像是在喝馬尿，夜晚的天空籠罩著一層鐵銹紅色的霧靄，遮擋著星星、月亮的光輝。這就是我朝思慕想的現代化大都市上海嗎？我真不明白，在這樣一種污濁、沉悶、擁擠、喧囂的空氣中，人們怎麼還能生活地下去？更為奇怪的是，他們不僅能生活在這裡，而且，每個人似乎都白白淨淨、文質彬彬，皮膚細膩、滋潤、年輕，而我則顯得那麼粗糙、蒼老、滿臉溝壑縱橫，一看就是大西北風吹日曬的「土特產」。

多年以後，當我不斷穿梭在文明與原始，發達與落後、荒蠻與精緻中，不斷體驗著各種各樣的生存狀態，不斷在矛盾的衝突中，痛苦、徘徊、焦慮時，我漸漸明白：人類的智慧、才能、慾望、想像必然創造出的無以倫比的現代文明，但現代文明一定要以犧牲環境、犧牲人類天性中的美好東西為代價嗎？人類什麼時候能真的擁有這樣一種情懷：以博大的智慧包容宇宙萬物，以博愛的胸懷善待不同地區、不同種族的人。在上海，我突然感覺過去的自己，就像是戈壁中的白楊樹，孤零零地矗立在遙遠、浩瀚的沙漠上，終年抗擊著風霜雪雨，生長得艱難、樸實，卻毫無姿色可言，默默地存在、默默地消亡……而上海是這樣地不同凡響，這裡有廣闊肥沃的平原、溫濕的氣候、臨近蔚藍的大海，優越的自然環境、發達的交通、快捷的資訊，造就了一個完全不同於自然界的——「人」的世界。——到處都是人，到處都是人與人之間的交流、交換、競爭，形形色色的人、千差萬別的人，全國各地的人、世界各國的人，所有的文化、觀念、理念，都在這裡碰撞、交匯、升騰……。

從一個封閉、淳樸、單調、凝固的環境，一下子到一個巨大、喧囂、熱烈、湧動的大都市，時空的巨大反差，讓我有種輕飄飄的、恍若隔世的感覺。也許是帶孩子期間，太勞累、太焦慮的緣故，我又黑又瘦，加上長途旅行的顛簸，初到上海氣候、身體的不適應，到華師才兩個星期，我就來了月經，經血多的嚇人，兩三個小時就去一趟衛生間，衛生間的紙簍裡堆滿了血淋林的衛生紙，同一樓層的女生上廁所，驚奇怎麼一下子會有這麼多的血紙，緊張地互相議論著：一定是什麼人出了事。後來，她們發現是我經期大出血。我自己暈忽忽的，並沒有太在意，但經同學一議論，整個人彷彿被流乾了似的，頓時虛脫得不成樣子。當天晚飯後，同班的幾個男女生攙扶著我，邊走邊打聽附近的醫院在哪？夜晚的上海依然熱鬧非凡、遠近的商店流光異彩，我們像漂浮在黑暗中的螢火蟲，到處碰撞，終於找到了一家醫院的急診室，急診室裡的病人、醫生川流不息，好容易等到給我看病，醫生冷冰冰的，給我打了一針止血針，開了點藥，就算了事。虛弱、孤獨、無助，襲擊著我，好在有同學熱情相助，他們和我一樣，也是這個城市中陌生、孤獨的過客。

以後幾天，月經依然很多，我沒有去上課，白天躺在床上休息，晚上則獨自在師大校園裡散步，華師的校園在我眼裡異常美麗：麗娃河波光粼粼，橫穿整個校園，周圍教學樓的燈光在水中搖曳、閃爍，河邊垂柳下，少男少女或讀書、或默坐、或三三兩兩竊竊私語。大片大片綠油油的草坪，滿眼望去，沁人心脾；各種各樣，千姿百態，爭奇鬥豔的樹木花草，令人流連往返；亭臺樓閣、錯落有致；小徑大道，一塵不染，平整幽靜……所有的一切，都透露出一種柔媚、幽雅、莊重的女性特質。——這樣恬靜、自在的環境，像一劑良藥撫慰著我的心靈。據說，華師校園裡夏季氣溫，要比外面低三至四度，濃濃的書卷氣、蓬勃的青春朝氣，以及樹木花草、水石亭榭構成的花園式的獨特景觀，使大學校園彷彿是喧囂大都市中的一片綠島，一座心靈的家園。在以後的日子裡，我幾乎每天上完晚自習，都要在校園的小道上，靜靜徘徊一會兒，我周遭的一切喜怒哀樂，都融化在麗娃河的波光裡，消散在鬱鬱蔥蔥的林木間，有時，下著雨，我撐著一把紫色的傘，看著淅淅瀝瀝的雨，清洗天空、樓群、樹木；聽著自己輕盈的腳步聲撞擊地面的節奏，一種溫柔、詩意的情懷蕩漾心中：如果我美麗的女兒能在這裡該有多好！如果我思念的愛人能在這裡該有多好！

我們宿舍住四個人，和研究生的待遇一樣，但條件要比他們好得多，也自由得多，本科生、研究生的宿舍是不讓隨便出入的，教師進修樓，只要在門口登記一下，就可以進入。同宿舍的其他三個人，姚燁、何凡，來自江西的同一所大學，鬱秋潔，來自東北。大家在一起，談論丈夫、孩子、衣著、化妝，無聊時湊在一起下五子棋，週末就去舞場跳舞或看電影。對姚燁、何凡而言，到上海進修是件很不划算的事情，工資要少拿許多，和丈夫孩子分別更是讓人無法忍受。好在江西離上海不算太遠，過一、兩個月就可回一次家。有一次姚燁的丈夫從家裡趕來看她，她卻一臉的不耐煩，埋怨丈夫來的不是時候。她在宿舍裡給我們訴苦：「叫他別來、別來，他非要來，我正來例假呢，真討厭！」生孩子、人工流產、買衣服、做飯，從難以啟齒的隱私，到婆婆媽媽的小事，我們這幫年輕媽媽嘴裡說出來的事情，不外乎就是這些。每當我們在一起談論這些的時候，鬱秋潔總是很落寞，她比我們年齡都大，也結了婚，可是對自己的家庭卻避而不談，我暗暗奇怪，但也沒太在意。在一起住的時間長了，我發現姚燁、何凡，純粹是到這裡來混張進修的文憑，她們每星期去舞場跳舞，認識了些人，也就不再想家。經常有男生到宿舍來找她們玩，她們周旋在男同胞中間，其樂無窮，玩出的花樣，與戀愛中的男女相比，毫不遜色。

我比她們有更多的孤獨，更多的興奮，每星期給遠在陝西師大的丈夫寫封長信，每晚入睡的時候，孩子的音容笑貌在腦海裡，一遍遍，像放電影似地閃過。人類多虧有記憶，記憶拉長人的情感，讓人在現實與想像中徘徊、沉迷，要有一年時間不能見到女兒，只能伴隨著對女兒的思念入眠，內心的酸楚、悲涼無法述說。有一天晚上，我做夢夢見保姆突然狠很地打了孩子一巴掌，孩子被推倒在地上大哭不止，我從夢中驚醒，一身冷汗。過了幾天，就收到婆婆的信，信上說，馨兒得了一場大病，本來只是一般性的感冒發燒，打了幾天針，剛剛退燒，可是維族保姆帶她出去玩，她看到水果攤上的桃子，想吃，保姆就給她買了幾個，也沒有洗，就吃到嘴裡了，回來後，又吐又拉，得了急性痢疾，又開始發燒、住院，整整三天，孩子不吃不喝、昏睡不醒，婆婆日夜守在孩子身邊，都快急瘋了。滿滿的四頁信紙，全是寫的孩子的病況，並寄來孩子恢復後的照片，一副瘦弱可憐的樣子。我的淚水滴滴答答地灑落在信紙上，我要回家，我對不起女兒！我一個人無助地靠在校園的一棵大樹上，心如刀絞，很長時間緩不過神來。

每個人大概都有很孤獨的時候，成了家的人，夫妻之間磕磕碰碰，瑣瑣碎碎，再養個孩子，從小到大，操不完的心，人沉溺在日常的重複與忙亂中，「孤獨」簡直就是一種奢侈、荒唐的情感。在家，在玉安，我常常獨自莫名其妙地流淚，單調、停滯、無聊，使我壓抑地幾乎要窒息。現在，我面對的是怎樣一個陌生、繁華的城市啊！可我為什麼還要流淚？助教進修班的每個人實際上都陷入了一種前所未有的、真實的孤獨中。又回到了學生時代，由爸爸、媽媽，丈夫、妻子，變成了男生、女生。這是一個特殊的群體，研究生、本科生可以通過幾年的學習，重新尋找生活的座標，而我們只能生活在另一種假定的遊戲規則中重新洗牌、佈陣，一切充滿未知、新鮮，一切又都要回到從前的命中注定。姚燁、何凡很快就有了異性夥伴，她們過段時間就回趟家，平常則和新結識的男朋友跳舞娛樂、只要有機會就去上街購物，為親戚、朋友、同事代買大包小包的服裝。到了星期天，我也常和同學一道去南京路、淮海路，逛商店，我給女兒買的衣物，縫製成包裹從郵局寄回家，寄費有時比衣服本身還貴，誰叫玉安是最邊遠的地方呢？寫封信要七天才能收到，寄個包裹要半個多月。

小鬱則一心專注於讀書、想在學業上有所收穫，在這點上我們倆頗為投緣，也就常在一起。有一天，宿舍就我們兩人，她突然告訴我說，她結婚一年就離婚了。我驚異，問：「為什麼？」

「他有暴力傾向，看上去溫文爾雅，但打起人來卻是家常便飯。」

「怎麼會有這種事？」

「妳千萬別告訴任何人，我是離過婚的。」

我答應她，絕對不告訴別人。她詳細向我敘述當時她在法庭上堅決要求離婚的情景，我靜靜地聽著，內心充滿恐懼，一面佩服她的勇氣，一面慶幸自己總算有個平平安安的家。結婚難、離婚也難，離婚後所面臨的方方面面的壓力，讓人活得更難。即便妳是最無辜的，只要妳離過婚，臉上似乎就有了一個奇怪的疤痕，給別人留下話柄，也讓自己不自在。

在我看來，離婚是除了死亡之外，最可怕的一件事，我死也不會離婚。儘管沒有誰能保證妳的第一個配偶，就是最適合妳的人，但人們還是寧願相信命中注定，希望白頭到老。按說，像小鬱這樣獨身的女子，又沒有孩子，更需要和男生交往，但她卻總是擺出一副凜然不可侵犯的樣子，生怕某個男生對她不懷好意，白白占了她的便宜。倒是姚燁、何凡對上課興趣不大，到了週末就開始熱火朝天地打扮自己，然後到活動中心去跳舞。華師的舞廳是聚集俊男倩女的好地方，周邊大學的男生都願意到華師來。當時流行一個順口溜：「愛在華師、玩在復旦、吃在交大（※8）、住在同濟。」雖然是玩笑，但也不無道理，華師確實有值得浪漫的條件，花園般美麗的校園，曲徑通幽、恬靜柔媚；眾多聰慧可愛的女生，朝氣蓬勃、多才多藝。再醜的女子，到華師也會變得美麗，再呆的男人，在華師也會變得柔情。校園裡、教室裡、舞廳、宿舍裡，都會有許多千奇百怪的情感故事，讓人的生活起伏跌宕、變換多姿。

女生宿舍被稱作「熊貓館」，館內珍藏的「美女」「待嫁閨中」，嚴禁一切男士入內，包括老師、家長在內，於是每到傍晚時分，館外聚集著一幫翹首期盼的「牛郎」，等待與「織女」相會，就成了一道獨特的風景。那時還沒有手機，男士在外面苦苦地等，對著窗口喊叫，或讓熟人帶話，女生則躲在宿舍裡，有充分的時間盤算著是否赴約。大學校園裡的初戀大概是最富有詩情畫意的，孩子離開了父母，獨自到一個陌生的地方求學，正是最渴望知識、最需要感情的時候，此時又沒有謀生、工作的壓力，也就沒有太多功利和世俗的侵擾，每個人都期待著愛神的降臨，期待著一個能與自己終生相依的伴侶出現。大學開了越來越多高深莫測、追逐時尚的課程，可唯獨沒有開有關「戀愛婚姻」的課程。人類脫離原始狀態越來越遠，在現代社會，沒有科學文化知識的人，已經不可能僅靠本能生存下去，可人們一直以為「愛」是可以僅僅靠本能就能獲得的。而且這種本能被強制地規定為：只能在大學畢業以後出現才是正常的，可以控制的。於是人們就通過看小說、電視，看千奇百怪的獵奇的新聞，獲得支離破碎、含糊不清、甚至顛倒黑白、俗不可耐的「愛」的教育。

「愛情」儘管在藝術作品中永恆存在，永遠吟唱，但在現實生活中，要麼諱莫如深、要麼

8 全名「上海交通大學」簡稱「交大」或「上大」。

功利世俗，從來就沒有作為一種高尚、聖潔、又美妙、詩意的情感，被承認、被提倡過，充實在我們周圍的觀念依然是：男大當婚、女大當嫁、門當戶對、成家立業、郎才女貌……愛情是婚姻的前奏，沒有婚姻，愛情就變得一錢不值、或者說離經叛道，而現代的「愛情」，越來越「開誠佈公」地成為權利、金錢、美色和性的附屬品。生活越來越豐富多彩、變換多姿，可「愛情」為什麼離我們越來越遠、越來越不可琢磨？在玉安，我以為我的愛情早已枯竭了、窒息了，婚姻是女人的命運，家庭是女人的歸宿，除此之外，一切都是荒唐的、罪惡的。

我儘管已在大學教了三年書，但剛到華師，老師講課卻不大能聽明白，文學人類學、文學心理學、文學社會學、林林總總的科目，攪得我昏頭轉向，但隨著教學的進展，漸漸聽出了些眉目，而且，越來越有興趣。這些老師每三四年就出一本學術專著，上課講的大都是自己深思熟慮的研究成果。而我們這些老少邊窮地區的教師，不過是在為「五斗米折腰」，上課僅僅是一種謀生手段而已，多少年來一直是照本宣科、疲於奔命，從不知道真正的科學研究、學術探討為何物？即使偶爾在校刊上發表一兩篇文章，也是東拼西湊，名不見經傳的小打小鬧。進修一年，可以不必站在講臺上講那些拾人牙慧、枯燥無味的課，卻可以聽處在學術前沿的學者傳播他們獨到的思想。這裡的老師大都平易豁達，而又個性張揚，精神的充實豐厚，使他們仿佛與世隔絕，卻又領先時代。我逐漸體會到了大學講壇的真正含義，小學是啟蒙教育、中學是基礎教育、而大學就應該以科學創新、以思想的自由與超越為己任，全面接受人類至今為止，最傑出的科學精神和人文思想，培養出獨立、健全的真正具有人格魅力的人。正因為有了這種高層次的教育，人類才會不僅僅關注於眼前，更懂得關注過去和未來，才會深切地懂得一種科學信念和理想精神的養成，對人類的進步是多麼偉大，對個人的發展是多麼重要。

中國的教育，幾千年來，承襲的是讀書做官的功利思想，現在，接受教育的目的又成了獲得「高貴」職業，「豐厚」收入的敲門磚。教育本身的思想性、探索性、創新性，反倒被嚴重忽略了，只有在較發達的地區，在個別大學的講壇上，才能感受到知識、智慧的真實魅力。只有在最優秀的高等學府，才能感受到人世間還有這樣一批學者：他們用自己的智慧照亮人類未來理想之路，他們善於思考、充滿愛心，他們敢於說真話，敢於蔑視權貴、敢於犧牲自我成就大業。每個時代都有自己的文化巨人、知識精英，感受他們的智慧，才能洞察人生、社會、歷史發展，才能脫離低級趣味、庸俗痲木，達到堅毅深刻又豁然開朗的境界。文化巨人、知識精英，他們是獨立於政治、經濟之外，同時又深刻影響人類政治、經濟進程的偉人！

政治統治的實施，伴隨著殘酷的權利爭鬥；商業的擴張興盛，是利益、資本較量的結果，而對科學的探究、對理想的渴望，卻源於心靈，源於人類美好純潔的感情。知識、智慧、教育，在本質上是無私的，對於一個思想家、科學家、教育家而言，他傳播給眾人的知識越多，他的貢獻就越大，而權利與金錢在任何時候都是有限的，永遠不可能像知識那樣被人分享。這就是為什麼真正的學者、專家，能夠作到平易近人、虛懷若谷、超塵脫俗；而政治家、商人，假如沒有對知識、智慧的深刻把握，就只能成為善於偽裝、精於造勢，逐漸喪失人性和理想的，權利與金錢的犧牲品。並不是每個人都能理解知識、學問的真正含義，但治學本身所需要的一種淡薄明智、寧靜致遠的情懷，不就是一種超越功利的、人生自由的理想狀態嗎？在華師的一些老師身上，我感受到了這種人生、人性之美！

我沉浸在華師優美的環境中，陶醉在老師精湛的講課中，特別是林遠光老師的課，感情投入、真摯，處處閃爍著智慧的火花，聽他的課，也許不會像聽有些老師的課那樣能夠記下甲、乙、丙、丁、一、二、三、四的條條框框，他彷彿是駕輕就熟、隨心所欲地帶領學生進行一次美妙的智慧之旅、情感之旅，旅途中的各種景觀，不期而遇，靈感的火花在此碰撞、交匯。你完全沒有被動接受知識的那種壓迫感，而是陶醉在他淋漓酣暢的講課中，時而行雲流水般舒暢、練達，時而波濤洶湧般激蕩、澎湃——聽的人投入，他講得更是忘情，汗水從他寬廣的額頭上往下淌，他邊講邊不停地擦著汗，我總覺得他不僅是在上課，而是在借用講壇，與學生做著關於歷史人生、藝術哲理的精彩對話，他的課用答錄機錄下來就是一篇篇絕妙的散文。

第一次看他的文章，我就震驚了很長時間，他的文字把我一下子照亮，定格在一種超越現實的奇妙夢幻中。現在聽他上課，我按耐不住內心的激動，心狂跳不止、臉漲的通紅，我這是怎麼了？我總覺得他的每一句話都是對著我說的，每一個眼神都在回應我的癡迷。每上他的一次課，我就要翻來覆去地回想、回味一整天，晚上一整夜地失眠，他的語言、神態、他的每一個細微的表情……在我腦海裡湧動、流淌，我越是克制著自己不去想他，他越是強烈地佔據著我的腦海，從傍晚到深夜，從深夜到黎明，他伴著我不斷地懷想、思考、述說——我把他當做唯一的知音，急不可待地把自己的一切毫不保留地拿給他看，我默默地咀嚼著自己生命中的每一個重要的時刻，有趣的故事，然後一遍遍地向他述說，儘管他聽不見，我還是永無止境地向他傾瀉著內心的所有困惑、祕密。

我這是怎麼了？我快要瘋了！他每上一次課，我就失眠一次，我一整夜一整夜地向他訴說，就像祥林嫂講述阿毛的故事那樣，一遍一遍地把自己所有的經歷、思想講給他聽；我一點一滴、小心翼翼、反反覆覆地琢磨他、呼喚他，我知道他聽不見，可我卻停止不了向他傾訴的慾望，停止不了對他的渴望。我該怎麼辦？我不是已經結婚、有了小孩嗎？可我為什麼還會勢不可擋地「癡迷」一個我永遠也無法企及的人。我已經二十七歲了，早已告別了少女的戀愛時期，我不會再愛任何人，除了自己的丈夫，我和王一大既然結婚，就要終身相依，哪怕遇到再大的困難、矛盾，都要同甘共苦、更不要說移情別戀了，我也相信王一大絕不會愛除我之外的任何一個女人，這正是我一直以來為之自豪的事。儘管很多時候我覺得，我和他彷彿是兩個世界的人，他從來也不會關心我在想些什麼？苦惱些什麼？而他總是全身心投入地工作，能吃能睡，除了現實的生存、社交之外，他不再為任何事情煩惱，他是那麼滿足、成熟、隨遇而安，簡直是與我風馬牛不相及。

可林老師卻開啟了我生命的另一扇門，我長期以來壓抑著的無數情感、思想，一直在折磨著我，我無法給任何人說，與自己的丈夫相比、與周圍普普通通的人相比，我的這些思想情感彷彿是荒誕不經的「癡人說夢」，直覺告訴我，只有林老師能夠聽得懂我內心的焦慮波瀾、能夠理解我與生俱來的茫然無措的情感，因為，他的文章、他的課，本身就是對生命情感和困惑的追問。只有當我們在校園裡所學到的知識，能夠真正觸及到我們生命與生存的根本時，知識才能顯示出應有的力量。他是真正讓我由衷敬佩的大學老師，我不得不全身心地去愛他。

我多想讓他知道，一個在遙遠邊陲生活了近三十年的女人，整天整夜都在向他述說著心中的孤獨和困惑。這些在內心壓抑了多少年的，從不曾與人說起，也不知從何說起的永久的、永恆的、茫然不知所措的一些問題：這些關於家庭、愛情、事業、友情等等看似普通、卻永遠困擾我的問題，他一定有著不同凡響的見解。一個在事業上孜孜以求、超凡卓越的人，一個能真誠表達自己思想、情感，並能引動、激發別人潛力的人，他內心深處必有一種更強大、堅毅的力量。

我在華師的這一年，他剛剛經歷了一場政治風暴，全國各地的文藝理論刊物連篇累牘地刊載批判他的文章，誰要是不通過批判他表達鮮明的政治立場，誰就會有被開除出局的危險。他從一個思想敏銳、意識超前的青年文藝理論家，一下子淪為政治上有嚴重問題的人，職稱被凍結、生活清貧、寂寞，外界施加於他的壓力、不公、詆毀，足以把他致於死地、讓他失魂落魄，但他還是那樣平靜豁達、甚至毫不在意的樣子，他更加專注地看書、寫文章，十分投入地上課，我知道他內心深處比任何人都孤獨無奈，支撐著他異常堅強、坦然面對一切的動因是什麼呢？他像一個謎團，我被他纏繞其間，忘記了周圍的一切。有一天下課，我趁周圍人都走光了，預謀了許久的我，怯怯生生地來到林老師身邊，告訴他：「林老師，我想什麼時候找你聊聊！」林老師當即領我來到一間辦公室，正是中午時分，大家都下班吃飯去了，辦公室裡空蕩蕩的，我們倆面對面地坐著，我以為我會滔滔不絕地把千言萬語都說出來，可我緊張地、呆呆地、像木偶一樣，頭腦一片空白，一分鐘過去了、兩分鐘過去了，仿佛十年、二十年過去了，我還是說不出話來。我真想有個地縫讓我鑽出去，趕快逃離他。

我對他說什麼呢？說我對自己丈夫奇怪、陌生的感受？說我總是有一種難以排解的困惑？說在新疆發生的一些事情？我什麼都想說，但卻不知從何說起，是啊，我的那些心靈深處的東西與他又有何干？他為什麼要來關心我、傾聽我？每個人都是孤獨的，尤其是像林老師這種在學術上有深刻見解的人。他的超人之處正是在於：把自己深刻的孤獨、尖銳的衝突化為了智慧、化做了震撼心靈的文字。而在現實生活中，他依然是普普通通的人，走出課堂、走出詩意的文字，兩個活生生的、早已被世俗規定好的人，突然之間，就試圖做一種深入心靈的交流，不但不可能，簡直就是滑稽、就是自做多情！

他在上海、在華師，無論如何是一個學術界的精英人物，我又算什麼？我們雖然坐在一起，但我卻像仰望天神那樣仰望著他。我什麼都不懂，怎樣與他對話？一種強烈的自卑、自責的情緒在左右著我，我恨他、恨自己，恨羞愧難當、不可抑制的感情。我還是一句話也說不出來，不知過了多長時間，我說：「我走了。」就像一個在考場上一字未寫的考生逃離考場那樣，我恨不得這輩子再也不要見到他。他一定是把我當成了怪物，啞巴、傻瓜，我怎麼這樣無能！走出辦公室的時候，他拉了拉我的衣袖，故做輕鬆地對我笑笑，他是在安慰我，他知道我想說什麼，我就像一個情感的乞丐，在乞求天上的神靈降凡人間。我能克制、偽裝一切，但卻克制掩蓋不了「愛」的感情。他是早已存在在我心靈深處的，我一直在尋找著的精神導師。

一直以來，我在慵常、瑣碎的生活中無奈地掙扎，我每天都活著，但卻活得乏味枯燥、虛偽做作，我找不到能讓我心靈得以放飛和滿足的東西，現存的一切都被令人窒息地安排好了，每個人都憑著慣性在毫無意義、自以為是地活著，為名、為利、為了更多地獲取權利、金錢，勾心鬥角、心懷叵測。惟有像林老師這樣把工作當做事業、把事業當作生命，把追求真理、正義、理想當作信仰的人，才顯示出超塵脫俗的永久魅力。我對他的陶醉，不如說是對他這種生活境界、思想境界的嚮往和癡迷。我們每個人都心甘情願地接受社會大課堂的塑造：戰爭製造殺人犯、官僚統治製造愚忠的奴僕，消費時代製造金錢的奴隸，無知製造愚昧、縱慾製造墮落——每個人在時代的狂潮中顛簸激盪，只有少數人，有自己的目標，他們堅實而平和，他們為理想生活，並為生活中的人提供一種理想的範本；他們有足夠的勇氣和信念抵禦外界的侵擾，並提供給人們一種抗擊「風暴嚴寒」的能力。——林老師就是這樣一種人。儘管他現在倍受冷落、異常孤獨！心靈的相通，只能靠心靈去體會！儘管我們相差十萬八千里，儘管我們都是早已被社會規定好了角色的規矩人！

從這以後，每次上課我都裝著對他毫不在意，我恨自己無知、無能、卻又這麼多情善感！我要是把對他的這種專注、癡迷的感情用在自己身上，用在增長自己的聰明才智上，該會產生多麼巨大的力量！可是，愛一個人是沒有理由的，愛的力量也是無法替代的。可是，當你一百份、一千份地愛他，他卻對妳毫無感覺，或者僅僅是同情妳、可憐妳，這種愛還有什麼意義？他真的對我毫無感覺嗎？或抑是他從來就沒有見過像我這樣激情卻又單純的人？他在課堂上經常聲情並茂地描述他的孩子、妻子，他對他們充滿了溫馨的愛意，他有一個普通而和諧的家！無論他在外面遇到了怎樣的打擊，無論外面的世界如何喧囂動盪，到了家，他照樣可以享受溫暖、平和的感情，可以打開書與先哲、偉人對話，可以鋪開紙寫下澎湃的思潮，他那纖弱善良的妻子，也許不能和他對話，但卻能無怨無悔地為他營造一個避風的港灣，讓他寵辱皆忘，盡享天倫。可這並不能阻止我也愛他，因為這種愛僅僅是愛！這種愛注定沒有結果，但卻必然發生，永久存在。我體會著由他激發起的愛意，痛苦萬分又沉醉癡迷、難以自拔。

儘管時常失眠，想家、想孩子，在莫名的感情中掙扎，但我的身體還是越來越好了，不用每天燒三頓飯、不用整天照顧孩子、服侍丈夫，上課、讀書、聽講座、寫文章、看最新的優秀影片、跳舞，和同學老師海闊天空地聊天，生活每天都是新的。在新疆，我恥於說自己是玉安人，北疆嫌南疆落後，內地嫌新疆落後，可在華師，當我說，我是從新疆玉安來的，別人立刻會露出驚異的神情，藍天、白雲；草原、牧場；瓜果飄香、載歌載舞，是他們想像中的新疆。原來，在我對上海充滿嚮往和好奇的同時，上海人對新疆也懷有同樣希望瞭解的願望。大都會、名牌大學是無數好奇、夢想的滋生地，是謀求變化、發展的競技場。我仿佛是一朵即將枯萎的花，在華師生機勃勃的花園裡，又重新獲得了生命的活力。我彷彿又回到了八年前，那時的我一心想考研究生，為我，更為愛情，在玉安大學的校園裡、圖書館裡，和戀人一道讀書、散步，分享愛情的甜蜜、求知的快樂，是我青春時代最美的時光。可惜當時天高皇帝遠，考研不過是個自製的夢。

現在，我獨自一人，離家別子，我不可能再選擇婚姻了，但我卻被另一種愛情激發，我理解了什麼是柏拉圖似的精神之愛，這種愛固然痛苦，但比起在玉安婚後生活的壓抑、麻木、瑣碎，不知要好多少倍，起碼現在的我感覺自己是個活物了。我成了助教班裡最活躍的人，老師上課提問、組織討論，我總是最積極，「夏雲發言，滔滔不絕，陳棟跳舞，鍥而不捨……」班裡同學沒事就把有特徵的人編成順口溜。陳棟是班上年齡最大的男士，家在山西，三十五、六歲了，長的又矮又胖又黑，可能是在家被老婆管得太嚴，從來沒有跳過交際舞，到了華師，立志一定要學會跳舞，他還專門興致勃勃地到圖書館去借舞蹈方面的書，管理人員以為他是這方面的專家、教授，為他找來一大摞關於舞蹈藝術、舞蹈研究的書，他都不滿意，後來他解釋說，他需要跳交際舞方面的書，想學會跳舞。「沒有這種書。」管理員一臉不高興，有種被愚弄的感覺。他也毫不在乎，沒有書面指導，就勇於實踐，每週末他必到舞場，專邀請最漂亮、跳得最好的女生，然後坦白說，我還不會跳舞，你教教我吧，別人看他年齡這麼大，一副憨厚執著的樣子，不好拒絕，就教他跳，最終他有沒有學會，誰也不在意，但他這種傻大膽，引來無數人的關注，被傳為笑談。

我大概也有點像他這樣的傻勁，聽課聽得忘乎所以，發言不管對錯，總是自以為是，如入無人之境，有一次，老師給每人五分鐘時間發言，我上臺一講就是十五分鐘，還在黑板上又寫又畫，我總是有無數的思想、靈感，不吐不快，下課，還和老師討論、和同學爭論。我覺得自己是這個班上最快樂的人。我不僅和助教進修班的四十多個同學很熟悉，還認識不少研究生、博士生。這些人中有好些也是成了家以後，才來讀書的。教師進修樓因為是開放式的，老師、學生都願意到這裡來坐一坐，男男女女、不論年齡大小，圍在一起東拉西扯、海闊天空，熱鬧非凡。有時探討文學作品，爭論起來，各抒己見，互不相讓；有時又相約到外面的草坪上去，圍坐成一圈，唱歌、說笑，每個人都有種回歸到少男少女時代的輕鬆感、自由感。

在家只能面對丈夫或妻子，沒完沒了地操心孩子，在這裡，成年的男男女女暫時沒有了婚姻、家庭的束縛，人與人之間擺脫了任何功利的侵擾，每個人都是真實的、積極自主的，每個人都有意無意地在新的環境中，重新選擇自己心儀的異性朋友。每一個規則的背後，都隱含著對規則本身的反抗。當我看到我的那些談得非常投緣的同學，研究生、博士生，特別是那些有點思想個性的人，既巧妙又大膽地在進行著各種形式的「婚外戀」時，我心中的聖殿倒塌了——上海果然是個腐敗荒唐的地方，一個缺乏道德感的敗壞的城市。外表的繁榮掩蓋不了它內在的空虛、動盪。人是多麼可怕！在這個世上，人人自危，人連婚姻都是假的，偽裝的、不潔的，還有什麼東西能夠是真的！

王一大是真的，我的丈夫、孩子永遠是真的，儘管我們不在一起！我欣慰地想，並對那些為解一時焦渴、孤獨，結為祕密的、暫時伴侶的男女，心懷鄙夷和不齒。人是多麼的脆弱，感情是多麼的可怕，婚姻是多麼的不可思議！可我不是也還在深深地戀著林老師嗎？直到後來我才明白，結了婚的人，不可能不再愛別人，只是，人只有結了婚，才多多少少明白自己的真愛該是什麼樣的。我渴望自己能在華師這樣的大學裡，勤奮地讀書、寫作，以書本為伴，對人生、社會、歷史、文化作不懈的探索、深入的思考，用精神的充實、創造，抵抗現實的乏味、空虛，我渴望像林老師那樣獨立而堅韌地生活。我愛他，包括愛他的妻子、孩子。儘管我是那麼弱小，無知、微不足道，我對於他而言，不足掛齒，甚至可能是種累贅、麻煩、負擔。但愛的本身並沒有錯，我不需要他為我作任何事情，我只需要讓他知道，有一個從新疆來的傻姑娘在勢不可擋地愛著他！

第一個學期轉眼到了期末，我不再是個連課都聽不懂的傻瓜，每天上課、在圖書館看書，像一株久旱的甘霖，突然得到雨露的滋潤，一下子變得枝蘩葉茂、生機勃勃。我不停地寫啊，看啊，問啊，文思泉湧，神采飛揚，如魚得水般自在舒暢。期末每門課的老師都佈置了寫論文的任務，同宿舍的姚燁、何凡先是唉聲歎氣、愁眉苦臉，後來總算東抄西擇地好容易湊成幾篇文章。我則心定氣閒地遲遲不動筆，我在構思、斟酌、在考慮用最恰當的語言文字表述自己的真知灼見，無論是吃飯、還是散步，我總是沉浸在思想的世界裡，旁若無人。在外進修就有這種好處，周圍都是陌生的面孔，不必擔心見了熟人不打招呼。

冬天，到處都是冷冰冰的，我就躲在被窩裡看書，思考，常常是靈感來了，拿起筆紙，縮在被子裡不停地寫，忘記了一切，同宿舍的人看我這副癡迷的樣子，就戲稱我的床是「靈感床」，只要躺在上面，就會思緒翩阡，語出驚人。當我構思好文章的大意，便找了間空曠的大教室，奮筆疾書，越寫越多，越寫越激動、興奮，仿佛一輛飛速行馳的車，剎不住閘，任憑在道路上狂奔。如果不是時間和篇幅的限制，我真能一氣呵成地寫本書出來。在學期末的作業講評課上，老師先大致介紹了這次作業的基本情況，然後對寫得好的文章作了一一評述，最後他說，有位同學的文章讓我感到驚奇，文章汪洋恣肆、充滿思辯、哲理，對問題的論述簡潔、深刻、獨到，很難想像這樣的文章會出自一位女同學之手。老師是在說誰？說我嗎？儘管我寫文章投入了所有的情思，但我還是不敢相信會得到老師如此高的評價。當老師點出我的名字時，所有的同學都轉過臉來，看著我，我激動得快要哭了。華師給了我釋放生命活力、拓展思維、想像的空間，只有在華師，我才第一次感到了自己的潛力和價值。這大概就是一個優秀大學給予人的一種精神的力量吧。寒假，同學們都要回家了，我則打算到陝西師大和丈夫相聚。走之前，我給林老師寫了一封信，我更加堅信世界上沒有人會責怪與生俱來的愛的感情，我能不能得到對方的愛是一回事，但我不能不讓自己噴薄欲出的感情永遠被壓抑、窒息。我渾身充滿了愛、智慧、激情，我要找一個人，要通過一種方式，把這些非凡的情感表達出來，只有林老師會理解我這樣做，不管這樣做是多麼地荒唐、多麼地不可思議！

在陝西師大，我和分離了半年多的丈夫團聚，我們做著所有夫妻該做的事情，我像小鳥依人般陪伴在他身邊，他是那麼的強壯可靠，我一如既往地表現出自己對丈夫的思念、稱讚。我對他的感情，一開始就勉為其難、言不由衷，一直是我在扮演著追求他的角色，而他也像摸像樣、頗為合適恰當地成為了我的丈夫，我不知道他心裡有沒有三心二意的時候，即使有，他也絕不會露出半點蛛絲馬跡，或者他乾脆就是一個從骨子到內心都中規中距、不敢越雷池一步的人。我佩服他、信賴他，卻無法像他那樣一貫正確，我恨自己，在他面前，我是渾身長刺，頭腦混亂，毫無規矩的人，無論我怎樣掩蓋自己，我都會有種自卑和不安。因為我真的移情別戀了。我的心是完完全全被華師佔據了，我趁王一大不在的空擋，又給林老師寫了一封長信。跟王一大在一起的每時每刻，我都在惦記著林老師是否接到了我的信、對我的信會有什麼反映。

我的信裡沒有說一個愛字，我知道對一個有家室、有責任感的男人來說，不會，也沒有可能，重新獲得愛情。我只想與他交流，把我長期以來想說的話講給他聽，只要他聽得到，願意聽，就是我最大的欣慰。與丈夫不在一起的時候，我總想著丈夫的好處，他工作上的能幹、為人處世的圓潤、具備了一個好男人的必要條件，這讓我頗感安慰。可是與丈夫真正在一起時，我卻感到一種說不出的壓抑、難過，儘管我們有足夠的忠貞和修養保持我們婚姻的穩定，但我們卻沒有絲毫的樂趣，沒有心靈釋放的自由空間，他似乎是早已被各種各樣的社會活動抽乾靈魂的人，要讓他對某一問題說出自己的觀點簡直是比登天還難。可我呢？我的感情思想向誰去述說？華師，讓我寫、讓我說、讓我愛，華師有那麼多有思想、有感情的人，在華師你說什麼、做什麼，都是舒心自由的，而在玉安，你所做的一切都是被規定好了的，你的一舉一動好像被一種無形的力量監控著，思想的禁錮、麻木，逼得我幾乎發瘋。現在，我終於看到了玉安以外的世界，我愛華師、愛林老師，這有什麼錯！

寒假過後，我迫不及待地回到華師，一進華師的校門，我就被一種清新、幽雅的氛圍激動著，好像回到了真正的家。一大片、一大片，黃燦燦的迎春花怒然開放，傳遞著早春的氣息，河流、樹木、草地，一塵不染，綠意襲人，組合成溫潤、繁茂、潔淨的世界，古香古色的教學樓，座落其間，讓人聯想起童話中公主、王子的宮殿，整個校園猶如人間仙境，學子們在這裡讀書、戀愛、自由論壇，還有什麼比這更美妙的呢？

而華師最讓我心儀的是有林老師這樣的人存在，我渴望儘快的地見到他。我可以和其他老師、同學、研究生、博士生，在一起無所顧忌地暢所欲言，惟有他，讓我一想起，就情不自禁地又呆又傻。對我而言，要想和他一起隨意地交談，簡直比上刀山、下火海還難，我暗戀了他整整半年了，我的神態、我的文章、我的書信，他不會不知道。儘管我有丈夫、儘管我身邊也有異性朋友能讓我暫時擺脫孤獨、寂寞，但這都不能代替我對林老師的那種致命的感情。一個人的一生可能有無數次的愛，但真正的愛，只能有一個，那是一種看不見、摸不著，可望不可及，如同崇拜上帝一樣，無比神聖、執著的感情。我永遠無法走近他，但他卻永遠存在在我心靈深處。

新學期開學的第一天傍晚，我叫買買提江和我一起去找林老師詢問論文的情況，有小江在身邊，見到林老師，我就不至於太尷尬。我們三個人在華師的校園裡，邊走邊聊，柔軟的風、青青的草地，讓我擺脫了緊張的情緒，天色漸漸暗了下來，我對小江說，你先回去吧，我還有點事想和林老師單獨談談。小江走後，林老師溫柔地對我說，我收到妳的信了，也正想找妳聊聊，還是到我辦公室去吧。辦公室裡，我們隔著一張巨大的辦公桌，面對面地坐著，他像父親兄長一樣看著我，我開始訴說。現在的人，思想情緒得不到疏導緩解，產生了心理問題，要找心理醫生傾訴，我總覺得這不過是隔靴搔癢的商業操作。如果人與人之間有足夠的寬容與理解，有足夠的真誠和愛，每個人都能有合適的方式自由抒發自己的情感思想，還有什麼心理問題不能解決。

對我而言，只要能得到林老師的哪怕一丁點的回應，我的那份苦苦的思念懷想就會化為甘甜。他靜靜地、認真地聽著，我像講別人的故事那樣，滔滔不絕地講著自己的故事，講我怎樣戀愛，後來又為什麼結婚、和丈夫是如何地不協調，講我生孩子的感受，講我的爸爸媽媽，講我小時候的事情，他始終憐愛地望著我，像一個永遠值得信賴的大朋友。一個小時、兩個小時過去了，辦公樓的大門要鎖了，我們才意猶未盡地走出諾大的、安靜的辦公樓。分別的時候，他握了握我的手，關切地說：「好好保重自己，小雲。」

回到宿舍，我美美地睡了一覺，這是我第一次見到他，而沒有失眠的夜晚。我終於可以和他交談了——和一個心儀已久的人，愉快地、長時間地交談，談一些從來沒有對人談起過的隱私和癡話。以後，我每次上林老師的課都輕鬆多了，也坦然多了，我知道除了我癡迷的感情之外，我不能，也無法給予他任何東西，但他畢竟願意像兄長一樣接納我了，我們之間有一種心照不宣的情愫。我不是在愛一個男人，而是在受一種神聖而詩意的情感支配，在與現實中的天神對話交流，每一次對話，我都受到一次心靈的震撼和啟迪，每一次相遇，我都得到一種精神的力量。——我要讓他知道，他永遠不會孤獨！因為他的氣質、他的文章、他的思想情感，像一座精神的寶庫，滋養著渴求豐厚堅實而又純潔美好的心靈。

世上真有這樣的人，幾乎完全沉溺在自己的精神世界中，完全為一種信念、理想存在著，整天都在思考著人類、命運這樣一些形而上的重大主題。叔本華、尼采、王國維這樣的思想精英彷彿就生活在他的身邊，現實生活中的一切榮辱、興衰，動盪曲折，對他而言，都是稍縱即逝的過眼雲煙，甚至，他生存的境遇越險惡，他對理想的追求越執著；他越孤獨，越顯示出不同凡響的力量；他越堅定，越倍嘗心靈的苦難與精神的豐厚。他關注的是社會、歷史、人生背後更深層的文化內容，他所研究的課題、提出的觀點，也許就像愛因斯坦的相對論那樣，無人理解和知曉，卻在無形中影響著人類的發展進程，為人類的精神世界留下了一筆寶貴的財富。「任憑風吹雨打，勝似閒庭散步」，「談笑間，檣櫓灰飛煙滅。」「學到深處心自平」、「於無聲處聽驚雷。」每每看到林老師那種從容不迫，儒雅鎮定的神態，我總會在心裡湧起這樣的詩句。

不管日常生活是多麼地枯燥、乏味；不管現實的一切是怎樣地荒誕不經，總有一種夢想、一個希望，引導著人們尋求更美好、更善良、更有創造性的生活方式、生存狀態。我終於找到了新的生活座標，我要考研，考到上海來再讀三年書，只有這裡才是我事業發展和生活幸福的福地。這裡有海納百川的氣度和恢弘，有相對民主寬鬆的人文環境，有一流的專家教授，有與世界各地交流的機會。如果我這輩子能在華師這樣的大學裡讀書、生活、工作該多好啊！我又開始像一個真正的學生那樣如饑似渴地讀書，同宿舍的人說，我晚上做夢都在念叨著考研、考研……。

在華師，像我這樣二十七歲的人，早已是博士畢業了。我儘管是大學老師，但我的英語還不如一個小學生的水準。以前學過的全是支離破碎的單詞、語法，從來沒有進行過聽說訓練，不會用，也就忘得精光。當我向那些在校的研究生、博士生詢問考研的情況，他們聽說我的英語程度如此之差，就好心勸我，別給自己施加壓力，做不切實際的事。可是不考研，我能幹什麼呢？從大學畢業到現在，結婚、生孩子、按部就班地上下班，上那些無聊的、自己都覺得毫無新意、毫無樂趣的課，整天像牛羊一樣被人哄趕著開大大小小的會，裝模做樣地表態、發言，見了領導馬上像縮頭烏龜一樣，點頭哈腰，滿臉堆笑，惟恐自己態度不真誠，被看作異類，遭受莫名其妙的打擊、報復。

「明知山有虎，偏向虎山行。」五年前，讀大學的時候，我抱著這種念頭考研，雖然沒有考上，但我卻懷念那段考研的經歷，起碼在那段時間裡，我的每一天都是在接受新的知識、都是那麼充實、有節奏。考上考不上是一回事，起碼通過考研能讓自己擺脫現實的乏味、單調。學期快結束的時候，助教班組織到普陀山去玩，我卻一心想著在校園裡多看看書，只有抓緊一切時間，爭分奪秒、馬不停蹄地學習，才有可能與這裡的學生一比高低，也才能有機會真正走入林老師的生活圈子。林老師的家就在華師校園家屬區的一排平房裡，姚燁有次去林老師家交作業，林老師把門打開一個縫，接過作業，很客氣地打了聲招呼，就把門關上了，姚燁回到宿舍後，非常生氣，覺得老師沒讓她進家門，簡直是對她的侮辱。但我卻理解林老師，理解上海人的這種做法。

剛到華師不久，我就給上海的姨姨寫了封信，第二天，姨姨和表妹從很遠的地方，坐兩個多小時的車，趕來看我，後來，我又到幾個親戚家住過幾天，他們的家小得令人難以置信，一開門，就是喧囂的街道，天井上搭著竹竿，放著馬桶，幾家人家共用一個廚房。這樣的居住條件是很難接待客人的，除非特別的情況。即使住大房間的人家，沒有事先的預約，也不會隨便到人家裡去。時間觀念強，注重隱私權，是上海人的普遍行為。外地人總是認為這是他們的小家子氣，人與人之間隔膜、冷淡，活得太累。但是生活時間長了，才感到上海人雖然精明，但同樣是充滿感情的，真摯、善良而又非常理性，他可以在你需要時盡力幫助你，不求回報，但決不讓你依賴他，控制他。人與人保持適當的距離，才能保持彼此的獨立和尊嚴。

上海是一個讓人永遠值得探究、回味的城市，一開始，你可能會對它的喧囂、龐大，感到無所適從，甚至討厭它，但你待得越久，就越不想離開他。華師附近有幾個小吃店，全是清一色的老太太在裡面勤勤懇懇地幹活，大街上也總是看到老頭戴著肩章、搖著小紅旗，組織人們排隊上公共汽車。人雖老了，卻不願依靠兒女生活，也不願整天打麻將賭錢。老人尚且如此，年輕人更是生活得自尊、自立、清醒、明智。和他們真正相處起來，反而感到輕鬆、簡單。當我剛剛開始理解、喜歡上海、開始和林老師坦然、愉快地交往時，一年的學習生活也就要結束了。

美麗的華師，開啟了我的夢想之門，我像一個任性的孩子在母親懷裡撒嬌一樣，我渴望著能在華師多停留一段時間，課程一門門地結束，人們紛紛忙著訂回家的火車票，與每一個匆匆忙忙急切想回家的人相比，我像一個失魂落魄的傻瓜，內心湧動著老師上課時的情景，回味著這一年來自由、充實、精彩的生活。剛來華師時，我是那樣疲憊、蒼老、羸弱，提著一個大包，又黑又瘦，穿著一身草綠色的衣褲，像從深山老林裡來的大兵。現在，我的臉色紅潤了、身體強健了，更重要的是找到了自信、找到了目標，我還會再回華師的，一定會的！我不得不離開華師了，由於沒有及時訂火車票，當我再到車站買票時，近二十天的票已經買完了，上海的舅舅剛好在鐵路局工作，他也無法弄到近期的票，就托人悄悄把我安排在一節行李車廂裡。

離開華師的時候，我留了一封信給林老師：「天上的雲，地上的人啊，匆匆地合，匆匆地分；天上的雲、地上的人啊，只有心路沒有阻隔！——當西去的列車馳向遙遠的沙漠，時空的距離熔煉出一個永恆的名字——思念。」

華師改變了我，改變的不是命運，而是心靈。

這是我心靈的棲息地，我多麼希望永遠在這裡停泊、翱翔……

十二、心中的戀人、身外的世界

我需要愛，自由的愛；我需要激情，創造的激情。愛的合理性、取決於生活的合理性，當生活過於嚴酷、荒唐，愛就被剝奪，人的生理需求，就只能以一種扭曲的形式，獲得暫時的滿足。當生活過於凝滯，愛就會麻木、窒息，人對愛的渴望，就自然突破現有的規範，在愛與慾、情與理之間掙扎、徘徊。

回到玉安的家中，我才第一次發現，我曾經精心打造的家，像一座封存千年的古墓，佈滿了厚厚的塵土，到處是灰濛濛的一片，乾燥的空氣、肆虐的風沙，籠罩著房屋中的一切。樓房的外面是用土坯搭建的儲藏室，儲藏室的頂上，又是一家人家搭建的雞窩，每每給雞餵食，要爬著梯子，才能夠供給土樓上的雞享用。樓與樓之間緊挨著，其間栽種的樹木、花草，已被踐踏得不成樣子。出門上街，馬路兩旁是底矮黑暗的手工作坊和店鋪：打鐵的、打囊的、買肉的、買零零星星的針頭線腦、瓜子糖果的……路上跑著的依然是驢車、馬車，晃晃悠悠，仿佛行進在與世隔絕的遠古悠夢中。到了玉安，還要坐十個小時的汽車，才能到公公婆婆家所在的小縣城，我最急切的是想儘快看到女兒——一年未見的女兒變成什麼樣子了！我的女兒、我的丈夫、我的父母家人，無論我走到哪裡，他們都像我的影子、我的心肝、骨髓一樣，牽動著我的神經，我的每一個行為，每一種想法、每一次出走，不再僅僅是我個人的事，我要為他們負責、讓他們感到安全、滿意。無論我走到多麼遠，我最終還要回到他們身邊。——這就是命運！你最親密的人、你周遭的環境氛圍就是你命運的色調和音符。好多年以後，當我不安分的神經再一次勢不可擋地爆發，我一個人離家出走，在北京的一家媒體工作，當時和北京的一個朋友到新城的海邊旅遊，漫步在古城古老的街道上，他問：「走在這樣的環境中，妳有什麼感覺？」

「好像回到了童年、回到了過去。」

「你呢？」

「我慶幸自己幸好沒有出生在這樣一個環境中。」

他無不得意、自豪地說。

命中注定，他就可以以一個旅遊者的強勢姿態，把玩落後、貧窮、古樸；而我只能在與貧窮、落後的一次次抗爭中體會矛盾、痛苦，生離死別的情感折磨。見到女兒的第一眼，她正在床上熟睡：那麼柔軟、安寧，長長的眼睫毛，像兩把黑扇子守護著稚嫩、白皙的小臉蛋，鮮潤的小嘴微閉著，呼出溫潤的氣息……無論世界上發生了什麼事，她都是那樣無辜、天真地活著，甜蜜地睡、盡興地玩，或許，正因為有了孩子，世界才變得美麗、正因為有了孩子，生命才有了依託。她還不到四歲，但我在上海時，她已經會給我寫信了，有一次，她寄來一張明信片，上面畫著一個可愛的小女孩手拿著一個風車，旁邊是一行歪歪扭扭的字：「媽媽，我想妳，我坐著風車到妳夢裡來，好嗎？」現在，媽媽終於回來了，可以長久地抱妳、親妳，陪伴在妳身邊，只要有妳在，和妳在一起，再苦、再累，媽媽也心甘情願。一回到家中，我就只是一個母親、一個妻子，一個在大漠邊陲無聲無息、日復一日的女人，一切又都回到了從前：一成不變、循規蹈矩、一潭死水，仿佛在茫茫黑夜中穿行，沒有方向、沒有目標，只是人云亦云、隨遇而安，只是被動地維持著生命的新陳代謝。那個在華師激揚文字、情感澎湃的夏雲不見了，剛剛過去的一年不過是一場夢，是命運開了一個滑稽的玩笑。

以前，在玉安，對於外面的世界，我只是充滿渴望、充滿天真的幻想；現在，進修一年回來，再待在玉安，我就像隨時會引爆的炸彈，憤懣、壓抑、孤獨，時時處在崩潰的邊緣。生命是靜止的、生活是靜止的，丈夫還像以前那樣樂此不疲地去喝酒、抽煙、請客、應酬；處理各種各樣事物性的工作，比如，宣讀上面下達的文件、寫似是而非的總結報告，安排大大小小、轟轟烈烈的活動，衛生大掃除、教學檢查、黨員活動、評比先進工作者，這些在我看來華而不實、嘩眾取寵的事，他是做得是那麼投入、熱情。他完完全全按照上級的指示要求，就像一個部落的首領一樣，指揮著一幫民眾，任勞任怨、勤勤懇懇地工作著……

我除了上課，就在家帶女兒、做飯、抓緊一切時間，看書、備課、複習，準備考研，如果沒有考研給我的這一線希望，我想，我真的會很快就憋瘋的。我用商量的口氣告訴王一大，我想考研，我多麼希望他也像我一樣，看書、學習、備課，把生活搞得井井有條，每天都有收穫，但他熱衷於社會工作，下班回家總是筋疲力盡，不是守著電視看新聞，就是又有一大幫人到家裡來為各種各樣的事情找他商量，求他幫忙。對我幾次欲言又止的考研計畫，他冷冷地說一句：「考研沒什麼大不了的，我支持。」完全是一副官僚的派頭。

玉安大學對考研的人、提出調動的人總是設置種種障礙，以前，我住在父母家，就常有人到家裡來，為了調動的事，向父親哭訴，有人乾脆揚言，你要不放我走，我就天天到你家來，賴在你家不走。現在父親離開了玉安大學，他的女婿似乎又在扮演著他當年的角色，對動念想離開玉安的人，先是曉之以理、動之以情，再是以強硬的姿態，以國家的利益為由，堅決予以拒絕。我父親不當官，還可以去當教授，王一大呢？除了整天熱熱鬧鬧地上傳下達之外，我真不明白，他到底有沒有自己的思想、個性。沒有性格，就是他的性格，甚至是這個社會最好的性格。他是活的多麼自由自在、如魚得水啊！在酒桌上口若懸河地說著笑話，在會議上頗有感召力的、振振有辭地做著報告，回到家，吃飯、看電視，然後，順理成章地和妻子做愛。誰讓我是他的妻子呢？一個男人、一個女人，和自己婚姻之外的人在一起，無論他們多麼相愛，也不能做愛，否則，就是通姦。而婚姻之中的人，無論怎樣地不協調，卻要日日同床共枕。

我還愛他嗎？像他這樣縱橫捭闔的人物，這樣富有感召力、決定著多少人命運的人物，即使我什麼工作都不做，只要天天在家管好孩子、做好飯，就可以高枕無憂。他年紀輕輕的就已經是組織人事部長，黨委委員，前途無量，我應該全力以赴地支援他的工作才對。可這就是他的工作嗎？一個大學的領導，從來不搞科研、不看書，即使攤派上了所謂科研任務，也是這些頭頭腦腦們捷足先登，搞一些花架子，雷聲大、雨點小。他們的大部分精力都用在制定政策和規範上，用政策整人，用制度壓人，政策、制度的整合壓越強烈，有求於他們的人就越多，他們的權利就越大，自我感覺就越好，就越對制度與政策情有獨衷。

我是愛他的，在這個天高皇帝遠的地方，有那麼一官半職的人就是眾星捧月的人物，我不愛他，又能去愛誰呢？連女兒都會說，我爸爸是領導，我爸爸管好多好多人。只要別人到家裡來一趟，人剛走，女兒就會跑過來看看，別人又送了些什麼東西。我當然沒有不愛他，但我們幾乎沒有言語和對話，我們有的是慾望，就像兩頭定期發情的動物，我分不清慾望和愛情有什麼區別，只覺得這種聲嘶力竭、狂野愚鈍的課業越來越單調、乏味，每一次，我都試圖用高潮、狂歡迎接他的粗野、強壯，每一次，狂歡過後，我又沉入巨大的痛苦之中，他呼呼地大睡了，還時不時地翻身再把我擁到懷裡，我卻睡不著，我也不明白自己為什麼睡不著……

生活就這樣一天天地過著，剛從華師回來，我是那樣神清氣爽、白皙水靈，到家時間不長，又變得黑瘦孱弱、無精打采。中文系有好幾個從復旦、北大進修回來的老師，都在默默無聞地做著考研的準備，唯有王一大，仿佛對外面的發展、變化無動於衷，一心只想著在玉安大學埋頭苦幹。看著他整天興致勃勃、無怨無悔地操勞辛苦，真像報紙社論上所說的：「為了新疆的建設事業獻了青春、獻子孫」我不知是該敬佩他、同情他，還是埋怨他、記恨他。我為什麼就不能像他這樣心安理得地生活呢？不管他是否樂意，也不管學院以後是否同意，我一定要再考到上海去，我需要自由的呼吸、新鮮的思想。在玉安、上海，常常看到一些歐洲人自由自在地生活，他們每到一處都做一年、兩年的短暫停留，邊工作、邊旅遊、邊體驗民風民俗、學習語言文化，仿佛天生就是這個地球村自信、自由、豁達的公民。他們擁有對這個世界充滿探索、盡情享受的願望，世界就對他們敞開胸懷。在玉安，他們可以像維族老鄉那樣，過最淳樸、原始的生活；在上海他們出入國際大酒店，享受最豪華的服務設施，也還是保持平和的心態。而我們命中注定就只能在爹媽生養的地方老死一生嗎？但在玉安你只能這樣，全玉安就這麼一座高校，別無選擇。你就是有天大的本事，在內地聯繫到了接受單位，調動工作，也是比登天還難，牽一髮而動全身，一層層地審批，一年年地拖延，一級級地送禮、求情，讓你望而卻步。唯一的路，就是考研，但這也同樣要經過單位領導的批准，要簽協議，要苦苦地掙扎，要有能力考上。

人真的是環境的產物，處在這樣一種一成不變的封建體制、官僚體系之下，只能形成愚忠、愚昧、庸俗、麻木的性格，人與人之間斤斤計較、盤根錯節，沒有獨立的人格和尊嚴，有的只是對權利的敬畏或嚮往，對規章制度的屈從和愚弄。所謂激情、創造、愛，簡直就是天方夜譚。誰叫妳腦子裡有那麼多的夢想？別自討苦吃做白日夢了！失眠、痛苦，是妳活該倒楣，好好的日子不過，有丈夫、有孩子，妳還有哪點不滿意？每一天，我看著周圍這些悠哉悠哉、無所事事地打發時光的人們，心裡又孤獨、又難過，沒有人能理解我，更沒有人能支持我。

我只能默默地抓緊時間，完成每天的複習計畫，有時孤獨、寂寞地快要崩潰了，但一想起華師的那些老師，心裡就稍稍平靜了些，他們不也是在用讀書、研究、寫作，充實著無聊的人生，甚至是險惡的人生嗎？我常常把愛因斯坦的一段話，做為自己的人生信條。愛因斯坦在他晚年的手稿中這樣寫到：「對於一個人自身的存在，何者是有意義的，他自己並不知曉，並且，這一點肯定也不應該打擾其他人。一條魚能對它終身暢游其中的水知道些什麼？

苦難也罷、甜蜜也罷，都來自外界，而堅毅卻來自內部，來自一個人自身的努力。在很大程度上，我都是受我本性的驅使去做事情。為此而獲得太多的尊敬和熱愛，讓人感到羞愧。仇恨之箭也射向了我，但從未傷害我，因為它們從某種程度上屬於另一個世界，而我與之沒有多大關聯。我孤寂地生活著，年輕時痛苦萬分，而在成熟之年裡卻甘之如飴。」

一切都是死寂、平庸，充滿荒誕、麻木、無聊、無奈，惟有書本可以給人帶來一絲心靈的感動。可是書本畢竟離我太遙遠了。

在玉安大學，每星期都要召開全系教師大會，系主任在臺上宣讀文件，臺下，黑壓壓地坐著一大片老師，民族老師坐一堆，漢族老師坐一堆，漢族領導說完，再由民族老師翻譯成維文，會議一開就是兩、三個小時，總有各式各樣的文件念得讓人昏昏欲睡，大家也都習以為常，全是一副百無聊賴的樣子，會議開始的時候，就耐著性子等著會議結束，反正不開無聊的會，也沒有更好的事要做。會議中間休息的時候，資料員拿給我一封信，啊！是林老師寫來的！

我拿信的手抖了起來，趕快跑出會議室，還沒有看信，眼淚已經模糊了視線。我整天魂牽夢繞的就是華師，就是林老師。林老師還寄來了他自己寫的、剛剛出版的一本書。

日常生活固然是單調、乏味的，但人卻能創造出完全不同於日常生活的精彩生活，林老師就是用他的筆、用他的智慧、善良在默默地創造著，這種創造有多麼艱辛、孤獨，只有他自己知道，可正因為是在平凡中，創造出了不平凡的業績，他也就獲得了別人不曾享有的創造的喜悅、成功的喜悅，他也才顯得那麼超塵脫俗、與眾不同。只有當妳實實在在地進行心靈、智慧地創造時，妳才能真正脫離低級趣味、鼠目寸光、煩惱無奈、庸俗乏味等等不健康的東西。我嚮往華師，是因為華師有像林老師這樣謙遜、高貴、執著的人存在，美好的心靈、純潔的智慧可以在這樣的土地上生根、發芽、成長。儘管林老師身處華師也同樣地孤獨，但他卻有心境、能力搞學術研究，他專注地工作著，就像大海包容著一切、抗拒著風暴。看林老師的書，是一種巨大的享受、一種情感、思想的提升，能寫出這麼優秀著作的人，怎能不引起妳的摯愛，以前，我覺得他是那麼遙不可及，現在，我剛剛接觸到他，卻又不得不離開他。

我是懷著怎樣一種心境在讀他的來信，他能專門給我寫信、寄書，給我精神上的鼓勵和支持又是多麼巨大！我身在玉安，但每一天、每一天，我的心都在呼喚華師，就像戀愛中的人在呼喚他的戀人！在家，女兒，給了我最大的安慰，我看著她美麗、純潔小模樣，就想，將來我一定要把妳帶到上海去，帶到一個文明、發達、美好、開放的城市中去生活。有了堅定的目標，雖然度日如年，但卻有了盼頭，外界的壓力越大，內心的意志越堅定，每天再苦再累、我也要完成規定的學習任務。可我的身體卻不聽使喚了，在華師雖然有離家別子之苦，但可以一身輕鬆地做事。但在家，卻要日日與丈夫同床共枕，晚上，我想看會兒書，他來了興致，也就不管不顧、纏綿半天，我也只好隨他，這樣在一起生活了三個多月，我竟然又懷孕了。我又氣又惱，時間對我多麼寶貴，可偏偏節外生枝出這樣的事情。女人啊！妳一旦成為人妻、人母，再想幹點什麼事情，就真是顧慮重重、麻煩接踵而來。

做人流，王一大說，還是到他父母家去做吧，這樣會休息得好一些。我本來打算利用寒假看書，讓王一大和女兒回縣城，現在計畫只好泡湯，到了他父母家，他爸媽專門找了個熟悉的醫生，我又要受罪了，這是生為女人的天賜的苦難！妳別無選擇！出色的女人比男人堅強的多，大概就在於她的生命中，不斷伴隨著與生俱來的痛苦，從而，培養了她抵禦痛苦的能力。做完手術後，我在王一大父母家裡休息，他們家總是熱鬧非凡，矛盾重重，少有寧靜的時候，我想看一會兒書，就只能躲著他們，到樓上的小房間裡去看，但又覺得總是不與大家在一起，太不合適宜，於是看著他們的熱鬧，更感覺自己的孤單、孤獨。

我希望假期能成為我們兩人和孩子在一起，輕輕鬆鬆過日子的時候，到父母家，住上一兩天也就行了，但王一大喜歡只要放寒暑假，都到父母家去，在那裡白吃白住，過著無思無欲、悠閒自在的生活，我也只能隨他。手術後休息了好幾天，我還是感覺身體不好，有天，突然一陣暈眩，昏倒在地上。拉到醫院檢查，原來，人流沒做乾淨，要重新再做。醫生很內疚地賠禮道歉了半天，因為是熟人，大家也就互相謙讓，再次手術的錢，就不用付了。但我這次手術完，身體就一直是時好時壞，只要稍微一累，婦科病就犯了。長久以來，我就這樣一直生活在隱隱的病痛中，所有的婦科病，加上胃病、失眠，輪番攻擊著我。我不明白婚姻帶給我了什麼？他能幹、忠誠，我們都是善良、淳樸的人，我們的生活煩瑣、平靜，但我卻體會不到快樂和滿足。

每個月、每個月，我都會在例假來後幾天，肚子隱隱作痛，但我還要工作、帶孩子、做飯、複習考研，要不是有種信念支撐著我，我早都垮了。就這樣堅持了一個學期，到快放暑假的時候，我實在支撐不下去了，整個人像一堆廢銅爛鐵，肚子痛得要命。我不得不到醫院看病，醫生一檢查，附件炎、盆腔炎、陰道炎，已是非常嚴重。給我看病的那個維吾爾族醫生用不標準的漢語說：「妳還買司都是炎」，意思是妳身體的所有一切都有炎症。她要求我馬上住院治療。王一大還在學院上班，根本不知道我已病成這個樣子，我只好自己一個人騎自行車回家，只有拿了錢，辦好了住院手續，才能去住院。到了家，已是吃晚飯的時間，可王一大還沒有回來，但我已沒有心思做飯了，這是什麼家、什麼生活、什麼日子啊！他整天日理萬機地忙，像一頭蠢牛，只拉車，不看道，只在乎眼前的熱鬧、在乎對別人發號司令、高高在上的感覺。而我承擔方方面面的壓力，我要為個人的發展、女兒的發展、整個家庭的發展，竭盡全力，他非但沒有半點的支持、理解，反而，因為他的存在，讓我經受更多的痛苦。我恨他、恨這個家，更恨我自己。

難過歸難過，我還是強打著精神，到幼稚園把女兒接回家，進了家門，又累、又餓、又傷心，看到他已回來了，正在燈下改學生的作業，他行政事物很多，每星期還上幾次課，學生的作業放了一個多星期都沒有來得及批改，明天就要給學生出考卷，必須把作業本發下去讓他們複習，他這才不得不動手開始改作業。他還在等著我做好飯給他和孩子吃。我告訴他，我去看病了，病得很嚴重，需要住院，他聽到後，卻不知如何是好，很煩躁的樣子，好像我給他添了麻煩。我說，你趕快和我一起做飯，吃了飯，今晚或明早，我們就去醫院，他這才悶頭悶腦地來摘菜洗菜，沒有一句安慰的話，沒有一絲體貼、關心的樣子。

想著自己病成這樣，還要做飯，到這麼晚還餓著肚子，我一甩手，把菜丟在地上，委屈、憤怒，湧上心頭，你工作積極、你任勞任怨，你就好好幹去吧，在這個鬼地方，像豬一樣地活一輩子！沒想到，他也一甩手，竟然二話不說，奪門而出。我氣得渾身發抖、天搖地轉，我想發洩，卻找不到對象，我聲嘶力竭地哭著、喊著，我要砸爛這個家，你不讓我活，你也別想活，我真想拿著一把刀子亂砍、亂殺一番，拿著一個石塊把電視機、傢俱、沙發砸個天翻地覆，我徹底失去理智了，我突然注意到桌子上擺放的學生作業，衝上去，拿著本子一本本撕碎，實際上，我連撕紙的氣力都沒有了，叫你每天回家這麼晚、叫你改學生的作業拖這麼長時間，叫你整天瞎忙，幹些毫無意義的事，我邊撕邊哭，本子、紙張撒了一地，就像是送葬的人給死者燒的紙錢。

女兒在隔壁房間嚇壞了，我抱著女兒衝出家門，把門狠狠關上。到了外面，我不知道該去哪裡？周圍是一排一排的家屬樓，再往前走，是維族人用土坯搭建的房屋，沒有親戚、沒有朋友，在玉安大學只有領導和同事的關係，他們更多地是與王一大交往，有求於王一大。我與王一大的衝突，怎麼又能向他們訴說！走投無路、走投無路，我抱著女兒，身心俱裂，走吧，就往前走，我們走到操場，操場很大，沒有一個人，我們轉了一圈又一圈，女兒才五歲，卻很懂事地勸慰我：「媽媽，別難過了，妳要有病就去看病，病好了，一切都會好的。」天已經黑了下來，我們不得不又往家裡走去。回家、回家，在外面受了委屈，可以回家，在家受了委屈，又能再到哪裡去！

回家的路上，看到王一大端著一個飯盒往家走，我的心情平靜了下來，還是要活著、還是要吃飯，還是要日復一日、年復一年，到了家，硬是拌著淚水，把飯咽了下去，王一大看著滿地的作業本，鐵青著臉說：「妳再難過，也不能砸了我的飯碗，妳把作業撕成這樣，我還工不工作了。」晚上，孩子睡了，我怎麼也睡不著，王一大在客廳用膠水一張張地黏著作業本，我也到客廳裡幫他黏，沒有言語，沒有悲傷，有的就是生存的本能，明天早晨他還要拿著這一摞作業本去上課，我們必須在天亮之前，把這一片狼籍收拾好，就像考古學家黏貼陶瓷碎片，不管多麼枯燥乏味，破碎的還是要復原。第二天，他只好告訴學生，自己的女兒不懂事，把作業本當作廢紙玩。幸好女兒小，可以把她當做栽贓的替身。

第二天早晨，到醫院去住院，婦科醫院病房裡全是維族婦女，這是我平生第一次因病住院，王一大陪我到病房，一進病房我的眼淚就流了下來，一個陪伴妻子的維族老漢用維語問王一大：「這是你老婆嗎？她為什麼哭了，你們是不是每天晚上都做愛？」他們說起夫妻之間的事情，既開心又幽默，沒有一點避諱。是我太脆弱了，生病、住院，這是再平常不過的事情，我怎麼就這麼多愁善感？

報考研究生的日期越來越近了，我去找學院領導批准，他們總是忙著開會，或乾脆就不在辦公室，每次去找他們，我都像做了什麼虧心事似的，謹小慎微，唯恐話說得不得體，得罪了誰，我以為父親以前是領導，丈夫也算學院的骨幹，我申請考研，總該有點面子，但他們推來推去，就是沒有人定奪。再過幾天，就是截止日期，我窮追不捨地找主管教學的領導，他一見我來了，就推說有事，千方百計地迴避，我就瞅著機會給他家送去禮物，第二天，再去找他，他還是冷冷地不表態。我又恨又氣，但卻毫無辦法，禮也送了、找也找了好幾趟，難道要我給他下跪、磕頭不成？

下班的時候，我正好碰到學院的院長，他見了熟人，總是很機械地點點頭，我再也顧不得許多了，衝到他跟前，一把鼻涕、一把淚地說：「為什麼不讓我考研？我哪一點條件不夠？在玉安大學，所有教師的子女，都通過種種手段，離開了玉安，我父母從沒有給學院提出什麼要求，現在，我之所以想考研，就是想發展自己，這是一個人正常的權利，你們有什麼理由剝奪這種權利？」沒想到，他聽完後，倒是非常心平氣和，慢悠悠地說，這樣吧，星期一，我們黨委開個會，專門討論妳的事情。我轉悲為喜，等待兩天後的結果。星期一，頭頭腦腦們在辦公室裡討論，我在辦公室門外等待，就像犯人等待最後的赦免，過了好一會兒，人出來了，說，好了，同意了。我悲喜交加，中文系批准了我一個人考研，其他兩個人就只能等待明年再考，他們還要在這裡繼續經歷矛盾衝突、身心分離的折磨。接下來幾天，是簽訂合同，到公證處公證。學院制定了詳細的違約賠償金，要求讀研後必須回來，必須為學院服務十年以上，否則賠償讀研期間工資的四倍。我不明白這樣無恥、粗暴的合同規定，是從何而來，我也顧不了那麼多了，只有先考上再說。

到華師去參加考研輔導班，已經是大冬天了，丈夫帶著女兒送我到機場，看著站在寒風中的父女倆，我心酸極了，這樣分分合合，何時是盡頭，我為什麼就不能靠在丈夫的肩頭，牽著女兒的小手，一起走向自己理想中的家園呢？我真不明白自己為什麼要這樣折騰？到了上海，因為體質太差，就一直在感冒，總也好不了。過了一段時間，變成了哮喘，晚上只要一躺下，就喘不過氣來，整夜整夜無法入眠，只能半躺著，等待天亮。每天晚上，我以為自己要死了，第二天早晨仿佛又活過來似的，照樣去上課，就這樣晚上不睡覺持續了兩個月，等考完研，我已經虛脫得飄飄欲仙了。考完試的當天晚上，我和幾個在華師進修的老師聚在宿舍裡，大家說笑著，我卻虛弱極了，真想有一個人來讓我靠靠，給我點安慰，幾個月來，我一直生活在病痛緊張中，沒有關愛，更沒有溫暖、體貼。現在，仿佛千斤擔子突然從身上落下來，有種失重似的輕飄飄的感覺。我多麼希望這個時候有個人能托著我、扶著我，讓我不至於跌倒，讓我感受來自人的體溫。

坐在我對面的一個年輕男老師，看著我發呆的樣子說：「妳想妳老公了吧？」我倒真的沒想他，只是覺的他作為丈夫可憐、我作為妻子更可憐。我需要人愛，他滿足不了我；我需要愛人，他也不值得我愛。但此時此刻，我真的很需要、很需要一種叫做愛的東西，哪怕是輕輕的撫摩、哪怕是靜靜地靠在誰的身旁，哪怕是個陌生的男人輕輕抱我一下。幾個月來，我已經不知道什麼叫愛了，不知道孤獨、寂寞，不知道溫馨、美好。過於痛苦的折磨讓人已習慣了痛苦的感受，竟然不明白正常的生活應該是怎樣的。現在，我柔軟、細膩的神經細胞，似乎突然之間氾濫成災，溢滿我的全身，我呼喚、掙扎、渴望，我幾乎無法控制自己，只要是人，只要是個活物，我就會衝過去，擁抱他，讓他也擁抱我，我真的要崩潰了。

我給對面坐著的年輕老師說，陪我出去走走好嗎？他答應了，在華師的校園裡，我們並肩走著，誰也不說話，他比我小好幾歲，王一大是他的頂頭上司，所以，他像陪伴長輩那樣陪伴著我，到了一個花園旁邊，我說，坐下來休息一會兒吧，我們悄無聲息地坐了下來，靜靜的，前面是麗娃河，波光粼粼，周圍是婆娑的樹影，我再也忍不住自己，一股腦地靠在他身上，一邊非常難為情地說：「對不起，對不起。」他下意識地把我摟緊，我們互相偎依著，既陌生又親密，我感到了男人的味道。一種強健、剛勁的氣息融化著柔弱的我。很累、很累，現在終於可以靠靠了，我的心緒平靜了下來，我們就這樣互相擁抱著，很長時間我才緩過神來。走在回宿舍路上，我羞愧難當地不停地向他解釋：「對不起，是我不好，我實在太累了，原諒我！」

我需要愛，自由的愛；我需要激情，創造的激情。愛的合理性、取決於生活的合理性，當生活過於嚴酷、荒唐，愛就被剝奪，人的生理需求，就只能以一種扭曲的形式，獲得暫時的滿足。當生活過於凝滯，愛就會麻木、窒息，人對愛的渴望，就自然突破現有的規範，在愛與慾、情與理之間掙扎、徘徊。人不能沒有愛，我對他絕不是逢場作戲，我只是像一棵被愛慾燒乾的枯草，假如沒有一絲溫暖，一滴甘露澆灌，我真的會死去。夫妻長期分居，沒有性愛，對人是種折磨；夫妻同床異夢，生活單調乏味，對人是種更大的折磨。什麼時候，我們的生活才能既合情又合理，能有更多的寬容和智慧；更多的溫馨和從容呢？我愛我的愛人、孩子，我更愛每一個生靈；我需要丈夫、孩子的愛，更需要來自朋友、來自他人的愛。世界上唯有一種感情，是不該責怪、壓抑的，那就是——愛，不管這種愛是柏拉圖似的心靈之愛，還是苦悶、困惑中一時衝動的愛；或抑是天長地久、白頭偕老的永恆之愛，久經磨難、起伏跌宕的激情、矛盾之愛，每一種愛都有它存在的理由，只要是真心的、投入的、忘我的，真正愛著他人，也渴求被愛的愛，就是美好的、難忘的。

我的研究生考試通過了。對別人而言，讀研不過是一件順理成章的事，而我卻帶著渾身的病痛、帶著沉重的思想包袱，帶著歷經重重關卡所造成的精神創傷，才得到這個讀研的資格。因為獲得的過程太苦澀、艱辛，而隨之而來的問題也會越來越多，我對讀研的熱情，卻因為考上研究生而驟然冷淡下來。我抽空去見了見林老師，考試前，當我被哮喘折磨著，無所適從時，林老師專門到宿舍來看我，帶我去看病。現在，終於如願以償地考上了。林老師高興地說：「妳可以好好地在華師讀三年書了，很少有人工作多年以後，還有這樣好的讀書機會。」我明白林老師的意思，但我心裡想的更多的是，怎樣能把孩子、丈夫先弄到上海來，否則，三年離家別子的日子怎麼熬。又不是像別人，家離上海近，兩三個星期、兩三個月就可以回家一趟。更可怕的是我讀完研，按規定還要回到玉安工作十年，否則將賠償一大筆費用。

不讀研，壓抑苦悶得傷心；讀研，寂寞孤獨、清貧焦慮，更傷心，誰叫我天生不安分，命中注定，我要經歷一個又一個的艱辛、磨難。

十三、讀研

我們比朋友多點情，比情人多點理智，我們都有各自必須面臨的生活問題，我們的交往不會給對方帶來什麼實際利益，但卻能獲得精神上的鼓勵和支持——一種似乎是超越男女的愛的力量。

考研結束後，很多人都想輕輕鬆鬆地在上海多玩幾天，我卻沒有心境停留，得趕快回玉安，和丈夫、女兒多待些日子。我覺得欠了他們的太多太多，當自己一心一意為了一個目標奮鬥時，並沒有覺得有什麼不妥，現在，真要讀研了，才覺得壓力太大。回到玉安，我天天陪伴著丈夫、女兒，做飯、整理房間、看電視，我何嘗不希望這樣安寧的日子一直持續下去，丈夫工作地兢兢業業、女兒乖巧聰明地令人憐愛，和女兒在一起，永遠都是那麼快樂、舒心。可我又要離開他們了，我不知道我的心到底屬於哪兒？那段時間，我情緒異常波動，看小說、看電視，只要有表現親情、愛情的場面，我就止不住淚流滿面，走？還是不走？我猶豫著、權衡著、掂量著自己的承受力。臨走前，和丈夫、女兒吻別，我又哭得稀里嘩啦。別人以為我讀研是多麼堅強、決絕，只有我自己知道我的內心是多麼脆弱。

同一屆的研究生中，我家最遠、年齡最大，還有些男生也是有妻子、孩子的，但他們肯定要比我心態好得多。女人顧家看孩子是天經地義的事，但前提是丈夫必須為家庭、孩子的長遠發展做打算。我在王一大身上看到的只是按部就班、任勞任怨，我永遠不能明白，他為什麼總是那麼心安理得，從不越雷池一步，仿佛真理在握、永遠正確。他沒有出來奮鬥的願望，我只好自己出來了，我不希望女兒再像自己那樣，活得那麼封閉、艱辛、枯燥、乏味。所以，每當別人驚訝地問我，妳這麼遠出來讀書，妳丈夫、孩子同意嗎？我總是淡淡地一笑。如果，我們的社會發展到這樣一個程度：有越來越多的人不再把成家當做一件終生大事，社會本身能提供豐富的物質、文化生活，人們有足夠的教養、品味處理好自己的感情生活、工作事業，是不是人們就能活得更開放、更自在些呢？

到了烏魯木齊，住在父母家，每次見到他們，我都要難過一番。爸爸媽媽退休後，一下子老了很多，他們身邊沒有子女，老倆口相依為命，讓人感到生命在逐漸消失的蒼涼。對我一個人到上海讀研，他們很是擔心，我買了幾次車票都沒有買著，爸爸就說：「妳這次就算是來烏魯木齊玩幾天，買不上車票正好就別去上海了。」好不容易考上，怎麼能夠就這樣輕易放棄？年邁的父母、憨實的丈夫、可愛的女兒，都讓我牽掛得不忍離去，讀研本來是件好事，這樣反反覆覆地思前想後，卻感到自己彷彿做了什麼天理不容的事。在新疆，許多維族孩子，學習再好，考大學考得再遠，父母家人都還是主張他們一定要回來。這是一種與生俱來的地域文化、民族習慣，一個個人幾乎是無法抗拒的。

我幾乎失去了讀研的理由和動力，再也找不著第一次在華師進修時的那種文采飛揚、專心讀書的感覺了。當我一意孤行、身心疲憊地來到華師，看到二十幾歲的師弟、師妹們，朝氣蓬勃、聰明伶俐、做事精明強幹、雷厲風行，不得不承認自己已經是上個時代的人了。這樣再讀三年，與這些小孩子們拼，有什麼意義呢？辛辛苦苦地讀完，還要回玉安，死守著丈夫、孩子過一日長於百年的生活——人真的就只能這樣，永遠別想掙脫生活的網。乾脆我先找工作、掙錢，有了工作、有了錢，丈夫、孩子就可以過來，一家人先在上海立足，再求發展。把讀書、思考、寫作，當做一種生活方式，這正是我夢寐以求的，研究生學習，正是提供了這樣一個機會。讓個人的創造才能積聚、發揮，形成研究成果，提供給社會更高品質的精神產品。

但有多少人是真正抱著搞學問的想法來讀研呢？學術界裡的門派紛爭、嘩眾取寵、沽名釣譽，令人眼花繚亂，真正靜下心來搞學問、研究的人並不多，面對浩瀚的書籍、雜亂無章的新潮術語、反而失去了聽覺、視覺。我甚至覺得，這些誇誇其談的學究、教授們，吃飽了、喝足了，就整天想著搞些花樣翻新、莫名其妙的東西，用來嚇唬普通百姓。看書、寫文章，但卻沒有明確的目標、更沒有多大現實意義，時間一長，真像是豢養在象牙之塔中的精神貴族，百無聊賴。我以為只有中文系的同學有這種感受，有次，和數學系、物理系的同學在一起，大家說起來讀研的無聊，有個人說，我想去當勞改犯，可以白吃白住，不用思考問題，該有多好。我說，我想當一個花匠，種花、護花，看著花開花落、聞著花香，實實在在。無聊包圍著我們，不用按部就班去上課，有大量的時間、精力供我們品嘗孤獨、寂寞。給留學生上漢語課、到外打工、做家教，自由自在、卻雜亂無章。我不明確自己該幹些什麼？研究生所學的課程，實際上在助教進修班時都已經上過。看書，沒勁；工作，也沒勁，想好好地、全身心幹點什麼，卻找不到值得去做的事情。

我去上海一座很著名的中學找工作，教中學生，應該具體實在，生動活潑些吧，中學校長見了我說：「妳到我們這兒來上課，我們還是歡迎的，只是妳為什麼放著好好的研究生不讀呢？如果是經濟上有困難，我可以幫助妳。」看來，不讀研，確實是不可理喻的事，還是硬著頭皮讀下去吧。失去了對快樂的感受、對目標的追尋，生活變得雜亂無章、毫無意義。在校園裡孤獨地徘徊，我希望能遇見林老師，但又怕真的遇見他。我已經不是以前的那個我了：對做學問抱著真摯、單純的感情，並一心想在學術上有所建樹。商業的喧囂、人心的浮動，似乎哪裡都安放不下一張寧靜的書桌。我的心裡更躁動，先找個臨時工作、掙錢，儘快脫離玉安大學。幹各種各樣的工作成了我的主業、讀書反成了副業，商業活動無孔不入地進入校園，大肆橫行，同學們在一起，談論更多的是發財之道，一會兒是傳銷、期貨；一會兒是股票、房地產。趁熱打鐵、大賺一筆、末失良機，世界變得如此精彩紛成、喧囂熱鬧。有思想、有藝術品位的東西蕩然無存，武打、言情、廢都、荒誕，搞得人心神不定。沒有前進的方向，就只有回憶。我又開始時常回憶，回想起玉安的寧靜、淳樸，綠洲的浩瀚、博大，那裡不會為學術而學術，搞些新名詞糊弄人，也不會為商業而商業，掀起重重迷霧擾亂你的視聽。一切都是順其自然、真實坦誠，我不顧一切地追求所謂現代文明，而骨子裡沒法改變的還是過去傳統的思想觀念。這種矛盾、困惑將永遠伴隨我。——無處藏身、無處逃脫！

我心靈的居所到底在何處？在玉安因壓抑、單調，不快樂；在上海因茫然、空虛更不快樂。我這是怎麼了？

我反省自己，之所以這麼毅然決然地離開家，可能就是為了擺脫圈在單位中、家中的乏味、寂寞、古板、做作，什麼讀研、什麼發展事業，不過是手段，對大千世界的好奇和愛，用自己獨特的方式，感受更多的人和事，才是我存活的動力，每當我在一個地方待久了，情感、思想枯竭之時，我就開始躁動不安，上海永遠可以給你提供新的人、新的事，你就永遠有愛有慾，有生命的活力。我表面上看，是那麼平和、隨意，但骨子裡卻像一頭野生動物一樣，過段時間，野性就要爆發一次。對我而言，世界上最可怕的不是天災人禍、戰爭瘟疫，而是人與人、人與自然萬物之間的隔膜、束縛。我常想，小孩子們為什麼那麼快樂？並能帶給成年人巨大的快樂？可能就是因為他們沒有尊卑貴賤、男女性別之分，所有的孩子都會很快相容相處、單純快樂。可孩子慢慢長成大人，有了工作、有了家，有了對財富、權利、家族發展的追求，就使人從自然、美好的狀態中脫離了出來，這些強加於人的社會角色：職位、職業、權利、財富、婚姻、性別、地域等等、等等，使人與人之間差別越來越大，相通越來越難，規矩越來越多，分離、隔閡、約束越來越強烈，痛苦、煩惱由此產生。人固然不能永遠不長大，但人的活力確實在於：在多大程度上保持了童心、創造力，像古希臘的酒神、愛神那樣，有釋放和狂歡的機會。

過段時間，我就會對工作、家庭厭倦透頂，並不是工作、家庭出了什麼問題，而是我要讓即將麻木的神經，重新啟動、點燃——愛和創造是我們唯一的精神食糧。種種扼殺愛和創造的方式：嚴酷的規章制度、口是心非的道德說教、只許州官放火、不許百姓點燈的強權政治，物慾橫流、殘酷無情的商業炒做，都會使人的愛慾和激情扭曲、變形，讓我們在愚昧、瘋狂、黑暗、壓抑之中徘徊。進修也好、讀研、讀博也好，乃至外出旅行、參觀訪問也好，人們真正需要的可能不是獲得多少知識，而是暫時擺脫了原有的單位束縛、家庭束縛，達到一種心靈徹底釋放的可能。但我更佩服像林老師那樣的人，創造和激情永遠在心中湧動，不是通過尋求外界的精彩紛呈，而是向內心世界不斷開掘，把才能、智慧附著到他的一個個充滿生命律動的研究成果中，隨著他研究領域的深入和擴大，他擁有了一個別人不曾擁有的新世界，這個用堅毅、智慧、孤獨、深邃構築的世界，足以抵當平庸、乏味、虛偽、殘酷，當他的研究成果像一座巍峨的大山矗立在人們面前時，人們還有什麼理由認為這樣的生活不精彩呢？

可惜、讀研的時候，我的私心雜念太多，我也找不到靜心讀書、寫作的感覺。有一次，碰到林老師，他關切地問我：「妳到華師這麼長時間了，怎麼不來找我？好容易贏得了讀研的機會，都做了些什麼？」

我很難為情地說：「主要是給留學生上上漢語課，自己也覺得過得很荒唐。」

他不再說什麼，受到政治上的批判後，他的工資、職稱凍結，儘管他出的專著最多，但卻只是一個老講師，沒有資格帶研究生。他不便多說，但我知道他想說什麼。可惜，我做不到。我目前還沒有辦法做到。我知道，做學問是要有很大定力、很大勇氣的，需要一輩子辛苦耕耘、默默努力，把自己的事業看得比生命還重要。急功近利、好高騖遠、做不出好學問，可當你付出了巨大的代價，你非常清醒自己的超前和貢獻，但也不一定能被當時的社會承認。你真的要做好無人知曉、潦倒一生的準備。當別人都在匆匆忙忙、躍躍欲試地充當弄潮兒的時候，只有林老師像海底的潛流，平靜、深邃，世界上唯一不變的是變化，可萬變不離其中。世間規律無不包孕在這個「中」字裡，從容不迫、大道無形，一切盡在掌握之中。

林老師是孤獨、寂寞、甚至是屈辱的，但他自有一份超然的平靜與堅毅。我理解他、敬佩他，深深地愛著他，每當看到他，我的眼淚就止不住要流出來，不知道是為自己流、還是為他流。我從來沒有停止過對他的愛，但我卻無法接近他，或者說，世俗的、功利的、道德的一面又讓我不得不遠離他。愛一個真正值得愛的人，是要承擔代價、風險的，妳可以愛他的才能、智慧、性情，但妳可以愛他的清貧、潦倒、失落嗎？他風光、成功的時候，妳愛他，他艱辛跋涉的時候，妳也愛他嗎？對大多數女人而言，一旦結婚，愛是沒有選擇的，和丈夫同甘苦、共患難，當別人仰慕她光彩照人的丈夫時，她要躲在背後；當別人冷落她潦倒敗落的丈夫時，她要堅韌地站出來，承擔一切。我不知道這樣的犧牲是種美德，還是包含著更多的辛酸？

我見過林老師的愛人，我們沒有說過話，她身上有種少有的善良、樸實，每次我打電話找林老師，如果是她接的電話，總是非常客氣、禮貌，與人為善、毫無戒備之心。林老師守住了傾心的事業、守住了溫暖、平靜的家，那麼，還有什麼艱難困苦不能克服的呢？從某種角度上說，處在婚姻中的男人和女人，更有安全感、更讓人愛戴。我愛林老師，更尊敬他的愛人，其實，女人更懂女人心，並不是所有的愛，都是唯一的、排他的，當愛達到一定境界，就會變得善良而寬容。我從不認為，賢妻良母與事業有成是矛盾對立的，既能做好事業，又能做好女人，完全取決於夫妻雙方的情投意合、平等協作。

上海是個充滿機遇、挑戰，也充滿誘惑、陷阱的地方，為了能在三年畢業後，留在上海，我必須掙到一筆錢，償還單位的合同違約金。暑假回到新疆，在玉安、和田好幾個地方停留，我發現這裡忽然間增加了許多玉器商店，到每個店裡轉轉，真是一種享受，晶瑩剔透、琳琅滿目的玉製項鍊、手鐲、掛件、各種工藝品，讓人愛不釋手，人們戴金、戴銀，不如戴玉。大概是天生對玉有種特殊的喜好，我每到一處店裡，都細細品味、體會。看到內地來旅遊的人在這裡大肆購買玉器，我就想，我何不也帶點玉器拿到上海去賣呢？我用隨身帶的三百元零錢，買了最漂亮的十條項鍊，並與一家三兄弟開的玉器店聯繫，他們的生意已做得相當紅火，我說，我到上海看看那裡的玉器價格和行情，如果情況好的話，我給你們匯款，您們提供貨物，他們當然滿口答應。

到了上海，我到城隍廟、外灘、南京路，各處去看，同樣的玉器項鍊，他們能賣到一條一百到三百元不等，有些手鐲則是標價上千元，玉器的種類極多，真假好壞難辨，在新疆大街小巷裡買的玉器，說是和田玉，其實，全都是從河南開採的玉，運到新疆，加工成所謂稀世珍寶——和田玉。由於國家管理不善，玉礦石大量開採，整噸整噸地出售，再加工成玉器，實際上，一條項鍊的實際價值是：原材料加加工費，價格還不到十元。原來，忽忽拉拉之間，產生的那麼多萬元戶、百萬元戶，就是這樣崛起的。我驚駭，做玉器能有這麼大的賺頭，苦苦讀書，皓首窮經，一生卻清貧如洗，又有什麼意義？

可是，萬事開頭難，我首先要想辦法把手頭的十條項鍊賣個好價錢。放到商店裡代銷，是一種辦法，可是，十條畢竟太少，我更想自己嘗試一下賣東西的感覺。但真要讓你站在大庭廣眾之下叫賣，還真是難為自己。星期天，陽光燦爛，我在宿舍裡看書，心裡卻惦記著如何出售項鍊。我想，我又不是去幹什麼壞事，有什麼好怕的呢？憑勞動賺錢，不會錯。反反覆覆，在心裡謀劃了半天，我才痛下決心，走出宿舍，我把一條條項鍊放到精緻的盒子裡，拿一張凳子，又到一個教室找了一塊小黑板，上面寫著標題：大學生社會實踐，下面註明項鍊的價格、品質、產地等等。然後，我就讓一個好朋友陪我一起到長風公園門口，選了一個較安靜的地方，把項鍊一一擺在凳子上，等待顧客光臨。

這時，我才體會到做小買賣的人的心理，長時間站著，不停地打招呼，來一撥人，熱熱鬧鬧的，議論紛紛、興趣盎然，你心一熱，以為交易就成了，沒想到，其中，一個人說，算了吧、算了吧，下次再來買。你的心又一下子涼了。或許，玉石項鍊這樣冰清玉潔的東西，本來就不該擺在地攤上賣，你出價便宜，別人認為你的貨是假的；你出價高，別人又捨不得一下子拿出這筆錢，所以，來來往往的人總是看得多，卻就是沒有人掏腰包。忽然，師大研究生院的一位老師路過公園門口，見到我這樣一個文質彬彬的人竟然也有勇氣擺攤做生意，大呼世道變了，驚訝、讚歎溢於言表。他湊上前來，興致勃勃地看著，說：「我剛好可以給老婆買一條，她脖子上有塊疤痕，戴條項鍊說不定可以遮住。」我說：「那就送給你一條吧。」以前，去研究生院，他聽說我是從新疆來的，特別關照，還告訴我說，他曾在西藏工作過十年。「你既然需要，就挑一條喜歡的，別給錢了，千萬別給錢。」我熱切地說。可他硬是塞給我五十元。我怎麼好意思賺他的錢，我按原價給他，退他二十元，他說什麼也不肯。畢竟賣出一條，但卻是賺了熟人的二十元，這讓我心裡不是滋味。後來，我乾脆拿到宿舍裡，招呼左右鄰舍的同學來看看，她們從來沒有見過這麼漂亮的玉石項鍊，以為只要是玉石的，就一定很貴很貴，我給他們解釋說，這只是樣品，所以價位定在八十元到一百二十元，很快九條項鍊被她們搶購一空，有人甚至還想買更多的。我把需要的樣式登記好，以便下次訂貨。

我一下子有了八百多元的收入。喜悅可想而知，但又有點不是滋味，好像欠了別人什麼似的。我怎麼能把三十元的東西買到一百元呢，這讓顧客知道了會怎麼想，可當看到別人把同樣的東西買到二百、三百元，我心裡又不平衡了，感到自己太書生氣。再用這八百元進更多的貨，過不了多少時間，我就不會為錢發愁了。我分別給在玉安的丈夫和玉器店老闆寫了信，希望他們互相聯絡好，郵寄批貨來，我馬上把錢寄過去。我設想著在秋日的校園裡，愛美的女孩子們，穿著羊毛衫，佩帶一條長長的玉石項鍊，冰雪聰明、清新雅緻。但信寄出去很長時間，仿佛石沉大海，再寫信催，依然不見動靜。我冷靜地想了想，在玉安哪個地方，丈夫整天忙著開大會、小會，上傳下達，那有心思和工夫掙外快，在他看來，做這樣的事情絕對是不務正業。轉眼到了冬天，人們都穿著厚厚的冬裝，不可能再對項鍊感興趣了。我還要忙學業，這事也就暫告段落。

又過了好幾個月，有一天，我在校園裡一處安靜的角落看書，一個陌生人走來，拿著一張紙條，向我打聽某個人，並說，他是這個人的親戚，在上海打工，但錢物都被人偷走了，極需要回鄉的車票錢。我告訴他，你的親戚在哪個系，哪個班，你直接到系裡或班級去找就行了，他吞吞吐吐地說不清楚。我也不再理他。過了不一會，又有一個人到我跟前，說，對不起，幫幫忙，你看，我這裡有包東西，是在建築工地上幹活，挖到的，這是三個金元寶和一份契約書，他掏出契約書，一張發黃的宣紙上，用毛筆工工整整地寫著地產、房產、給後代的遺產等等。字跡蒼勁有力、耐人尋味。我忍不住仔細看了起來，都是繁體字，但大概的意思就是說，如何給兒女分配財產。

上海不愧是上海，到處是故事、傳奇，我興奮地想，我是第一次看到這種用宣紙寫的古體字，很稀奇。那人隨即神神秘秘地撩開衣襟，讓我看藏在褲腰裡的金元寶，我只在電視、電影中，看到過，現在，親眼見，更覺自己仿佛突然介入了某段隱晦的歷史。那人說：「這一個金元寶，就是價值上萬元，妳千萬別讓人知道、看到，否則被警察抓起來是要沒收的。我們帶在身上很危險，現在急著回家，要用錢，想找親戚收藏，一時找不到，妳能不能幫我們想想辦法？」

「我怎麼可能給你們想辦法？你不能帶在身上的東西，給別人也很危險。」

「這樣吧，反正把它交公，誰也賺不到錢，妳就給我們三千塊錢，東西留在你這，你是大學生，處理起來別人不會懷疑的。」

難道真的是命運之神降臨，如果真有四、五萬塊錢，我讀研的賠償費，不就一步到位了嗎？但我怎麼知道，這金元寶是真是假？我必須想辦法，讓某個熟人來鑒別一下。

我說：「我找個朋友來看看。」

那人趕緊制止：「價值這麼大的東西，妳讓別人知道了，妳不就吃虧了嗎？知道的人越多，越危險，妳要不相信我們，我們趕緊得離開。」

我說：「那我沒有三千塊錢，最多八百。」

那人說：「不行、不行，實在太少。」另一個人說：「算了吧，只要有個路費就行了，我們得趕緊回家。」

我回到宿舍，把賣項鍊掙來的八百元拿出來。總覺得有點不對勁，但機不可失、時不再來，就賭一把吧！這筆交易作成後，我把東西藏在衣廚的最裡頭，每天忐忑不安，想著如何把東西出手，這時才發現，原來街上到處都開著收購黃金、打造首飾的小金店。我曲裡拐彎地問起，有無收購金元寶的業務。別人說，現在上海到處都有人用假金元寶騙人。上當受被騙了。我心裡一涼，其實，這早該是預料之中的事了。賺到的錢又全賠了進去，彷彿上帝有意給我開了個玩笑。一想起來，就覺得窩囊，又不能對任何人說。

只有文人、藝術家有權利、資格表現憂傷、痛苦，可以哭泣、發怒、發瘋；可以呼喚愛情、體味孤獨，可以最大限度地表現真實的內心世界。而商人必須練就一副鐵石心腸，機警、果斷，在強烈的慾望與清醒的理智支配下，獲取別人的金錢，擴大自己的勢力範圍。一旦從商，整天圍繞著你的可能就是一種看不見、摸不著的、血淋淋的東西。如果文人、藝術家、思想家、科學家，都成了赤裸裸的商人，這個世界肯定會迅速崩潰。我遠離了林老師、遠離了那些默默無聞讀書的同學，眼前茫然一片，不知自己身處何處？

有一天，在玉安的好朋友蘇婕突然到上海，來華師找我。她和我同在一個大學一個班級讀書、同一個時間結婚、生孩子，她丈夫本來是銀行職員，後來因唱歌唱得好，就到歌舞廳唱歌、自己又辦起公司，接著喜歡上一個小姑娘，有了外遇，家庭動盪不安。在玉安時，蘇婕曾和我商量對策，我說：「那妳就離開家，出來考研吧，這樣一來可以緩衝矛盾、暫時從那種難過的環境中解脫出來；二來萬一妳們的感情不可挽回，妳也好有自己的事做。」沒想到她這麼快就來上海，做考研準備了，她打算考交大法律系研究生。受感情創傷的女人，一下子脆弱、蒼老地變了形。我安慰她：「上海可以讓妳很快好起來的。」

她天生是個善於和男生打成一片的女人，沒過幾天，她就帶著另一個交大的男生到我宿舍來玩，那個男生個子不高、大頭、大眼睛，不怎麼言語，至始至終聽著我們高談闊論。我熱衷於捕獲各種商業資訊，尋找賺錢的門路，保險、氣功、玉器等等無不感興趣，男生說，他正在做一種保健器材的直銷，我們又饒有興趣地到他宿舍看這種新產品。後來，這個男生就常來找我，以為同學借學生證跳舞為由，幾乎每星期五都到我這兒來，反正週末也沒有什麼事，我們就在校園裡走走，我把他當成小弟弟，說話也就無所顧忌，當我說起自己的女兒時，他微微有些吃驚。我喜歡他那種常常沉默、羞澀的樣子，有點孩子氣，但又很堅毅、執著。

他叫余中堅，從小生活在江西一個最貧困的鄉村，因為家裡窮，只能讀師範，師範畢業後，在鄉村小學裡當老師，通過自學考上南昌師大外語系，畢業後，留在市政府機關工作，本來，已經算是鯉魚跳龍門了，但他感到在機關工作太壓抑、古板，又通過自學，考到交大法律系讀研。

我說起玉安工作的封閉、壓抑；家庭生活的乏味、無奈，他總是很認真、很專注地聽，偶爾說幾句贊同、評判的話，又非常中聽。在他面前，我總有種傾訴的慾望和快感，而對他而言，似乎很少有人這樣信任他、真誠地欣賞他，他喜歡聽、我喜歡說，我們在一起有種天然的愉悅、和諧。我隱隱感到，他是個從小沒有受過多少關愛的孩子，他想用自己的努力、聰慧，贏得別人的贊同、尊重，但那種勇往直前、不斷努力的性格，讓他總是處於一種深深的寂寞和孤獨中，處於常人所沒有的一種緊張、警覺狀態。別人可能會敬佩他的奮鬥精神，但卻未必懂得他內心深處的堅毅、冷峻，儘管他已經習慣了從不暴露自己的情感、思想，但他的每一個細微的表情、動作，所透出的對感情的需要、對理解和關愛的需求，都讓我動心。

我們就這樣自然而然地常常相聚，如果有段時間不見了，心裡便會惦記。他通過表示對我的關注，釋放他長期壓抑的感情，或者說，與我的交往，培養了他對女性的認識、感受；我則感到他是最可信賴、最溫暖、親近的朋友。我們思想、感情一致，在上海這個陌生城市裡，我們最大限度地給予對方精神上的支持。我們有時像姐弟、有時像情人、有時又像朋友、同學，就這樣祕密地相戀著，我自己也說不清是為什麼？無法完全相容、又無法徹底分離。

讀研三年，我們就這樣互相陪伴著，我生活中的每一次起伏變化，他都感知過，快畢業時，我為是否留在上海而苦惱，他陪我到電話廳給我丈夫打電話，我如何思念女兒、如何勸說丈夫來上海，他都一清二楚，他通過我瞭解一個女人怎樣在事業上尋覓、怎樣在感情上沉浮、怎樣做妻子、做母親。我甚至想，或許，正是因為我們兩人的相處，他學會了怎樣愛一個女人，懂得了身為女人的酸甜苦辣，如果，他以後結婚了，他會給予女人更多的理解和關愛。

後來，研究生畢業後，我還是離開了上海，但我們一直保持著聯繫。我生活在丈夫和他之間，這讓我既痛苦，又興奮。丈夫是法定婚姻中的不變角色，我們必須終生相依，我們有責任、有義務，有道德的約束，無論如何、命中注定，必須承擔由此帶來的所有後果。而他呢，和他在一起，完全取決於一種心靈的需要，我們不生活在一起，我可以因為忙，拒絕與他聯絡，他也可以因為私事，避免我的參與。只要他一個小小的不情願，我一個小小的厭倦，我們就無法維持下去，可是，為什麼，這麼多年了，只要我們相聚，依然有種熟悉的、濃濃的情感纏繞著我們，彷彿不這樣永遠地持續下去，就是褻瀆了我們的心靈，就是背叛了自己的感情。可是，我們誰也沒有勇氣說，我們結婚吧！永遠生活在一起。

結婚是完成世俗的功利情感，兩個看上去非常合適的人，結了婚，長久地、日復一日地在一起，再美好的東西，也會在日久天長中變得索然寡味，這是沒辦法的事情，任何婚姻課堂的傳授、婚姻寶典的指點迷津，都沒有用，有用的只能是妥協、麻木，清心寡慾，堅韌地維持。

可能只有這種若即若離的、自由的情感才讓人真正動心，它沒有時間、空間的限制，沒有食衣住行的瑣碎，沒有經濟利益的纏繞，什麼時候想起對方，就打個電話，互相問候，閒聊幾句，便會使你一整天神清氣爽。這種長久默契、自然真摯的感情，使人從現實的、日常的生活中，提升出來，感受清新的呼吸、感受新奇的喜悅。

可能很少有人能處理好這種關係，但我們從一開始相處時的狀態和心裡，就決定了我們只能選擇這樣的感情方式，他是個對感情、事業要求極高的人，所以三十多歲還沒有成家，身上保持著初戀男孩的專情、執著、理性、魯莽。而我，我的寬容多情、善解人意，對愛特殊的理解，讓他感到輕鬆、愉快、沒有任何壓力。我們比朋友多點情，比情人多點理智，我們都有各自必須面臨的生活問題，我們的交往不會給對方帶來什麼實際利益，但卻能獲得精神上的鼓勵和支持——一種似乎是超越男女的愛的力量。上海是個多情的地方，華師更是愛情、詩意和浪漫的發源地。讀研，儘管沒有好好讀幾本書，但卻接觸到了更廣闊的生活，感受到了濃濃的師情、愛意。

至今，我想起，讀研期間，第一次在導師家過春節的情景，還興奮不已，導師的妻子出國留學了，我們五個師兄妹說好大年初一在導師家過，早晨天不亮，就起床，乘二個小時車，趕到導師家，大傢伙一起弄好吃的、喝的，在一起無所顧忌地閒聊，說笑話、猜謎語、算命，吃了喝、喝了吃，彷佛把一年中好吃、好說的，都湧到了這一天來說、來吃，無拘無束、開懷暢飲，從上午、到下午、再到晚上，彷佛從來沒有這樣暢快過，直到夜裡十點多了，再不走就趕不上車了，我們才依依不捨地離開，導師把我們送到很遠的車站，到了華師，我們翻過已上鎖的兩道鐵門，才爬上床睡覺。

有人問我，到上海讀書最大的感受是什麼？我說，可能是觀念的轉變吧！上海人的開放、實幹、文明，讓你始終處在生機勃勃、日新月異的良好狀態，自信、自立，在上海你絕對沒有理由埋怨環境、你只能最大限度地發揮自己。現代文明程度的高低，不就是體現在對個人才能的尊重和發揮上嗎？我在這裡學到了身為女人，應該如何自立，應該以一種怎樣的心態面對自已豐富複雜的感情。上海是個讓你充分施展才能，又給你充分關愛的城市。愛與其說是一種感情，不如說是一種能力，上海有足夠的寬容讓你愛的豐富精彩，讓你盡顯智慧才能。

十四、離家出走

一個人最大的不幸是被剝奪自由！
一個環境最深重的苦難是愚昧、專制！

讀研第三年，人們已開始忙著找工作了，我儘管早已作好了一定留在上海、絕不回去的打算，但卻面臨許許多多的困難、障礙。首先是父母堅決不同意，他們認為我這樣做，是忘恩負義、是對工作單位的違約，對家庭、孩子的不負責任，是道德品質有問題。如果讀了個研究生，就變了，就不盡母親、妻子的責任，這樣的研究生，缺乏起碼的道德修養，早晚要變得孤家寡人、自取滅亡。父母的批評、教育、誤解讓我難過萬分，但卻能理解，他們是過去時代的產物，且在新疆艱苦工作了一輩子，滿腦子還是熱辣辣的革命思想。不屑於感受外界的變化，也就根本不明白現在年輕人的想法。但只要丈夫、孩子願意來上海，家庭團圓了，哪怕我們一切從頭開始，只要齊心協力，就沒有什麼辦不到的事。

我一天到晚地給丈夫打電話，按說，像我們這樣都是當大學老師的人，在上海找個合適的工作並不難，但他就是不肯來一趟上海。我說，你只要來一次，我們一起找工作，即使找不到，我們也算努力了，我回玉安也就能心甘情願。在玉安，人們最敏感的問題就是某某人要調動了，他做組織人事部長，管的就是讓人安心工作，不能讓玉安大學的漢族人很快走光。無論我在電話裡怎樣地哭訴、哀求，他就是無動於衷，我無數次地打電話，電話費就花了五百多塊錢。我們在電話裡不斷地爭吵著，我向他吼：「你不來，我們就離婚。」他說：「可以，離了婚，我不過兩星期，就會再找一個。」我氣得發抖。我不明白，他為什麼就能守著一個旮旯角大的地方，死心塌地，對他那麼個一官半職忠心耿耿。我說，連美國總統都是四年換一屆，你玉安大學一個小小的組織人事部長有又什麼理由值得一輩子相守？謀求發展、追求卓越，是人的天性，毛澤東連整個新中國都打下來了，我們不過是從玉安到上海，有又什麼大不了的，可你卻覺得仿佛是犯了天條大罪，就是不肯違背所謂「原則」、「紀律」。

你就從來沒有想過，這些所謂原則、紀律，規章制度、這些土政策、土條例，本身就是違背人性的，就是殘酷、殘忍，極不公正的嗎?!愚忠！愚忠！自認為是在給國家做貢獻，是勤勤懇懇、任勞任怨，是所謂品德高尚、無私奉獻，但實際上卻是一貧如洗、唯唯諾諾，既卑賤又狂妄，既懶惰又虛偽。國家如果都是像你王一大這樣一些毫無性格、毫無思想、按部就班、人云亦云、委曲求全的人組成，這個國家還有什麼希望？在新疆支邊的這些漢族人，不是在這裡建設了三十年了嗎？為什麼還是這麼貧窮落後，不就是只讓這些熱火朝天的建設者們把心思都放在整人、管人；受人制約，評先進、促落後，搞運動上了嗎？如果開發建設新疆，就像深圳的建設一樣，靠的是人們的智慧、才能，是科學有效，自主性強，高瞻遠矚的經營策略，而不是計劃經濟的強制性手段，不是所謂道德說教，政策限制，新疆的建設發展肯定會更快更好。

我再也無法忍受夫妻、孩子長期分居的狀態，我更無法忍受再回到玉安，過麻木不仁的日子。其實，我早已做好了離婚的思想準備，有一段時間，我讀書、上課、鍛煉身體，生活極有規律，不和任何男生有情感瓜葛，完全由自己支配生活，每天過得充實、愉快，似乎並不缺少什麼。我甚至想，就這樣一個人過下去有什麼不好。經濟上不靠他人，事業上有自己的領域，生活可以安排得富有情趣、寧靜自由。一個人首先要為自己負責，一個連自己都活不好的人，怎麼能夠讓他人活好。把幸福、希望、情感寄託在他人身上，讓他人的行為決定自己的命運，這樣活著又有多大意義。但我總不能無視父母、家人的存在吧！我不是孤零零地來到這個世界上的，我也不是沒有家庭、沒有孩子的小姑娘。我過去的生活，不可能從我的記憶中抹去，他們已經是我生命中不可分割的部分。只有讓他們安心了，我才能真正安心。讀研期間，我沒有一天不想著可愛、美麗的女兒，我曾到華師宿舍管理科，要求他們多提供我一個床位，我好把女兒帶在身邊，他們自然不會同意。我已離開了女兒三年，實在無法忍心，再繼續離開她了。

導師、師兄、妹們知道我的矛盾、痛苦，都想辦法幫助我，給我出謀劃策，這是我萬萬想不到的。在玉安，你要有一點夢想、幻想，有一點為個人謀求發展的願望，就會被當成異類，受到排擠、冷落。你所能做的，只能是人云亦云，隨遇而安。我在那種長期壓抑、瞻前顧後的環境中待慣了，就不知道在關鍵時刻，該怎樣取捨選擇，該怎樣尋求幫助、支持？

別人都在興致勃勃找工作，我卻悶在宿舍裡，既沒有找工作的勇氣，又沒有痛下決心回家的願望。矛盾、痛苦、掙扎，我幾乎要崩潰了，考研、讀研，我付出的努力最多，承擔的感情最重，我希望這一切付出，終能得到回報：家庭團圓、事業有成。可現在，家庭面臨分崩離析、事業更是無從談起。這到底是怎麼了？我又該如何決斷！導師主動找我談話，問我到底有何想法，我說出了自己的困惑，他說，他與一位博導說起過我的情況，認為我有較強的理論思辯和對文學的感受力，碩博連讀，再讀兩年，只要是博士畢業，今後，工作、家庭都好安排。研究生就讀得心不在焉，再讀博士，更不知道怎麼熬了。況且，玉安大學也不會同意我再讀書。明知如此，我還是給玉安大學寫了要求讀博的申請，導師也寫了推薦信，玉安大學不予理睬。

有個師弟告訴我一個消息，說工程技術大學在招人，妳不妨去看看，我不抱什麼希望，但待在房間也是無聊，學校離華師很近，我就和他們廣告影視系的主任聯繫好，當即趕到那裡，我比應屆研究生有更多的教學經驗、發表的文章檔次也高。主任和我談了不多一會兒，就表示要我。我專門向他表明，我是定向生，按規定必須回新疆。如果來這工作，要賠償違約金，主任輕描淡寫地說，如果是兩三萬元，也還可以接受。他不再多說什麼，立刻帶我到教務處安排下學期的課，臨走的時候，他說了一句：「好好幹，從新疆到這裡不容易，以後就可以在上海成家立業了。」他根本就想不到，我是有丈夫、孩子，還來讀研的。

別人找工作費盡周折，我怎麼這麼輕而易舉就撞上了。我簡直不敢相信，走在回華師的路上，我心潮澎湃。冬季的風迎面撲來，又到了快過春節的時候，淚水模糊著我的視線，多少年的努力、辛勞，應該有結果了，上帝是公平的。馬上就要在上海工作了，又有一種莫名的孤獨感湧了上來，我必須給那個主任寫封信，告訴他我的實際情況，贏得他的支持、同意，爭取把女兒帶在身邊，這樣，我工作起來，才會心安理得。發信過後的的好幾天，我再給主任打電話，主任說，我們如果要妳，要牽扯到家屬安排，經濟賠償等方方面面的問題，負擔太重，所以，妳還是另找其他地方吧！我在電話裡不停地向他解釋，但一切都無法挽回了。

在上海任何一個國家的單位找工作，都會遇到這個同樣的問題。妳不事先安排好丈夫、孩子，妳沒有找工作的資格；可妳在外讀書，又不可能把丈夫、孩子帶在身邊。這是我讀研前就想到的問題，我曾想先放棄讀研的機會，在上海工作，這樣既不必為經濟擔心，也可以及早把家弄過來。現在，研三年很快過去了，在矛盾、動盪、不斷地尋找中過去了，可我還是一事無成，還要面臨早已預料到的幾乎無法解決的問題。如果為了自己，我無論如何要留在上海；但為了孩子、為了家，我只能回玉安，這是沒有辦法的事情。

讀研三年，每年只有在暑假才回家一次，每次火車、汽車從江南到華北、再到大西北，我的心，就起伏動盪、輾轉反側，人與人是那麼地不同；地域、環境的區別是那麼地巨大，三十多歲了，我拼著命，好容易來到上海，不就是要改變命運嗎？同在天地人間，有些人可以天馬行空、盡情馳騁，我為什麼就只能在一個角落裡，甘受種種的壓抑、限制。我的女兒，如果，以後她上了大學，她也要像我一樣，千里迢迢、清貧閉塞地來到大都市。在新的環境中感受孤獨、寂寞，她為什麼就要比別人受更多的苦？

每一次，每一次，當汽車在荒蕪人煙的沙漠上行駛的時候，我都不斷堅定著自己的信念：離開這兒、離開這兒。到一個溫潤、優美的城市中，過安全、寬鬆、有情調的日子。廈門、南通、洛昌，我像一隻無頭的蒼蠅，只要是來華師招聘的單位，碰上了就去一趟。每到一個學校，只要讓我試講，效果都非常好，他們也答應安排我先生的工作。我從來沒有家的感覺，在新疆我是異鄉人；在上海我是外地人，現在，無論到那，對我來講，都是陌生的，新鮮的。但只有在上海，我才有了一種到家了的感覺，華師的老師、同學，花園般美妙的校園，在情感深處引發的種種愛戀，都像詩、像夢一樣籠罩著我。我必須留在上海，別無選擇。

在去廈門應聘工作的火車上，我認識一個上海私營企業家，他和他的助手就坐在我對面。這些年，我有許多日子是在火車上度過的，每次坐車我都有能耐和周圍的人熱烈地攀談，做生意的、打工的、老少男女，都會沿著我引出的話題，滔滔不絕，我的好奇心和真誠的態度打動著他們，而我們又是陌生的，不需要有所顧慮，每次我都會有意想不到的收穫，他們的故事、經歷，常常打動我，其實，每個人都像我一樣在這個急劇變化的時代，漂泊、追尋，在他們中間，我有種人在旅途、相知相伴的親切、自然。

在不同地方，乘車的氣氛很不一樣，在新疆，路途遙遠，外面的景觀單調、乏味，但人卻異常活躍，上到車上，不一會兒，大傢伙就開始熱熱鬧鬧、做遊戲、唱歌、開玩笑，把吃的、喝的，擺出來一起分享。真像是過共產主義那樣快樂、自在。維族人的豪爽熱情、幽默坦率，讓你真覺得這世上彷彿從來就沒有陰謀、痛苦、防範等等存在。真主支配著他們的心靈，善惡美醜自有公論，他們清楚地知道該做什麼，不該做什麼，心懷坦蕩、即使承受肉體的痛苦、生活的艱辛，但在精神上卻興致勃勃，快樂無比。在新疆的漢族人多多少少受他們的影響，直言快語、感情衝動。

有一次，在烏魯木齊到上海的火車上，和百貨公司的一個經理攀談，他告訴我許多工作上鮮為人知的事情，我們談得很投機，離開時互相留了地址，我看他寫字用的鋼筆很有特色，順便說了句：「你這筆真不錯。」

他說：「就送給妳做個紀念吧！」

「不、不，你還正用著呢，這怎麼能行！」

「那我到時候給妳寄一隻。」

我沒有當回事，到了華師已有兩個月了，有一天，突然收到一份特快專遞，很是納悶，打開一看，一隻非常漂亮的金筆。對一面之交，而且以後不再可能相見的人，他這麼信守諾言，我感動極了，學期結束時，剛好有回烏魯木齊的同學，我買了個小禮物讓別人給他帶去。在南方坐車，感覺就大不一樣，大家都默坐著，彷彿陌生人之間根本就沒有交流的必要和願望，整個車廂的人都是各幹各的。即使說話，也是三言兩語、很少有敞開心扉的時候。或許是因為本能使然，我總能在適當的時機、用適當的方式，引出熱烈的話題、並營造快樂、輕鬆的氣氛。

有一次，到洛昌，我和人談著談著，就知道對方是到北京打工，然後自己做了小老闆，我問他做什麼生意，他不願說，不知怎麼回事，我脫口而出：「我猜你是開髮廊的。」他不置可否。在兩個車廂的介面處閒聊，就只有我們兩人，我饒有興趣地追問，他到底做什麼生意，他有點為難地悄悄告訴我，他是開髮廊的，實際就是做皮肉生意，我甚至打聽到了做這種生意的操作過程、方法，每一次的價錢，和裡面的一些小故事。那人準備再幹幾年，錢賺夠了，就回家鄉，蓋樓房，結婚、生孩子。在我以前感覺是最骯髒、最不道德的事情，讓他說來，卻也不過是一種生存的方式，經營手段，一種不得已而祕密為之，但卻很有市場的商業行為。成千上萬的打工仔，湧入城市，長期離家別子，孤身一人在外漂泊，怎樣解決他們與生俱來的生理、心裡需求，只有他們自己知道，別人是不屑於、也不會去關心他們的。他們的行為只能以一種不正當的方式存在，受到方方面面的限制、制裁。但是他們實際上又是最可憐、最無助無辜的。

現在，在這趟去廈門的火車上，對面這個四十多歲的男人，高大挺拔的身材，五官棱角分明，皮膚乾淨細膩，真是一個標準、成熟的美男子，西裝革履、風度翩翩，一臉機警嚴肅，高高在上的神情。我先是和坐在他旁邊的年輕人閒聊，這人一看就是他的助手，剛剛大學畢業，一個真誠、熱情的小夥子，我的有些話題實際上是說給他聽的，但我知道，像他這樣的人不願隨便顯示自己的觀點、看法，我也始終不先和他開口，後來，他自己忍不住參與到我們的談話中來，我善於詢問，而他的回答，總有出人意料之外，一問一答，話題不斷，進而有棋逢對手、暢所欲言的感覺，中午，他請我到餐車吃飯，我也不推辭，我注意到，他這麼一個大塊頭的男人，把盤子、碗吃得滴米不剩、乾乾淨淨。中途，他先下車，走時很熱情地伸出他的大手和我緊緊地握了握，非常紳士。

從廈門回來，直感告訴我，他說不定能為我是否留上海說出些好的建議，我給他打了個電話，沒想到，他開了輛車，不一會兒就到了華師。他叫徐黎明，中學時是交大附中的學習尖子，文革時，當海員，去過許多歐洲國家，八十年代初，因為有特殊的海外關係，無法在原單位得到提拔，才與人合夥辦了公司，現在，這個公司居上海私營企業前一百強。他身上有種上海男人特有的細膩、理性，有又種商人的精明、果斷，敢想敢為的氣度，我總覺得他就是上海黎明的一種象徵，一切都剛剛蘇醒，蓬勃發展，勢不可擋，但卻不乏溫馨、情調。他開車把我帶到一個幽靜的小餐館吃飯，我們邊吃邊聊，我告訴他學校的情況、我正著手寫的畢業論文，我的家、丈夫、女兒，還有現在面臨的困惑。他說：「謝謝妳這麼信任我。」他似乎很願意聽我的敘述。

「其實，人生就是選擇，你到底是選擇家庭，還是事業？妳丈夫在新疆也還幹得不錯，如果妳覺得和他感情很好，妳就該回去。如果這樣做，太委屈自己了，妳就堅持留在上海。」

「可是在上海，我將一無所有！」

「辦法總比困難多。捨得，捨得，要學會捨，才能得。」

「可是，這種取捨實在太難了。」

「我非常理解妳、也很想幫助妳，這樣的事，妳還可以找妳的親朋好友談談，聽聽他們的意見，他們對妳更瞭解。」

「那到上海的周邊地方工作呢？這些地方可以很快解決家屬的問題。」

「實話說，這些地方與上海還是有很大差距的，要留就應該留在上海。」

他從繁忙的商業事物中解脫出來，聽一個相識不久的女人訴說煩惱，給這個人出謀劃策，我則讓他有種舒心，安寧的感覺，這種氣氛非常獨特、奇異。與心儀的男人保持一種長久的友誼，一種超越功利的關愛，有時真的比癡迷的愛情更令人欣慰。後來，他和我商量，他的兒子在上初三，學習成績不太好，馬上要期末考試了，而他妻子在加拿大，如果我不介意的話，星期天給他兒子輔導一次功課，我滿口答應。星期天，在等他兒子來的時候，我站在宿舍樓的窗口前，向遠處張望，心裡一陣陣難過，週末，是與家人孩子在一起的時候，我自己的女兒，三年了，我從來沒有好好地和她待在一起，陪她學習，教她知識，給她應有的愛。現在，我卻要給別人的孩子輔導功課，而且，我還要繼續與女兒分別下去。如果，我心甘情願地回到玉安，女兒將來也會像我一樣，不是過封閉、單調的生活，就是經受種種磨難；如果，我堅持留在上海，當我真正有能力把她帶到上海來的時候，她還會親近我、認同我嗎？

徐黎明的兒子長得一點不像他爸爸，甚至有點難看，可以想見，徐的妻子肯定不漂亮。很奇怪，很多十分標緻的男人，妻子卻很難看，也不知是什麼道理。我把他兒子當作朋友似的，給他講了一些學習方法，帶他總結了學習的要點、難點，中間休息時，帶他在華師走了一大圈，向他介紹華師的情況，我和藹可親，講起課來，簡潔明瞭、生動活潑，這種自然輕鬆的教學方式，讓他很開心、興致越來越高。他很聰明，大概以前學習不專心，現在，我稍微一點破，他就一通百通、豁然開朗，給他輔導功課，我也頗感愉快。過了幾天，黎明告訴我說，他兒子從來沒有考過這麼好的成績，從原來的中下水準一下子越到了前十名，並向我表示感謝。我知道他對目前的中學教育很有看法，很不希望他的孩子整天就是做作業、考試、埋頭讀死書，已經做好打算，安排孩子到國外讀高中。叫我輔導功課可能只是個加強聯繫的藉口。

我聯繫的單位很多，卻不知道如何判斷，國家單位對像我這種戶口、檔案不在上海的人，不予接受，私營單位，沒有任何限制，但又沒有任何保障。到上海以外的地方工作，面臨新的環境，我又感到不踏實。其實，畢業前的兩個月，我經人介紹，已經在一家私人新開的廣告公司工作了，老闆五十多歲，叫陳雄凱，滿臉橫肉，一副暴發戶派頭，有個二十歲的大學剛畢業的妻子，公司就在他家的一間套房裡。他口氣很大，一定要一位研究生畢業的女性當他的助手。公司實際運作就他一人，妻子管內務，管財務的老太太，每星期到他這兒做一次帳，招聘了一個小姑娘打字，而我是配合他搞業務。

在公司幹了一個多月，並沒有什麼具體的事情，最多是接接電話，聽老闆給各種各樣有頭臉的人，描繪他即將蓬勃發展的帝國藍圖，他打著中國作家協會、各大企業集團、社會名流的旗號，瘋狂地聯繫各大媒體，搞新聞發佈會，組織各種各樣的活動，實際上這些活動沒有一個真正搞起來，不過是扯個幌子圈錢，大的企業集團不在乎一百萬、二百萬做廣告費，而他就利用三寸不爛之舌，把錢劃到他的帳下。每星期打保齡球、郊遊，組織企業家俱樂部，舉辦所謂討論會。錢就源源不斷地流進來。在新疆受的教育是為國家做貢獻，在華師整天看書學習寫論文。到了公司，親眼看著老闆怎樣為了錢，玩手段、耍花招，聲嘶力竭、絞盡腦汁，然後過一種唯利是圖，瘋狂狡詐，耀武揚威的生活，我真的是目瞪口呆，每天幾乎都是心驚膽戰，好像自己也成了參與坑蒙拐騙的犯罪同夥。

我把公司的一些做法講給徐黎明聽，他說，像這樣打著各種以國家名義、政府行為、名人效益等等圈錢的公司，上海多的是。我問：「那我該不該在這個公司幹呢？」

「妳在這個公司幹，感覺好嗎？」他反問，

我半天沒有言語。在對與錯，好與壞之間有太多中間地段，況且，可能是我的價值觀太落後了，我實在不明白，有些人賺錢那麼辛苦、本分，有些人卻呼風喚雨，財源滾滾，而世上認可的就是金錢，早已沒有什麼公道可言。亂世出英豪，正所謂「盜鉤者賊，盜國者王。」

「不說話，就是感覺不好，對嗎？」他說。

我突然之間迷失了，仿佛遍地都是赤裸裸地掠奪、競爭、冒險、陷阱，上海是個大買場，你不賣人，就是被人賣，你唯有嚴酷地、精明地、不擇手段地獲取別人的錢，你才能贏得尊嚴、人格、價值，才能過像模像樣的人的日子。否則，你就被這個社會殘酷淘汰。可像陳老闆這樣用違背人性的醜惡方式賺到了錢，即便過上的是人的日子，高人一等的富人的日子——有車、有別墅、有僕人，他還能復原為一個善良、真摯的人嗎？

我想到在華師，每天早晨鍛煉的時候，都可看見華師的校長在圖書館前的草坪上打太極拳，那麼，泰然自若、從容不迫，偶爾也看到他騎一輛舊自行車悠揚地穿過校園；我想到林老師，似乎生活的窘迫從來沒有影響到他對事業的追求，一心一意，心無旁鶩；想到我的父親，在新疆工作一輩子，認認真真地做事、超然脫俗地生活。他們追求的不是物質上的富貴、驕奢，而是精神上的滿足、平靜。他們才是最值得尊重的人，可他們所獲得的報酬，和那些興風作浪、咄咄逼人的暴發戶比起來卻是那麼可憐可歎！我心裡甚至感到憤憤不平，難道他們就沒有創造價值嗎？他們創造的是更高的價值，更有意義的人生——智慧、豁達、善良。為什麼社會的所有輿論導向，都變成了窮凶極惡的擴張、掠奪、發財、暴富。為什麼開小轎車的，就比騎自行車的趾高氣揚。盲目求新、求大、求發展，造成的嚴重浪費、資源匱乏、環境污染，人性扭曲，誰來負責。就沒有一種更理性的生活方式，讓人既能保持創造的激情、自由的發揮，又能獲得物質上的相對平衡和滿足嗎？

離開華師的校園，離開了寧靜的書桌、睿智的思考、浪漫的想像，我真不知道，還有什麼地方，能容得下我這個夢幻女人？也許是愛吧，愛孩子、愛丈夫、愛情人、尋求愛，探索愛，在愛中迷茫、痛苦，甚至死亡；總比在虛偽、欺詐、冷酷、麻木中求生，要好的多！

徐黎明說：「我看妳還是當老師的好，任何一個國家，只要還能正常發展，老師總是最需要、也最值得尊敬的職業。在上海，當個中小學老師，其待遇並不亞於大學老師。和孩子在一起也是愉快的。我有個朋友正準備辦一所私立學校，不妨和我一起去看看。」

這所私立學校正在籌建中，主體大樓剛剛蓋好，到處是嘈雜的建築工地，工人們緊張地幹著活，幾乎找不到可以伸腳走路的地方。我們好容易找到校長室，我說了自己的情況，希望到這來教書，校長說：「我們正在招聘老師，華師的研究生來我們這上課，我們當然歡迎。」我接著詢問了住宿，待遇等情況，並說明，我還有個女兒，希望能在這裡讀書。校長爽快地答應了，並約好了試講的時間。再次來這個學校時，整個校園已經非常漂亮了。這是上海第一家完全由私人投資興辦的全日制小學、中學寄宿制學校。據說，老闆以前家裡很窮，年輕時，在一個專科學校當勤雜工，後來到了海南、廣東做房地產生意，大發一筆，現在，搖身一變，成了率先辦教育的校董事長。學校聘請了上海中學退休的老校長，作校長，由此，帶來了一大批上海中學的退休老師來任教，家長正是衝著上海中學的名聲，紛紛送孩子到這裡上學，每星期接送孩子一次，減輕了家長的不少負擔。

研究生終於畢業了，大家合影留念、聚餐、話別，每個人都有了確定的工作、確定的去處。有的繼續讀博，有的到周邊的城市工作，大部分都留在了上海。我是必須回玉安的，那裡有父母、有丈夫、女兒，有簽了十年服務期的合同。苦苦地追求、苦苦地期盼、苦苦地掙扎，到頭來還是要回到原單位。我整個人都要陷落、崩潰了，我沒法抗拒命運的安排，無法承受感情的折磨。別人順理成章做成的事，我五年、十年，甚至一輩子也別想辦到。我整天恍恍惚惚、無精打采，孤獨、焦慮之極。

國家單位不要我，我就到私企。考慮到在學校工作能把孩子帶到身邊，我辭去廣告公司的工作，到了那所私立學校。我就下決心在這裡幹，一切從頭開始，我有雙手，有頭腦，哪怕擺攤賣菜，也能養活自己，不是嗎？能在學校教書，有個立足之地，已經是幸運了。至於丈夫，他不願意來，也就不勉強。學校目前只招收了兩個班的學生，到下學期，校園建好了，將擴大招生到二十個班級。我住在學校教工的宿舍裡，白天還有老師、學生，到了晚上和週末，就我一個人在空曠的校園裡，沒有家、沒有親人、沒有朋友。但我必須挺住。暑假到了，學校安排我搞招生的工作，我告訴父母暫時還不能回去。我想，等到我真正心安理得的在這裡適應工作了，一切都安排妥當了，再回去，也好讓他們放心。我專門寫了一封長信，告訴了他們這裡的情況，希望他們能理解、支持。但過了幾天，他們突然打來電話，說他們身體不好，一定讓我趕快回去一趟。我意識到這可能是讓我回去的一個藉口。大不了回去十天，再來，當面向他們講清這裡的情況，也好。畢竟，這麼多年，一直沒有好好看看他們了。回去一趟，讓他們放心。

我給校長請了假，校長還專門借給我五百元路費，我把所有行李、物件都放在宿舍不動，一個人提了個小包就走了。到了烏魯木齊父母家，丈夫、女兒已經先在那裡了。我已經想好了所有勸慰父母的話，心裡坦蕩、愉快，以為好好和丈夫、女兒、父母待段時間，讓他們不要有什麼思想負擔，我就再輕輕鬆鬆地到上海去。可一進家門，氣氛就很不對頭。丈夫不說話，父親一臉嚴肅，母親痛不欲生地好言相勸：「妳是個孩子的媽媽，是個妻子，妳是有家有室的人，一個人在外面闖蕩很危險。好好的家、好好的日子不過，一定要一個人在外面飄蕩，大學老師不當，自己的孩子不管，去管別人的孩子，妳還有沒有一點理智、責任！」

父親更是大發雷霆：「養妳這樣一個忘恩負義、不要工作、不要家的人，是我們的恥辱！妳就可以忍心把自己的女兒一直放在公公婆婆家嗎？妳就沒有一點做母親的責任嗎？三年不在家，現在回來了，就該好好過日子了，好好培養孩子，把家庭搞好，又什麼不好！」我委屈、難過，這麼多年，我哪天不在想家、想孩子？我的孤獨、寂寞有又誰知道？「人往高處走，水往低處流」，我希望能通過自己的努力，過一種更開放、文明的生活，有又什麼不對！「王一大現在在玉安大學很受重用，一個家總該有個重心，妳好好培養孩子，搞好教學，不是很好嗎？為什麼要孤零零地一個人在上海？這樣王一大還怎麼能夠安心工作？孩子一天天長大，有又誰來培養？」

剛回家的頭幾天，我難過極了，我仿佛成了千古罪人，成了這個家的敗類、恥辱，我無處聲辯、也無法說清。後來，漸漸地，他們不再情緒激動地抱怨我、責怪我了，我也開始反思自己。也許，為了家、為了孩子，我就再委屈一下自己也是值得的。他們現在這樣看待我，我就是一個人待在上海，又能支撐多久？不如和王一大好好商量、協調，我們還有機會，我可以考博，王一大可以考研究生，我們一起努力、一起奮鬥，互相有個支持，豈不更好！我動搖了，與其讓父母生氣、擔憂，讓丈夫沒有臉面做人，讓孩子冷落，不如我退一步，先好好過段家庭生活，一起謀求發展。可是，上海那邊的工作怎麼辦呢？留在學校的行李怎麼辦呢？玉安大學的書記正在西安開會，讓他到上海去一趟，把妳的情況說清，叫人把妳的行李運回來。就這樣定了，再也不要動搖了，回去好好工作，好好的家、好好的孩子，應該珍惜，妳們畢竟年輕，以後機會還多著呢！

在烏魯木齊待了十多天，回玉安的時候，在上車的一剎那，我突然之間，一陣噁心想吐，頭暈眼花，我知道自己是怎樣帶著絕望的心情回家的。父母看著我傷心欲絕的樣子，也感到難為情，他們會不會捫心自問，本來是想做個好人，但卻把女兒逼到了這個份上。他們明智嗎？我愛我的父母，這是與生俱來的，可他們懂我嗎？我總以為他們對我的教育很民主、很理性，從不讓我因為他們的職位、地位，有種優越感。但他們給我發展的空間和勇氣了嗎？在他們看來，一個女人，就是為男人而活，為孩子而活，虧他們還是大學教授、知識份子，他們從來不知道我身上的能量，一種想發展、想突破的能量，他們所作的一切就是壓制、阻撓，就是讓妳安安寧寧、本本分分，百年如一日。

我母親年輕的時候努力過，志向高遠，不顧家人的反對硬是從上海到了新疆，很晚才結婚，後來，不得不漸漸放棄了自己；王一大的媽媽年輕時，也能幹了一陣子，後來為三個孩子為丈夫，成了地地道道的婦道人家。對丈夫幾乎到了百依百順，忍氣吞聲的地步。現在，到了我這代，就是大學生、研究生、乃至博士生，最後還是像她們一樣，委曲求全、相夫教子，這到底是怎麼了？我不是不想相夫教子，只是想在相夫教子的同時，有點自己的思想、空間、有點自己的夢想、理想。我常想，人類的一半是女人，但女人在多大程度上影響了社會、影響了人類的進程；在多大程度上獨立、自由了呢？女人不能在社會上盡情地發展自己的才智，女人就永遠是男人的附庸，男人就永遠得不到和女人平等交流的機會和條件。男人、女人，同樣是人，就為什麼不能多一點空間，多一點平等和理解。男人離開家，在外謀求發展，就是天經地義；而女人這樣做簡直就是罪孽、就是不可理喻。相伴終身、委曲求全的婚姻，難道真的就比各自獨立、相互支援理解的方式好嗎？

我還是回到了玉安，這次是真正的回來了。

以前，每次回來，都是學校放長假，別人都回家的時候，我也不得不有個歸宿，在路上折騰一個星期，回來看看女兒、丈夫、父母，盡盡義務，然後，就一心想著趕快離開，好像上海才是我應該待的地方。現在，我徹底回來了，我再也無處可去了。時間、空間倒退到幾十年前，玉安比上海落後起碼五十年，因為我的家在這裡，我就必須在這裡生存，這就是我的命運。別無選擇！這畢竟是我的家，我必須為它承擔責任，我既然從這裡考到了上海，我還可以有機會再從這裡考上博士。這次就是我和丈夫一起考，這麼多年，他把機會讓給了我，現在，我們一起努力，把孩子照顧好，工作做好，用其餘的時間好好看書、複習，一起考到上海。我把這個想法告訴王一大，他欣然同意，可是每天，他照樣應酬到很晚才回家，根本沒有時間看書。一切都沒有變，為一些雞毛蒜皮的小事，糾纏不斷，人與人之間紛繁複雜的矛盾，讓他深陷其中。

我寫了份保證書，讓他簽字，每天起碼有兩個小時看書，他答應地好好的，可是一個星期過去了，兩個星期過去了，他竟然沒有一天是坐在書桌前的。我真是弱智、愚蠢之極，我為什麼要回來！就是來看他整天抽煙、喝酒、誇誇其談，半夜三更才醉醺醺地回家嗎？每天接送孩子上學，我更是難過萬分，整個玉安就有那麼兩所破破爛爛的小學校，六十多個孩子擁擠在一間教室裡，女兒怯生生的和一個髒兮兮的男孩子坐在第一排的最邊上，老師扯著大嗓門肆無忌憚地訓孩子。

一天，吃完晚飯，我帶馨兒出來散步，她要和其他小朋友一起玩，我也就獨自到遠處走走，繞一圈回來，就聽到孩子撕心裂肺的哭聲，我衝過去一看，馨兒捂著頭，鮮血順著她的胳膊、胸部流了一大片。我抱著孩子就向醫院奔去，醫生把她的頭髮剃掉，給她逢了十幾針。後來的十多天，她只能趴在我懷裡睡覺。原來，這群孩子和隔壁院子的小孩打石頭仗玩，隔壁院子的一群維族小男孩扔過來幾個大石頭，偏偏就打在了馨兒頭上。孩子們一哄而散，根本找不到是誰打的。孩子、丈夫就生活在這樣的環境之中，但卻全然不知，我可再也受不了了。在家待了將近一個月，我終於爆發了。

「離婚、離婚，早知道，我在上海就和你王一大離婚，也不至於現在還在這裡忍氣吞聲、活受罪。」我終於說出了以前從來不敢說，也不願說的話。

「離婚可以，但孩子不能是妳的。」

「為什麼？」

「妳這麼多年沒有帶孩子，我父母辛辛苦苦把孩子帶大，妳想帶走就帶走，沒那麼容易吧！」

「我希望你真正為孩子著想，而不是把孩子當做人質。」

「妳沒有權利給我說這樣的話。」

我幾乎氣暈了。天下有這樣不講道理的人。在華師，我幾乎崩潰，是承受不了失去家的孤獨、誤解；在玉安，回到了家，我才真正體會到什麼是絕望、什麼是一個男人的無恥、卑劣！欲哭無淚，欲哭無淚！女人就該毫無怨言、毫無思想地服從男人，不管這個男人多麼愚蠢、專制、自以為是！這樣下去，我早晚會死在這裡。與其我死在這裡，不如自己拯救自己！我想好了，偷偷地把女兒帶走，我和女兒在上海生活，徹底離開這個專制、落後的地方。不信，我就活不下去！

我給徐黎明寫了封信，希望他給那個辦學校的老闆說說，看能否接受我再回去？過了幾天，老闆打來電話，說我隨時來，隨時歡迎。我又和余中堅聯繫好，把一些必備的書先寄過去，讓他幫我查收。我必須在十一月份前到上海，否則天氣冷了，又要等到明年，我的精神肯定會拖垮的。我買好預定的火車票，事先把一年四季的衣服、被褥打包托運，先要坐兩天兩夜天的汽車到烏魯木齊，再坐三天三夜的火車到上海。我最擔心的還是我父母，他們正直、善良，卻不諳時事，一心為我好，認為王一大是個難得的好女婿，只要我和他相親相愛，就會幸福無比。我讀研時，王一大的父母管孩子，他們一直覺得內心不安，所以非常嚴厲地讓我回去，以盡妻子、母親的責任，協助丈夫工作。父親總說，要讀研也應該是讓王一大讀研，這樣妳也少受點苦，家庭也會和諧些。可他不明白：王一大熱衷於在官場上興風作浪，哪有時間、心思讀書。父母年齡那麼大了，我不能幫他們什麼忙，就更不能讓他們擔驚受怕。

走的決心已定，心態也就平和了些，我們畢竟夫妻一場，思想觀念、生活道路不同，但活在這世上都不容易。真正要離開他了，我才覺得他也是人在江湖，身不由己，我不可能改變他，更無法按照他的思維方式生活，我唯一的辦法就是離開。走之前，我給他寫了封信，壓在他的床頭，晚上回來他自然會看到。信上表明自己到上海的決心，讓他不必擔心，叮囑他保重身體，好好照顧自己，並一再強調，我們之間的事情暫時不要告訴父母，等我和女兒在上海安頓好了，再由我來告訴他們也不晚。

那天下午，系裡一個維族男老師推著自行車把我送到車站，玉安大學的第一任維族書記是他的岳父，他也曾在上海進修過，我從上海回來後，他直言不諱地說：「妳應該留在上海，為什麼要回來，為了愛情嗎？」維族人說話很直爽，他是我們系裡的活躍分子，幽默風趣，總喜歡和漢族女教師待在一起。我要走的事，不能給任何人透露風聲，但我需要人幫忙，需要把那麼多的行李運到車站，我把這事告訴他，請求他的幫助。車站就在小學的旁邊，我讓他看著行李，我到學校把女兒接出來。亂哄哄、髒兮兮的教室裡，老師正站在講臺上點名發考卷，我給老師遞了張字條，說明孩子必須回爺爺奶奶家一趟，就把女兒領了出來。上了車，把一切安排妥當，等著車開的間隙，那個維族老師，又去買了許多饢（※9）、水果，讓我們帶在路上吃。

別了、玉安，永遠地告別了，這個養育了我，又讓我傷心無比的地方，離開你，不是為了別的，就是為了追尋一個看不見的夢！站在車窗外的維族男老師，向我揮著手，他眼睛紅紅的，竟然在止不住地流眼淚。我的心在戰慄：感動、恐懼、孤獨、無助、堅強……我說不清是什麼，但我義無反顧地只能這樣做。後來，我聽說，和我同一屆在復旦讀研的一個男生，也是一聲不響地把家裡的東西賣掉，門一鎖，帶著老婆、孩子離開了玉安。一個人最大的不幸是被剝奪自由！一個環境最深重的苦難是愚昧、專制！

等到車子開了幾個小時，真正離開了的玉安，我的心才平靜下來。戈壁、荒漠，我無數次地在這裡穿行，現在，我終於離開了。在荒漠中堅毅生長的小草，也一定能在山水秀美的地方，結出奇異的果實。這是帶臥鋪的長途汽車，日夜兼行，到了烏魯木齊，是第三天凌晨，外面還是黑黢黢地一片，我打算帶女兒在旅館住兩天，就乘火車到上海。火車票早已事先訂好。旅客們紛紛下車，突然，我看到窗外，王一大的影子，心裡一驚，他怎麼會在這裡，難道他還想把

9　饢，新疆維吾爾族的一種食品，用麵做成的餅子，也叫新疆大餅。

我劫回去不成。我不是他的私有財產！女兒也不是他的囊中之物！我到上海有又什麼錯！大家各奔東西，互不干涉，總該可以吧！我和女兒從車上走下來，王一大和另一位玉安大學的書記迎上來，有外人在旁，我不便說什麼，反正鐵了心要走，誰也攔不了。

王一大搶過我手提的一個大包，走到一間招待所，說：「我一個晚上沒睡覺，坐飛機趕到這。」我不言語。在我眼裡，他已經比陌生人還要陌生。

他說：「妳給妳爸爸說幾句話吧，他們在等妳。」

又想用我父母牽制我，沒出息的東西！真讓我噁心！我什麼時候，把我們之間的矛盾告訴過父母，我們是成人了，我們之間有問題，我們自己解決，何必要讓父母操心！但我還是拿起了電話，父親說：「妳既然下決心到上海，我們也不強求妳，在家住兩天，好好談談，我們送妳走。」我總算得到了父母的認可，又心酸，又感動。書記和王一大在烏魯木齊的高校開會，我帶著女兒到爸媽家。

他們不再勸慰我，只是問：「妳是不是在上海有相好的人，如果妳將來能在那裡有了家，有真正喜歡妳的人，妳帶女兒去，我們也放心。」我大吃一驚！原來他們並不是古板守舊的道德家，一定要讓女兒對丈夫始終如一、言聽計從，他們不過是希望女兒有個溫暖的家，平平安安的生活。我無言以對，是啊！在上海那麼多年，我從來都沒有想到要通過婚姻改變自己的命運，我只會傻傻地愛，仰望男人，敬佩男人，同情男人、理解男人，以為愛就是一切！真誠地去愛，不求回報！像個灰姑娘一樣做著浪漫愛情的美夢——天下大同、人間普愛的美夢。

「妳這樣帶孩子離開，王一大的父母很受打擊，他們希望王一大和妳離婚，然後趕快結婚，再生個兒子。」

原來是這樣！就他們王家尊貴值錢，要世世代代，子子孫孫、無窮盡也！父母老了，但他們的女兒卻一意孤行地在做一個看不見的夢，要去漂泊、要去尋找、要去走遍天涯海角。

「妳一個人帶個孩子，這樣生活會很艱辛，妳想過沒有，萬一遇到什麼事情，妳怎麼辦？」

「我在學校裡上課，孩子在學校裡讀書，先解決生存問題，再做自己喜歡做的事，有三、四年工夫，踏踏實實努力，肯定會越來越好，你們就放心吧！」我既是在安慰父母，也是在給自己鼓勁。

王一大在我走之前來了一下，我們默默不語地在校園裡走了一圈，他好像比我還受傷慘重，反而要我來勸慰他。我說：「你放心，我肯定會把女兒帶好的。在哪裡不是一樣生活，但在上海只要努力，會有更快、更好，也更合適自己的發展。只要找到自己的發展方向，不到幾年工夫，就會一切都好的。」

上火車的那天，他推說有事沒有來給我和女兒送行。他是怕這樣做影響他的政治前途，他要堅定地表示：他與背叛學校、單位的妻子劃清界限。當初我追求他，是被他的感召力、他能言善辨的氣勢所吸引，他是那樣踏實、苦幹，值得信賴，現在我才明白，他根本不愛我，我也不愛他，我是在受虛榮心的驅使，與他建立一個冠冕堂皇的家，他的所謂一官半職，非但沒有給我帶來好處，反而，讓我壓抑、苦悶，讓我對自己的追求始終懷疑、不安。他從來就不理解我，就像我不理解他一樣，我們處在一個屋簷下，可心卻相距十萬八千里。我一個師妹剛結完婚，就考上了研究生，她丈夫辭去工作，到華師複習考研，幾年後，他們終於一起努力，在上海有了個溫暖的家。而我呢？我一個人苦苦掙扎，到頭來一無是處、一無所有，還要繼續漂泊！

我父親提著一個大箱子把我們送到火車站，一個老父親送他的女兒和外孫女到外漂泊，他會是一種什麼心態？父親是個真正的中國傳統知識份子，樸實無華、清心寡欲、踏踏實實地做著自己喜歡的哲學研究，凡事超然物外、又彷彿了然於心。對子女的教育把握一個原則：培養他們獨立自主的意識，踏踏實實做個問心無愧的人，對社會有用的人。到了最關鍵時刻，還是父母，也只有父母，心疼兒女。看著父親孤獨的面容、蒼老的背影，我既心酸又感動，他一生所做的事情就是為新疆的教育事業無私奉獻，他阻止了許許多多的人調動工作，要他們永遠安心邊疆、建設邊疆，現在，他的女兒，卻執意要離開他，離開新疆！他一輩子搞教育，卻教育不了女兒；一輩子搞哲學，卻完全不理解女兒。我不知道是該恨他、愛他；還是可憐他，愛戴他。我的父親啊！我的老父親！

火車徐徐開動，我和父親漸漸遠了、遠了，想著父親一個人走回家，想著自己孤兒寡母地在外漂泊，心中一片空白。

——我到底在哪裡？我到底要幹什麼？

十五、漂泊上海

孩子們之間稀奇古怪、大膽天真的行為，常讓我感到妙趣橫生，我觀察他們、體味他們。我常想：我要是能自己辦所學校，不受方方面面的限制，一定會採取一種生動、活潑、平等、自由的方式，真正讓他們在遊戲中、活動中獲得知識，盡情發揮孩子的主動性、創造性。

上了火車，我才告訴女兒，要帶她去上海，孩子高興極了。以前，我總是告訴她，在上海能接觸到最優秀的人才、感受最精彩豐富的生活，一定要把她帶到上海去。現在，連我自己也沒有想到，我會以這樣一種悲壯的方式帶她離開玉安。二十八歲，我第一次去上海，置身於這個浩瀚的世界，無所適從。現在，女兒八歲了，我要讓她看看外面的世界，我要好好地培養她。我內心深處一直有兩大不安：在婚姻上我屈從了世俗，失去了最純真的初戀情感，袁泉，我第一個真正的戀人，我永遠在懷念他，想念他，而且，隨著年齡的增大，時光的流逝，會越來越想念他，不斷地夢見他！再一個不安就是女兒，我為什麼要把這麼好的一個女孩子生在這個世界上，她是這樣地美麗、善良、純真，她能經受得住社會上的種種動盪、不幸、苦難嗎？我如果不能給孩子應有的愛、應有的幸福，我又有什麼權利讓她無緣無故地到這個世界上來？

我事先給徐黎明打了電話，告訴他火車到站的時間。我們一出站，就見他在約好的地方等候著我們，他開車直接把我們母女倆帶到南方學校。上海的喧囂、熱烈，總能引發人強烈的振奮、激動，女兒驚異地看著車窗外的景觀，一臉燦爛，汽車沿著一條筆直、寬敞的道路進入學校，整齊的棕櫚樹、鮮豔的花草，裝點在道路兩旁，學校紅色的教學樓異常奪目，校園不大，但佈局相當精緻合理，彷彿置身於一個夢幻般的童話世界。女兒第一天晚上和我睡在生活老師的宿舍裡，我緊緊地摟著她，她不言語，卻瞪著好奇、驚異的大眼睛。

新的生活開始了，一切都是不可知，一切都是雜亂無章！

第二天，女兒就被安排到學生宿舍，和三個同年級的小朋友一起住，孩子們事先知道要來一個新疆的小孩，都驚奇得不得了，紛紛給她準備了各式各樣的禮物。我給四樓的中學班級上課，女兒則坐在二樓小學三年級的教室裡，工作的間隙，我就到樓下的窗口張望她。她乖乖地坐在一群上海同學中間，老師同學說上海話，她要慢慢適應。我每時每刻都在為她擔憂。

到了星期五，家長紛紛把孩子接回家，學校裡就剩我們倆人，教學樓裡空蕩蕩的，我們說話、走路，在遠處形成回聲：悠揚、神秘，彷彿到處都藏著人，彷彿隨時隨地有人和我們打招呼。為了派遣寂寞、冷清，晚飯後，我領著女兒到外面的商店去轉一轉，夜幕下，遠處的高樓直刺蒼穹，周圍是那麼寧靜，乾淨、無邊無際，到了一家超市，女兒模仿著別人，先在門口提個籃子，再到裡面挑選東西，這麼多好吃的、新奇的、漂亮的東西包圍著她，她興奮地這也動一動、那也拿一拿，最後我說：「媽媽沒有帶很多錢，妳只能挑一樣東西。」她乖乖地，最終挑選了小小的一袋玻璃海苔。走在回去的路上，我說：「我們剛到上海，不能跟一直生活在這裡的人比，但我們好好努力，媽媽好好工作，妳好好讀書，以後，我們什麼都會有的。」她懂事地點點頭，把她打開的海苔自己吃一片，給我嘴裡餵一片，我心裡溫暖著直想流淚。

剛到一個新的環境，最難熬的是開始的那段時間。在大學教了多年書，又進修、又讀研，滿腦子都是高深的理論、思想。讀書、寫論文是我已經習慣了的生活方式。現在，卻來和一群嘰嘰喳喳、吵吵鬧鬧的小孩子打交道，給他們教生字、分析課文，改作業，一篇短短的文章要翻來覆去講一節課，我突然覺得自己真是殺雞用牛刀，使出渾身氣力，卻吃力不討好。學校有各種各樣嚴格的規章制度，每個老師都有本事完全按照學校的規章制度行事，都有一套治理學生的辦法，他們駕輕就熟，孩子們就像他們手中的玩偶，任憑他們擺佈。

中學並不像我想像中的那樣，可以寓教於樂、帶著孩子在輕鬆快樂中完成學業。從教學內容到教學手段、方法，都是事先規定好的，你只能按照計畫去教，然後供上級領導檢查。老師是以上課的課時算錢，有的老師拼命上課，一個月下來可以拿四千多塊錢。老闆對教學一竅不通，一心想著怎樣賺錢，怎樣巧立名目，大張旗鼓地做宣傳，學生的營養餐規格較高，而老師的伙食就要差許多。校長六十多歲，也自命為打工仔，反正是退休了，賺幾個活錢花花。除了餐費、住宿費、還有高額的服裝費，各種各樣的活動費。學生家長都是大款，為了孩子也不在乎這點錢。馨兒因為是教師子女可以免收幾萬元的學費。

一個學期過去了，一切還算正常，我和幾位老師及學生家長都建立了良好的關係。有個老師叫薛濤，也是從外地來的，她丈夫在上海讀博士，本來想等博士畢業後，再把家帶到上海，但薛濤很有主見，讀研、讀博，一晃就是六年，她可不願一個人帶個孩子在家鄉度日，所以硬是辭去工作，帶孩子到上海，和丈夫租房子過日子，並找了南方學校的工作。她也有一個可愛的女兒，比馨兒小兩歲，兩個孩子常常在一起玩耍。薛老師教美術，和我頗有共同語言，週末我就常帶孩子到薛老師家玩，後來我從學校的集體宿舍搬出來，租的房子和她在同一個社區裡，兩家來往更密切了。租的房子實際上是沒有售出去的新房，房間裡除了白牆、水泥地，什麼都沒有，所有的東西都要靠自己添置，房間必備的設備：電燈、抽水馬桶、房門鎖，都是臨時性的，最簡易的，你不知道這個房子什麼時候會被賣掉，就不讓你租了。我只買了幾件最簡單、最便宜的傢俱，因為沒法安裝窗簾盒，就把女兒畫的畫貼在窗戶上，既可遮擋外面的視線，又使房間有了些情趣、生機。

天冷了，我每天帶女兒在社區裡跑步，跳蛙，做各種各樣的運動，十一月份，我們還堅持在自來水龍頭下洗冷水澡。我們母女倆誰都得不起病，誰都不能有任何閃失。那年上海的冬天特別冷，但我們比任何時候都健康。有一天晚上下大雪，我們早已進入夢鄉，突然一陣猛烈、急促地敲門聲把我驚醒，我穿衣起來，問：「是誰？」

「是警察，快開門！」，門依然震天響地被敲著，我壯著膽子把門打開，兩個穿皮大衣的壯漢，拿著手電筒照來照去，問：「這房間住了什麼人？」

我說：「我和女兒。」，他們走進房間看了看。

我問：「出了什麼事？」

「妳們對面樓上的一個老太婆剛剛被人殺死了。」他們冷冷地回答完就走了。

女兒還在熟睡，我心驚膽戰了很長時間才入睡。第二天，我向別人問起這事，大家很淡漠，彷彿什麼都沒有發生。上海太大、太複雜、太稍縱即逝了，沒有什麼事能讓人真正在乎。我和女兒像漂浮在浩瀚大海中的一葉小舟，沒有方向、四處茫茫，任憑風吹浪打，不知道什麼時候會被掀入海底。

元旦到了，我想，總該有點節日的氣氛，學校也發了不少錢，於是帶女兒到附近最大的商城買她喜歡的東西。我們在上海已經轉眼度過了四個月，剛開始的那種緊張、不安的情緒已經過去，經濟上也從容了許多，這次我就下決心儘量滿足女兒的願望，我們採購了大包小包的東西，高高興興地走回家，我們的房間在六樓，好容易上到樓上，想進房間趕快休息，但房門卻怎麼也打不開了，我只好敲對面房間鄰居家的門，鄰居說，他們也遇到過類似的情況，因為是租的房子，門鎖品質不好，現在唯一的辦法是，想辦法翻到房間裡，把門鎖從裡面打開。

我只能先到他們的房間去，從鄰居家的陽臺上翻到自家的陽臺裡，兩個陽臺間的跨度頗大，從這頭夠到那頭並不是件容易的事，六樓的高度讓人心有餘悸，女兒在旁邊靜靜地看著，更讓我可憐，萬一我出了什麼危險，誰來照顧孩子啊？我真想叫個熟悉的男士來冒這個險，但轉念一想，這樣的事讓誰來辦都不妥，別人憑什麼情願幹這種事。我冷靜地想了想，下定決心還是自己做，我把鞋子脫掉，把厚厚的羽絨服脫掉，一隻手、一隻腳讓鄰居緊緊拉著，另一隻手、另一隻腳穩穩地跨到了陽臺的另一邊。當我小心翼翼地把整個身體移動到自家的陽臺時，我才深深地舒了口氣。從陽臺上把窗戶敲開個洞，手伸進去，把門打開，進到房間，再把大門打開。總算是有驚無險！把女兒迎到房間，我們仿佛絕處逢生般緊緊摟在一起。

女兒很快適應了上海的生活，喜歡上了這裡的一切，她說：「媽媽，我覺得在上海長十雙眼睛都不夠，在玉安只要一雙就夠了。」她每天寫日記，因為每天都有新鮮的事情發生，性格也比在玉安時活潑、開朗了許多。到了學期末，她就成了班級最好的學生，老師對她讚不絕口，讓她代表班級參加演講比賽，她獲得了全年級第一名。全班同學集體過十歲生日那天，邀請了所有家長參加，她在臺上當小主持人，念著自己寫的作文：「以前，我媽媽讀研究生的時候，我住在爺爺奶奶家，別人都說，妳媽媽不要妳了。我就是不相信，現在我媽媽終於把我帶到了上海……」我在臺下聽著，感到巨大的欣慰、幸福。

孩子、家長們隨意聚餐的時候，一位高挑身材，特別漂亮、優雅的年輕媽媽主動和我打招呼：「妳一個人把孩子從新疆帶出來，真不容易，我也是一個人帶著孩子。」她女兒天天和馨兒同在一個宿舍，家長們接送孩子的時候，總是帶各種各樣精美的食品或新奇別致的小東西，馨兒從未見過，只是在旁邊靜靜地看著，天天的媽媽注意到這麼個乖巧、漂亮、懂事的小女孩，就讓天天把自己的東西分給馨兒一些。我明白天天媽媽的好意，但卻從未和她說過話。讀研時我還能保持自信、蓬勃的精神狀態，現在，如果不是為了女兒，我真的要離開這個根本不合適我的工作。除了掙錢謀生之外，我已沒有任何樂趣，始終處於一種緊張無奈、疲於應付的狀態。我是為女兒而活著，女兒的歡樂給了我歡樂，女兒的成長給了我寬慰。但我自己已經失去了生活的座標，不知道自己在幹些什麼？以後又會是怎麼樣？我沒有心思和別人過多地交往，在生活上我已可以獨立支撐，但在情感、思想上卻還是處於游離、漂浮狀態。

天天的媽媽有個好聽的名字：舒綺，她主動邀請我到她家去玩。又是一個離了婚的女人！我心裡掂量著她獨自一人承擔生活的分量。在上海我已認識了好幾個單身媽媽，有些是丈夫出國拋下妻兒，有些是掙了錢，另有新歡。舒綺卻和她們大不一樣，十六歲就考到成都科大，畢業後幾經周折回到上海，結了婚，兩年後，又毅然離婚，自己帶著才剛剛一歲的女兒艱難度日，後來自己一個人出來做生意，她大學裡學的是航天工程，八〇年代開始下海，真應驗了當時的一句話：「做導彈的，不如賣茶葉蛋的。」她的服裝生意舉步維艱，整天和社會最底層的人一起摸爬滾打，但後來生意給她帶來了豐厚的經濟收益。她女兒體質不好，丈夫離異，對女兒再也不管不問，她硬是憑著做母親特有的韌勁，把孩子培養成了一個正常的人、快樂的人，孩子小時候不愛說話，她就每星期週末帶孩子去公園，引導女兒和別的孩子交流、對話，孩子學習粗心大意、成績不理想，她就花幾倍的時間輔導孩子功課，尋找合適孩子發展的學校。孩子從來沒有因為沒有父親而自卑過，更沒有因為先天不足而苦惱過。她告訴我說：「天天也許不可能成為某個領域傑出的人才，但她肯定可以成為一個幸福快樂的人。」

我抽空帶馨兒到她家去玩，發現她身上全沒有上海小市民的小氣、尖刻、自以為是。房間寬敞、實用，佈局合理，情調高雅、樸素，即便只有母女倆，但家裡充滿歡聲笑語，非常富有生活氣息。她是真心實意地想在生活上、事業上給予我力所能及的幫助。認識她後，有一次我曾陪她到華亭路上的服裝批發市場進貨，她手裡拎著一個自己縫製的棉布袋，裡面裝著十幾萬元，嘈雜熱鬧、狹窄混亂的街區擠滿了上百家賣服裝的小攤位，有扯著嗓子吆喝的、有討價還價叫賣的，她走在這些人中間，頻頻和他們友好、熱情地打著招呼，就像美麗的公主進行慰問視察一樣。我真無法想像她是怎樣和這些人打成一片，又在他們中間遊刃有餘、脫穎而出的。

舒綺說：「其實和他們打交道要比和知識份子容易多了，他們中有些人很講義氣，人也聰明實在、能吃苦。」

她指著遠處一個踏三輪車的中年男子說：「妳看那個人，曾經坐過六年監獄，出獄後沒有任何地方願意安排他工作。現在做服裝，已經有幾百萬了。」

「做生意靠的也是綜合素質，並不是誰想發財就能發財。」

她用短短的兩三個小時，買了上千套服裝，再由別人幫著打包，送到火車站，批發給她在全國各地的銷售點。

從擁擠嘈雜的批發市場出來，我們到一個幽靜、寬敞的咖啡店聊天。我是個只會在腦子裡奇思妙想，一遇到具體問題就失去判斷的人；是個沒有感情依託、沒有愛情滋潤，就失魂落魄的人，現在，我更是寄希望有朝一日有個白馬王子拯救自己。而她傲視群雄，清醒幹練，生活中的無數遺憾、不幸，都讓她無畏地擔當，並化解成令人尊敬的智慧、勇氣、財富。我和她是那麼的不同，她堅強果斷、高貴典雅；我則文人氣十足，不諳時事，整天靠夢想、幻想生活。但我們卻有種相見恨晚的知遇之感。她身上糅合著女人的柔媚、善良和男人的果敢、聰慧，這麼完美的女人：經濟獨立、感情豐富、又有高水準的生活方式，怎麼就沒有個新好男人與她相得益彰呢？

我和王一大並沒有辦理離婚手續，也就是說，我們在法律上還是夫妻，儘管我們遠在天邊，但一想起有個家，畢竟有個感情依靠，就覺得我們有再大的矛盾也是可以克服的。離婚只是說說而已，真要離婚，對我來說，不亞於天崩地裂。我實在無法像舒綺那樣從容不迫，自信坦然。在我看來，女人最大的不幸是婚姻的喪失，哪怕有個名存實亡的婚姻招牌，也有種安全感，社會認同感。在我眼裡大部分離了婚的女人都是軟弱孤獨、被動可憐的受害者，又有幾個人能像舒綺那樣真正獨當一面，能幹精明，甚至敵得過好幾個男人呢？我和王一大只是思想觀念上的不同，並沒有真正在感情上徹底破裂，即使是我們有誰真的移情別戀了，大家都是三、四十歲的人了，拖家帶口十幾年下來，早已形成了源遠流長的歷史惰性，誰又敢毅然決然地放棄原有的婚姻，一切從新開始？我想到薛老師，她和她丈夫，是標準的中國傳統家庭，婚姻靠朋友介紹，在該成家時找個般配的對象。只要結了婚，就不再對感情做非份之想。

也許女人也應該有男人這樣的胸懷，不要對感情太苛求，只要保持婚姻的形式，就是保存了一種社會認同的身份，至於兩個人到底和不和諧，有又誰知道呢？可是，女人又生孩子、又來例假，又要經濟、人格獨立，再應付一個處處和妳做對、自以為是的丈夫，怎麼可能還有寬容豁達之心呢？寧可獨身，也不和一個自己不愛的男人委曲求全、貌合神離地過一輩子，這是優秀女人的唯一選擇。

薛老師對外人總要時不時稱讚幾句她那能幹、可靠的丈夫，她丈夫對她的繪畫創作一點都不瞭解，但起碼能給她物質上的支持和依靠。可每當和我在一起時，她才表露出自己內心的苦悶、焦慮。她頗有繪畫天賦，總是一個人不停地畫、不斷地摸索，但卻找不到突破口，周圍更沒有什麼人能夠和她談論創作，我是唯一能夠理解她的人，我們之間談論的話題要比她和他丈夫多少年在一起談論話題多的多。

無論是和薛濤還是和舒綺，我們都有種能在心靈深處溝通的東西，但境遇決定心境，我遠遠具備不了她們的那種自信、從容。我沒有舒綺能幹精明，更不像薛老師那樣有個滿意的丈夫作後盾，我帶著女兒艱難度日，如履薄冰，但我不需要別人的任何憐憫。南方學校辦了一學年，就開始換校長了，上海中學的老校長被莫名其妙地打發走，來了一個打扮得妖裡妖氣的女校長，據說是老闆專門從廣東來請來的，女校長帶來了廣東私立學校的管理模式，每天一大早就站在校門口，向每一個進校的老師、學生殷勤地問好，哪個老師、學生來的不夠早，她就面帶笑容地批評幾句，頗有校長風範。過了一段時間，她的一個親戚也從家鄉來了，一個剛從學校畢業的中專生，被安排在我教的初一年級當臨時輔導員。這位親戚陪伴她住在老闆專門為她們開設的賓館房間裡。

老闆除了辦這所學校，還有房地產、服裝、飯店等多項業務，因為頭緒多，就叫這位女校長全權負責，付給她高額工資。校長得到了好處，受到重用，越發一手遮天，把老師管理得更嚴、在對外宣傳、擴大影響方面做得更足。南方學校一片繁榮昌盛，幾乎成了上海私立學校的樣板。剛到南方學校的時候，我就隱隱約約地感到老闆可能經濟上有問題，當時學校的大樓才完工，這本來是座破舊廢棄的大樓，老闆花了八百萬把樓裝飾得煥然一新、漂亮異常，但卻沒有給包工頭一分錢，我幾次看到包工頭來要帳，老闆都財大氣粗地巧妙地把別人打發走了。

我給徐黎明說：「我覺得你這朋友能不能把學校辦下去還是問題。」徐說：「妳只管在這兒教課拿錢，其他事其實與妳關係不大。」我想也是，老闆總不至於克扣老師的錢。

我邊在南方學校上課，邊聯繫其他單位，附近的一所世界外國語學校是民辦公助的學校，據說收入高，管理也非常到位，我去那裡應聘，試講，他們表示歡迎。希望我下學期就去上課。這樣我心裡就踏實許多。萬一南方學校垮了，我也好有個去處。女校長來了以後，上海中學的幾位老教師紛紛離開南方學校，一時間又來了許多新教師。在上海最不缺少的就是人，私立學校的老師來來往往，就像在市場上買東西。我教學生從來不把自己放在教師的位置上，給學生以震懾力，讓學生被動地服從各種各樣的規章制度，考試制度。我總覺得一個孩子的成長不在於他吸收了多少知識，而在於他在多大程度上保持了旺盛的求知慾和創造力。教師的責任在於引導孩子按照他自己合適的方式自覺自願地學習。真正的好學生不是教師教出來的，而是教師培養發現的。從某種角度講，孩子給予我的，比我給予他們的還要多。我只能給予他們書本上的東西，他們卻給予了我成人世界所沒有的天真、浪漫。孩子們之間稀奇古怪、大膽天真的行為，常讓我感到妙趣橫生，我觀察他們、體味他們。我常想：我要是能自己辦所學校，不受方方面面的限制，一定會採取一種生動、活潑、平等、自由的方式，真正讓他們在遊戲中、活動中獲得知識，盡情發揮孩子的主動性、創造性。

教師從早晨七點鐘到校，直到下午五點鐘下班，這期間是不能出校門的，除非特殊情況，請假批准。到了學期末，女校長在這方面更是以嚴格、嚴厲著稱，在教師大會上宣佈，要用企業化、工廠流水作業的管理模式管理學校，言必信、行必果！會議宣佈紀律的第二天下午，我把班級的事情處理好，就悄悄地到外國語學校去了一趟，他們事先和我約定，在這天下午商量下學期接課的事。等我回到學校，恰巧碰到年級組臨時組織大家一起討論出考卷，唯獨我不在。校長就在我們辦公室視察。第二天一大早，校長把我叫到她辦公室：「夏雲，妳從明天起就不用來上課了，我們按照學校的紀律這樣做，妳該理解。妳也不用給任何學生、老師講這件事。」

「我明白！只是我女兒還在這個學校上學，希望讓她把這學期上完。」

「沒問題，等會兒，妳再到財務室把錢領了。」

下兩節課是我的語文課，我進教室的第一句話就是告訴孩子們：「我明天要離開這個學校了，會有更好的老師來給你們上課。」

然後我侃侃而談地講解課文，講我學習、教書的體會，教室裡從來都沒有這麼安靜過，他們專注地聽著，我傾注所有的思想、情感告訴他們所能理解到的一切。我說著說著，有個孩子忍不住哭了起來，其他孩子一個個都開始抽泣起來，教室裡哭聲一片，我慌了神，千方百計地勸他們別哭了、別哭了……我萬萬想不到他們會這樣，我才意識到，我和其他老師不一樣，他們真的是非常喜歡我，不願意離開我。下課的時候，他們圍著我：「老師妳別走，妳為什麼要走，我們一起聯名寫信讓老師留下來！」他們沒有權利、沒有能力告訴大人們應該怎樣對待他們、尊重他們，但他們能夠感受到什麼是刻板粗暴的壓制，什麼才是真正地來自內心的關愛！

現在的老師雖然不像以前那樣可以對學生打板子、揮棍子，但盲目追求升學率，使快樂、單純的求知過程演變成了一次次嚴格的作業、一個個令人緊張的考試。

我問學生：「你們學習的目的是什麼？」

他們異口同聲地回答：「考個好分數。」

我問：「你們上什麼課最有意思？」

「體育課。」

我有時覺得學校更像是一座文明、體面的牢獄，孩子們從小就開始在裡面馴化、競爭、追逐。我幸虧早生了幾年，我要是一天到晚被老師家長催著、管著、寫沒完沒了的作業，月考、中考、大考，層層篩選，早晚會崩潰的。在這樣的環境下長大的孩子，會不會以同樣刻板、殘酷的方式對待以後的工作和生活呢？面對特別需要愛護和尊重的孩子，我們的教育體現出了多少對弱小生命的認同、鼓勵、憐愛？社會是個大機器，孩子被製作成離標準答案分秒不差的精密儀器。在中學我感受更多的是壓抑、無奈，再加上南方學校混亂的管理，我真的再無法呆下去了。

離開南方學校的當天下午，薛濤老師和另外幾個平時要好的老師聚到我家，我們簡單地做了幾個菜，大家邊吃邊聊。

「妳這樣離開太便宜哪個女妖精了，應該讓她賠償損失。」

「她這麼開除妳，是想儘快給她親戚安排個正式的位置。」

老師們為我打抱不平，我除了感謝他們的好意之外，並不想再和南方學校有所瓜葛了。反正下學期就到世界外國語中學去了，和那裡的校長談過，彼此印象不錯，學校也正規許多。等把老師們送走，天色已經很晚了。因為是週末，女兒被舒綺接到她家，和天天在一起玩，晚上就住在她家。我一個人在房間裡，正準備睡覺。已經是深夜十一點了。我心力焦瘁，一年多來：找房子、搬家、照顧孩子、應付工作，我不知道這樣的日子何時是盡頭？突然有人輕輕地敲門，這麼晚了，會是誰？我把門打開，余中堅站在黑暗中。他總是會出其不意地降臨在我身邊。他比我低一個年級，明年研究生畢業，我到南方學校工作後，他偶爾會來看看。這裡離上海交通大學很遠，起碼要走兩個多小時的路程。中學工作很煩瑣，白天上課、晚上還要管學生的晚自習，他每次老遠老遠地跑來，待幾分鐘就走了，讓我很過意不去。

有一次，中秋節的晚上，我陪孩子入睡後，自己卻怎麼也睡不著，就到社區的花園裡走走，周圍靜悄悄的，月亮籠罩著一排排整齊的樓房，樹木、花草、道路，像水洗過一樣，潔淨、透明，白雪公主和七個小矮人，應該在這個時候出場；情人、戀人、夫妻兒女應該在這個時候盡情狂歡……忘記工作、忘記名利、忘記一切外在的束縛……我想起在大學時，有一年中秋節，我們班上的一群男女生不約而同地聚在一起，先是在宿舍裡聊天，不開燈，講鬼的故事，後來乾脆到校園外的土曼河邊，彈著吉他、唱歌，一曲一曲，沒完沒了地唱，周圍是曠野田地，天空上是大大的、圓圓的月亮，我們對著遠處唱，遠處沒有盡頭；我們對著高空唱，高空神秘深邃，十多個男女生，你方唱罷、我登場，越唱越有勁，越唱越精彩：臺灣校園歌曲、大西北民歌、蘇聯老歌、革命戰爭進行曲……天當房、地當床，月光、歌聲陪伴著我們在河邊度過了整整一夜。第二天，太陽像月亮一樣冰涼涼地掛在天上時，我們才趕回學校，早晨照樣端坐在課桌旁。一切都像夢一樣。

成家後，大學的同學大都不知去向了，現在，我一個人帶個女兒，父母在千里之外，丈夫已是名存實亡。我們早已告別了對月賦詩、既景抒情的年代，可為什麼心靈依然動盪不安？上海尤其是個功利的城市，誰還有功夫奢望花前月下的浪漫？我獨自一人在社區裡默默地轉悠著，幻想奇跡出現。令我吃驚的是：我抬眼一望，余中堅正從遠處的月光中向我走來。我們相擁在一起，在這夜的靜謐中……諾大的上海，真正能來看我的就只能是他了。別人都是有家室的人，必須和家人日日相守，尤其在這樣的時候，不管他們在一起歲歲年年，已經是多麼乏味、單調！他大概也是睡不著，突然之間，興致所致，就不顧天色有多麼晚，莽莽撞撞地到我這來了。孩子在屋裡睡覺，我們只能在院子裡相擁著，體味彼此的溫暖、愛戀。

月亮是多麼美好！生活苦澀而甜蜜！此時此刻，我剛剛被單位炒了魷魚，正在梳理疲憊的身心，他又來了，就站在我面前。仿佛事情的發展就是為了這一刻的存在，女兒不在，房間裡最顯眼的就是一張大床，我像一隻受傷的小鳥需要慰籍。他年輕有力，皮膚光潔，我們的身體緊緊貼在一起，他的手掌滑過我的全身，進而，揉搓著我的骨骼、肌肉，撫摸著我的乳房，我的嘴唇、我的臉、眼睛，我濕漉漉的下體……我的每一寸皮膚、每一個毛孔都在吸吮著、呼喚著，沉浸在甜蜜、瘋狂、熾烈地愛慾中。我想變成海融化他、變成浪掀翻他，變成霧遮蔽他……我不知道我該怎麼做？我需要他，需要他撫摸、愛戀、揉搓、撞擊……我需要他，需要他瘋狂、忘我、高潮、迷醉……他把我帶到天上、雲間、大海、森林，帶到遙遠的地方，我們像兩個原始人那樣自由自在、旁若無人地嬉戲……我突然之間又悲傷之極，我們算什麼？

我需要的是家，是丈夫，是愛慾之後長久的慰籍、關懷，是息息相通的靈魂交流，是信賴、認可、安全，是名正言順、堂堂正正……他在上海讀書還沒有畢業，他所追求的是成功的事業、體面的家庭，我們永遠不可能在一起。每當我把他當成朋友、戀人、兄弟的時候，我們之間是那麼溫馨、和諧，可一想到他最終會離開我，我的心情就陡然降到了冰點。以前，讀研時，我僅僅把他當做弟弟、好朋友，我們像戀人、情人，但卻更像是姐弟間的手足之情。現在，我一個人帶著女兒，我需要的再不是什麼情人、戀人，我渴望一個真正的丈夫。但我知道，沒有人會平白無故、坦坦然然做孩子的父親。我更不會因為情慾的需要和自己不愛的人親密接觸。

愛是一種能力，一種境界，不是在落難時受人憐憫、在不幸時降低人格。在華師，你可以愛：自由、浪漫，詩意、空靈……在營營苟生、疲於奔命的時候，你還會愛嗎？票子、房子、車子，那麼具體實在，這時，你只有慾，甚至連慾也沒有了，只有勞累、苦悶、焦慮……我突然明白了，為什麼那些風度翩翩的新興有產者會青睞「偉哥」之類的東西，因為他們都會有緊張、焦慮後「萎縮」、「下滑」的體驗，他們希望「堅挺」、「上揚」，但要達到如此效果靠的決不是春藥，而是充滿詩意的生活方式。在專制、麻木中度日，愛等同於屈辱、受虐。在混亂、掙扎中謀生，愛很可能消亡、喪失；或者成為簡單的洩慾、盲目地求歡。我遠離丈夫、遠離情人、我在生活的大海中顛簸，體味人世間的酸甜苦辣。

到世界外國語學校不久，我就聽說南方學校的老闆攜鉅款失蹤了。其實，這早已是他預謀已久的事，當他把上海中學的校長支走，讓廣東的那個女校長來全面主持工作的時候，他已經帶著四百多名學生的一千多萬元的學費逃到國外去了。女校長在那裡用準商業的手段得意洋洋地治理學校時，怎麼能想到自己已成了別人金蟬脫殼的「替代品」。

我一直敬佩私營企業主的膽略、智謀，比起官僚機構的腐敗、墮落、他們不知要強多少倍！橫掃一切、無限擴張、日新月異、蒸蒸日上……但這繁榮的背後有多少血腥、殘忍、欺詐，又有誰知道呢？

也許，困難、迷茫、悲傷都會慢慢過去，我不知道路在哪兒，但我知道我在走。薛濤老師看我一個人帶著孩子，那麼艱辛，就勸我，妳還是回玉安吧，我說，我絕不會回去，如果王一大願意來的話，我可以做適當的妥協。

十六、何處是歸程？

人生的境遇不是一座「城」、一扇「門」，而是一條奔流不息的河，一輛勇往直前的車。

人生的每一個站頭，都會有別樣的風景，讓你驚異；都有不同尋常的人，讓你去愛，當你老了、累了，你回憶自己的一生，有那麼多的體驗、有那麼多的愛與被愛，又有什麼不好！

世界外國語中學以外語、電腦教學為特色，每年都舉辦一次大型的外語節。學生大部分是從外國語小學直升上來的，英語特別棒。外語節上孩子們進行演講比賽、詩歌朗誦、小品、戲劇表演，全是用流利的英語。為了能進外國語中學讀書，家長們費盡心機，孩子除了學習成績好之外，還要繳高額的贊助費。即使這樣，很多人還是要托關係、走後門才能進的來。學校對教師的要求也極為嚴格，教師不能私自與家長聯繫，更不能業餘時間搞家教。必須全身心投入教學。學生家長可以定期觀摩學校的課堂教學。每個老師都兢兢業業、克盡職守，有時忙起來像打仗似的，但這樣的管理確實行之有效。校長是位五十多歲的知識女性，富有激情、魄力，做事極為嚴格、認真，從事中學外語教學及管理三十多年了，才辭去上海外國語大學附中校長的職位，自己獨自出來組建了世界外國語中學。學校夾在一片居民住宅區裡，小得不能再小，但每個班的學生卻是滿滿當當的。

我被安排做初二一個班級的語文老師兼班主任，工作馬不停蹄地運轉起來，每天上課、改作業，管理學生早操、打掃衛生、收費、午餐等等，幾乎沒有停歇的時候。要不是我有個女兒需要照顧，可以按時下班接孩子，我也得要像其他老師那樣，常常忙到天黑才回家。最盼望的是週末，能有喘息的機會，靜靜地在家裡歇一天，哪兒也不想去，最高興的是發工資，數著鈔票，才覺得心裡踏實，總算又熬過去了一段日子。學校收入較高，時不時發各種各樣的東西：洗髮膏、餐巾紙、購物券……還組織老師們一起熱熱鬧鬧地乘著大巴車到新開張的特大超市選購自己需要的商品。

生活彷彿就要這麼過下去了。女兒明年小學畢業，就可進許多人夢寐以求的世界外國語中學。如果說，我的夢想就是在上海生活，現在也基本上定型了。只是在這個學校當老師太辛苦，連辦公室的小年輕人都沒有功夫談戀愛，我更加不知道感情、休閒為何物了。以前還可以和薛老師聊聊天，可以有機會胡思亂想，現在工作上的事逼得你不能有半點怠慢。儘管教中學讓我總是心有不甘，痛苦難耐，但一個學期下來，我總算得到了老師、家長的認可，學校也有意向把我安排到高中部去上課。我的生活真的就只能這樣像機器一樣運轉嗎？偶爾見到研究生時的同學、老師，他們說的話，他們的思維方式，我都有些隔膜了。是啊，幾年前，我還為自己寫的論文自豪，為自己有嚴謹、靈動、深邃、睿智的思辨、思想感到欣喜，現在，這一切都離我遠去了。我儘管人在上海，但我的思想卻變得越來越狹窄、瑣碎、功利，我多麼懷念大學時自己可以隨意看書、思考、寫作那樣的生活啊！

中學老師也要求寫教學、教育論文，我們年級組的組長寫的一篇論文〈談學生調座位的技巧〉說的是男生、女生、好生、差生互相搭配，能產生互幫互學、共同促進的效果。她說的言之有物，還舉了些很生動的例子。可這對我來說也太小兒科了。這世界上大部分人是在踏踏實實地生存，但總有人要去好奇、冒險、要去探索未知世界、要去考慮宇宙、人類、未來、環境，這樣一些高深莫測、看似與實際無關的問題。知識精英、文化精英，在越來越世俗、功利、商業的環境下，備受冷落，但一旦社會出現了問題，這些超然物外、深邃冷靜、有責任感、有信念的知識份子就會干預社會、用思想、智慧推動社會的進步。

九〇年代高校的許多老師流失到公司、甚至中學，就因為高校太窮，高校機制臃腫、脫離社會，知識精英們既守不住精神、思想的家園，又失去了物質、尊嚴的保證，我們的社會在大變革中，還沒有形成有利於科學、文化研究、探索的有效機制。我們的生活中有太多委曲求全、世俗功利的東西，以前是權利至上，現在是金錢至上，文革時期形式主義、官僚主義的流毒還沒有清除，拜金主義、實用主義又大行其道，什麼時候能夠真正承認、尊重並發揮個人的才能、智慧和創造呢？絕對的權利不能給人以幸福、絕對的金錢更是戕害人的靈魂，社會是由每個人組成的，每個個人能得到合理的發展，在寬容、自然、有序的環境下，體驗愛、激情、創造，這個社會才有前途。我痛恨在玉安時，國家政策對個人發展的殘酷限制，可在上海，日新月異的變化中，我又找到了多少個人發展的空間？南方學校繁榮的背後是場欺騙、陰謀；世外中學嚴謹、高效，給予你金錢的同時，但又剝奪了你的自由。痛苦、焦慮依然纏繞著我。我才明白，我追求的大概不是在上海有個立錐之地，而是要尋找個性才能得以培養和釋放的空間，而是要滿足心靈深處的某種饑渴和慾望。

寒假的時候，王一大總算到上海來了一趟。我們雖然思想觀念不一致，但總還是夫妻一場。我帶著女兒到公園遊玩的時候，女兒興致勃勃地玩最驚險、刺激的項目，我卻只能在一旁觀看，我不敢玩，萬一有個三長兩短，女兒誰來照顧。孩子需要父親，父母共同承擔孩子的教育，無論對孩子，還是對父母雙方都會有好處。王一大願意來上海，更主要的可能還是看在孩子的份上。女兒真的太可愛了，這樣的孩子值得大人為她犧牲。我每天只有和女兒在一起時，才能感受到快樂、自由的氣氛，我們隨心所欲地開著玩笑，她已有不下十個外號了：智多星、砣砣、下（夏）麵條、夏董、小王八……叫她智多星，是因為她臉上、手上長了許多痣。

她總是煞有介事地說：「媽媽，妳什麼時候帶我到醫院把痣都去掉就好了。」

我說：「其實，這些痣並不影響妳的美貌，說不定還是妳與眾不同的標誌呢？我以後就叫妳智多星，怎麼樣？痣多得像星星一樣。」

叫她砣砣，是因為她小的時候，又胖又沉，看起來是個小不點，實際上像秤砣一樣，賊重。到了上海，我就私自讓她改姓夏，她說她長大後要當董事長、經理、辦公司，我就叫她夏董，她愛吃麵條，我就叫她下麵條。至於小王八，是因為她父親姓王，就讓她擔當這樣不雅的稱呼。

我們之間的遊戲、樂趣、玩笑多得數不清。她也有本事在我勞累、難過的時候，把我搞得開懷大笑，有時我想，把孩子培養大，和她在一起，又未嘗不是一種很好的生活方式呢？但是，她父親願意來了。到上海來，說不定，能多多少少改掉在新疆自以為是、誇誇其談、嘩眾取寵的壞習慣。女兒的照顧有人分擔，我也好選擇幹自己喜歡做的事。我帶著女兒到火車站去接他。結婚後，我們一直是分多聚少，在一起時，我對他不以為然，和他格格不入；別離以後，又覺得他活得也不容易，整天勤勤懇懇地為工作忙碌，除了抽煙、喝酒之外，也沒有太大的毛病，甚至可以說無可挑剔，他做事非常注意影響，妻子常年不在身邊，也從來不近女色，過得又艱辛、又寒磣，屬於標標準準的黨的好幹部、好榜樣。每一次，我都責備自己，為什麼要離開他？我需要愛、需要丈夫、需要家啊！每一次，和他在一起，我又痛苦萬分，他與其說是個人，不如說是個政治動物，每一舉手投足都滴水不漏、老成世故，帶著普度眾生的威懾力。我和女兒在月臺上等了好長時間，火車上的人都下來了，還不見他的人影，一年多不見了，多少年不在一起了，這個叫作我丈夫的人，從遙遠的玉安到上海來，他真的能減輕我生活上的負擔？給我應有的愛、讓我心安理得地好好生活嗎？

我對面房間的一家人家，也是從外地來的，妻子是交大的外語老師，丈夫在一家公司幹，效益不好，有段時間，只能留在家看孩子，夫妻倆常常大打出手，哭喊聲驚天動地。我如果硬是讓王一大在上海，幹他不喜歡的工作，我們會不會也是鄰居的那種結果呢？我們都沒有勇氣和決斷放棄這個叫「家」的東西，但我們又有多少能力、條件維持一個家呢？我知道不讓他來，於情於理不容；讓他來，我真的就能心情愉快、生活輕鬆嗎？他終於從車廂上下來了，最後一個下來，提著兩個沉沉的大箱子，身體臃腫、臉肥肥大大的，脖子躲在厚厚的衣領裡，整個人灰頭垢面，腆著一個大肚子，像笨重的企鵝，更像懷孕幾個月的孕婦。我簡直難以置信，這就是和我生活多年的丈夫！在新疆少數民族地區，當領導的很多時間都用在應付吃、喝上，沒有妻子、孩子在身邊，他吃百家飯也就順理成章，吃成了這付酒囊飯袋的模樣。

我帶他在上海找了幾個單位，到中學他肯定不情願去，到大學資歷又不夠，做官更不可能，經商是打死他也不會去想的事。在玉安大學叱詫風雲、管理別人的人，怎麼可能再受別人指使。那就到上海附近的幾個地方去看看。南通、洛昌的中專學校，我都去試講過，也給他們學校的領導看過我丈夫的材料，裡面全是各種各樣的獲獎證書。他們表示歡迎：「現在研究生遍地都是，早已不稀奇了，我們更需要管理人才，妳丈夫這麼優秀，我們需要的就是這樣的人。」果然，在上海，他無論到那兒都唯唯諾諾，打不起精神。可到洛昌、南通一回來，就興致勃勃地說：「我仔細考慮了一下，我們就去洛昌，洛昌師範辦公室主任的職位還空著呢，我去後，職位沒有降，還可分一套住房。」不論怎麼說，洛昌總該比玉安好得多，離上海也不是太遠。我們兩個人就都妥協一下吧，他離開玉安大學如日中天的事業，我離開魂牽夢繞、苦苦追尋了八年的上海，為了家的團圓、安定，為了共同養育孩子。有了穩定的大後方，我再來上海，再從事我喜歡的文學理論研究，不是很好嗎？

寒假過後，他又回到玉安。要通過正常的手段調動，沒有一年、兩年，幾千、幾萬，是辦不成的。其實就是一個檔案、戶口的問題，需要層層審批，層層剝皮。有些人乾脆就不要什麼戶口、檔案，或者，工作單位重新立檔，報戶口。中國的規矩、限制太多，制定、管理規矩的人，比幹實事的人多得多，他們不靠規矩吃飯，就沒有飯吃，所以把持著權利、規矩不放，更不許幹事情的人破壞規矩、違反規矩、蔑視規矩，動不動就打著國家的招牌、以道德、良知的名義，剝奪個人的人生自由。我又陷入了一種怪圈：在上海，我苦苦地盼、苦苦地等；在新疆，他方方面面、上上下下地打點，要先把我的檔案、工作關係調到洛昌，然後，再以夫妻分居的名義，向上級組織部門遞交他的調動申請。

我在世外中學已經基本上適應了中學的教學，家長聽了我的課，對我評價頗高。上海的親戚、老師這兩年都搬了新家，他們好心希望我把一些品質很好的舊傢俱拿到家裡來用。房間裡也越來越有生活氣息了。工作穩定、收入頗豐，又有了一些積蓄。實在不應該離開上海，更不應當讓王一大來擾亂我的生活。可王一大已經在新疆為我堅定不移地辦調動，我也一心想著到了洛昌以後，就會有更多的時間、精力轉向大學的教學，就有機會向科研、學術方向發展。

我帶孩子在上海已經度過了整整一年半，馨兒已經有了不少非常要好的小朋友和她在一起玩。我如果萬一有什麼事，馨兒就住在薛老師家，或舒綺家。徐黎明特地從他家裡搬來了一個大彩電和兩把椅子。林老師專門來看過我，他說了一句話讓我頗為震動，他說：「我想，妳決不會為了孩子完全犧牲自己。」只有他是懂我的，可我自己都不知道自己該幹什麼？該如何去幹？生活的負擔、工作的壓力、感情的失卻，可以完完全全剝奪一個人的夢想、激情。但在上海無論你是怎樣一種生活方式、生存狀態，只要信念不死，你就不會完全被生活吞沒，因為這裡有無限廣闊的空間，可以讓你最終找到自由發展的途徑。我們社區裡有個看大門的老頭，每天沒事就在門房間看英語書，後來，我們聊起來，他說，他以前是工廠的工人，七〇年代就開始自學英語，現在已經是個英語通了，我說，那你為什麼還來看大門，他說：「才退休沒事做，就先看大門，過段時間，準備到一個中學去教英語課。」果然，不久以後，他就開始在一個中學裡教書。

在玉安什麼事情都不能做，在上海什麼事情都能做。我喜歡上海，就是喜歡它所具有的活力、自信、獨立、開放。在上海你沒有時間去搞紛繁複雜、似是而非的人際關係，你只管踏踏實實幹好自己的事，並為自身的發展謀求更好的路。離開了上海，你就離開了一種氛圍：一種充滿蓬勃生機、蒸蒸日上、你追我趕的氣氛。這是我到洛昌後，才深切感受到的。怪不得上海人除了出國，怎麼也不願意離開上海，哪怕住在狹窄的小閣樓裡，只要他內心裝著希望，就沒有不實現的道理。我在助教班進修時，上海的幾個小表妹還在讀中學，我好容易讀了研究生，在中學打工的時候，她們卻都紛紛走出了國門，到海外去拼搏了。無論當初我下了多麼大的決心，一定要在上海立足，可是想到王一大終於願意來了，我的心又軟了，女人啊！女人，畢竟是女人，我為男人活、為男人死、為男人的存在而存在。男人要是想離開女人，女人再哀求也沒有用。可是，女人即便再堅強，還是幻想著如果有個男人在身邊總是要好的多。先保全一個完整的家，然後，再也不用為夫妻分居、為戶口、檔案這些事情煩惱了。我已荒廢的太多太多了，該好好地幹點事業。這樣想一想，心裡就踏實了。到洛昌去，生活會很快安定下來，丈夫、孩子有了著落，再尋求自己的發展，心安理得地到上海讀個博士。

舒綺不理解我為什麼又要到洛昌去了，世外中學的老師、校長更是覺得我這樣做太不可思議。親戚們說，你們先不要著急，好好考慮考慮，在上海多找幾個地方，再試一試看。在玉安辦調動是件偷偷摸摸、極不光彩的事情，所以，人們只要能在內地有個接受單位，就覺得是種天大的幸運，哪裡還想著挑三揀四？王一大能從新疆到洛昌就已經是件了不得的事情了。我和孩子都應該感謝王一大做出了這樣的犧牲！親戚、老師、朋友們既為我惋惜，也為我祝福，世外中學的校長看我為了丈夫，這麼堅決地要到洛昌去，也不好再說什麼挽留的話了。——反正我會很快回來的。我天真地想。與其讓我們一家人在上海艱難度日，不如讓丈夫在洛昌有個好的發展，我再謀求自身的發展。上海真是個讓人著迷的地方，我一次次地靠近你、追求你、擁有你，又一次次地與你擦肩而過，我不知何時還能再回到你身旁？

林老師，我心中的聖殿，理想之光，思想、智慧的源泉，一個學者、文化人的魅力所在。

余中堅，堅毅、聰慧，沉靜、果敢，以勢不可擋、雷力風行之勢，衝破一切阻力、障礙，從一個鄉村教師變成了上海最有活力、最有潛力的青年才俊。

徐黎明，外表冷峻、機警，內心卻細膩、溫柔、唯美，一個真正的紳士，成功的商人。

舒綺，最優秀的女人原來就在身邊。與她在一起就像欣賞一道美麗的風景、如詩的圖畫。

薛濤，我的好鄰居，知心朋友、其實，我比你更怕離開你。

我總覺得和他們在一起，我才發現了真實的自己，激情碰撞、坦誠交流，每個人都是那麼堅毅剛強又智慧善良。在上海你再孤獨，也不會覺得真正孤獨，因為總有比你更堅強孤獨的人，在實現自己的理想，發揮自己的才智。一個真正獨立的人，才是最有力量的人，他能清醒地認清自己、發展自己，而上海又有足夠的空間，讓他找到施展的舞臺。一個城市，就是一種文化，上海是中國大陸受西方文化影響最深，最勤奮、智慧、最博大，又最有功底、魅力的城市。──我又一次不得不離開上海！到江南小城去生活一段時間吧！我不是在剛成家的時候就對丈夫說過：「如果什麼時候，我們一家人能在江南的雨中漫步，感受靈動婉約的小橋流水、絲竹茶香，那才叫真正的心平氣和、優雅自然呢。」

到了第二年的寒假，王一大向玉安大學賠償了四萬元的違約金，才把我的檔案從新疆拿出來。我聽了這個消息，後悔、痛恨之極，我用這四萬元加上自己的積蓄，就可以在上海買間房子了，六年前，花十幾萬元買套房子並不難。有房子、有工作、哪怕我和孩子先在上海生活幾年，你時機成熟了，考個研究生、博士生，再到上海來也不晚。花四萬塊錢買個檔案，再到洛昌去，只有你王一大這樣的傻瓜，才能做得出這樣的蠢事！我能指望你幹什麼？愚蠢、愚忠、不可救藥的大傻瓜！你不是當領導的嗎？你難道真的要像我父母那樣鞠躬盡瘁、死而後已？他們是年紀大的人了，是毛澤東時代的產物。你還沒有七老八十，怎麼就這麼不開竅？我已經傻得不能再傻了，沒想到你比我還傻，這個家還過不過日子了。你崇高、偉大，守規矩，為人正派、大公無私，可你整天吃、喝、睡，滿足現狀，要麼指手畫腳、高高在上；要麼委曲求全、任勞任怨，你又實實在在幹了多少有價值的事情?!你的人格就表現在屈從、服從，你的價值就表現在制定規章制度、遵守規章制度上嗎？我並不是一定要離開新疆，一定要過多麼舒服、自在的日子，我只是想擁有足夠的發展空間，體驗更豐富、更生動的生活！這是一個人與生俱來的願望，只要他能通過自己的努力、勤奮實現這個願望，就不應該有任何法規阻止他！為什麼，上海人到新疆去，就可以居高臨下、就可以當做豐功偉績，大肆渲染，而新疆人要想出來，就要經過重重關卡，備受磨難？

我幻想著，多年以後，當我走遍中國各地、世界各地的時候，如果別人再問我是哪裡人，我就說，我是地球人！行走無疆！行走無疆！中國人真該以博大的胸懷放眼世界，放眼未來，自信而堅實地行走在世界各地，把我們的文化、智慧傳播出去，把別人美好、優秀的東西吸收進來。而這樣做的前提是，中國自身的強大、開放、寬容！省與省、地區與地區之間，人才、資金、資源的全面暢通。從事情本身來講，王一大是盡心盡力做了件好事，對有些人來說，就是花四萬元，也未必能把檔案拿出來，一夫當關、萬夫莫開，如果，有哪位領導硬是堅持原則，你也毫無辦法。從一九九一年第一次來上海，到讀研畢業，到在上海漂泊，八年過去了。多少次路途的顛簸！多少回夢中的思念！多少刻骨銘心的矛盾衝突，感情激盪……八年，我總算盼來了丈夫回心轉意，總算拿到了標誌我身份的戶口、檔案——它像奴隸的「賣身契」一樣，控制著一個人的自由。其實，許多人早已不把它當回事了，但王一大是做組織人事部長的，他當回事，我也就煞有介事地一直以為這是必須要過的一道關卡。

離開上海之前，徐黎明到家裡來看我。他妻子已從加拿大回來，是抱了個小寶寶回來的，她在加拿大生了孩子，孩子有了加拿大國藉，他們一家就有機會到加拿大做生意、投資、長久地在那裡生活。他們生活得多麼具體、實在啊！夫妻倆相互配合，早早地就在設想著到一個自然環境優美的文明國度，勞動、掙錢、過日子。我和王一大呢，竟然為到不到上海瞎折騰了這麼長時間。女兒在家裡做作業，我和徐黎明就到社區的院子裡找個地方坐坐。

徐黎明說：「洛昌作為一個過渡，先把丈夫安排過來，也不失為一個辦法，但要儘快到上海來，否則，就沒有那麼多機會了。」他正因為當過海員，去過許許多多的國家，才會有比較、鑒別，才懂得選擇，才會有生活的計畫和目標。

人生就像一盤棋，真該在年輕的時候，就多走走、多看看，以後，才知道自己到底需要什麼。事業、婚姻，何嘗不是這樣。多一點選擇、多一點經歷，多一點歷練後的沉穩，才能不糊裡糊塗、感情用事地打發自己來之不易的生命。

我和徐都是有家室的人，但我們心照不宣地都遵守著一條法則：別讓愛太濃、太澀，成為傷害人、限制人的把柄。黃昏的時候，獨坐在咖啡館或花園中，靜靜地體味曾經有過的一段感情：出其不意的相識、令人回味的談話、若即若離、若隱若現的猜測、掛念、相思……有這一切，就已足矣！我不知道我自己還能在什麼時候再回上海，也許當我再來時，徐已漂洋過海，遠在他國。我們倆在社區的院子裡坐了一會兒，又不由自主地走出社區的大門，找到了附近的一處剛剛建好，還沒有多少人進駐的大學，校園裡優美、空曠、寧靜，我們邊散步，邊三言兩語地隨意交談著，臨走告別的時候，他突然捧著我的臉，輕輕地親了親我的額頭，我沒有躲閃，他進而用雙手摟著我的腰，用舌頭觸摸我的嘴唇、眼睛。如果不是在戶外，我們肯定會忘乎所以的。

「祝妳好運！」他不得不告別。

「你也一樣！」我含著笑說。

離開上海的時候，我舅舅專門從洛昌調了一輛大卡車來接我們，講好早晨七點車子就到，可是等到中午還不見人影。我給舅舅打電話詢問，他說車子早出來了，可能在路上，妳們再耐心等待一會兒。原來司機是個很認真的人，凌晨四點就從洛昌出發，想在早晨上海市區還沒有達到車輛高峰的時候，就把我們帶到洛昌。誰知，到了上海，縱橫交錯的道路搞得他昏頭轉向，繞來繞去、四處打聽，就是找不對地方，足足在路上耽擱了大半天。中午過後，司機才疲憊不堪地趕來。——是啊！上海，離開容易；來，可就難了！薛濤老師在一旁為我們送別，我剛剛在上海有了安居樂業的感覺，又要告別了。

司機是洛昌人，半夜三更就到上海，花了這麼長時間才找到地方，沒吃沒喝，憋了一肚子火，走到出上海的高速公路上，他又昏頭昏腦地，違反了交通規則，交警向他示意停車，他仿佛有意要出口惡氣，不管不顧，開著車飛快地逃跑。車都開出去半個多小時了，沒想到交警搭了輛小轎車，把我們攔截在路上。沒收駕照、車子停開一周。司機去交涉，孤零零的車子停在路邊，四周是農田，我們一家三口坐在駕駛室裡，誰也不吱聲，車廂上是一年來我和女兒累積用的所有家當。我們在靜等事態的發展。天上突然下起了小雨，嘩啦啦，又漸漸大了起來，車上的東西全淋濕了。我的心在流淚，就像這天上的雨，忍不住劈里啪啦落下來。等了幾個小時，還是沒有著落，又去找電話廳，給舅舅打電話，舅舅是上海鐵路局工程處的處長，不曉得他用了什麼法子，很快車子就被放行了。天漸漸暗了下來，汽車默默行駛著，又要到一個陌生的地方謀生，沒有親戚、沒有朋友、沒有你所喜愛的環境、氛圍。我望著窗外的景色，陰冷冷的天氣、荒蕪一人的大地，上海的熱烈、璀璨不復存在了，遠遠地消散了……我明知故犯，再一次向命運妥協、向家、向丈夫繳械。

不要以什麼為了家、為了丈夫作藉口吧，我明明不愛他了，卻不敢徹底拒絕他，甚至還對他抱有一絲幻想，這不是懦弱，是什麼？膽小、恐懼，不願正視現實、承擔責任！沒有人硬逼著你再和自己不愛的人重歸於好，是你自己自作自受！我骨子裡不敢承擔一個人養育孩子的重擔，更不敢正視在上海獨立拼搏的孤獨，我想退卻、想療傷、想要有個依靠，我總覺得男人是堅強的、頂天立地的、可以給妻子、孩子以慰籍。可是，我在玉安受的苦還不夠嗎？

王一大是那個環境下土生土長的產物，他即便到了上海、到了洛昌，他的一舉一動、一言一行，他的思想觀念也不會改變多少。我生拉硬扯地讓他來，他難受，我自己不是更難受嗎？我早已與他勢不兩立，本來分居兩地，也就井水不犯河水，漸漸淡忘、各自尋找各自喜愛的生活方式，現在倒好，又要在一起糾纏不清了。我們簡直就是兩個拆不散、聚不攏的冤家對頭。軟弱、都怪我軟弱、天真！軟弱，讓人妥協、讓人自私、讓人不知道自己為何物？表面上好像是為對方著想，實際上，既傷害了自己，更傷害了對方。

車子開到洛昌市區的時候，雨下得更大了，天更黑了。一個灰濛濛的、破敗的小城呈現在眼前：道路狹窄、髒亂，居民樓一幢緊挨著一幢，高高低低、參差不齊。我們被安排在學校的宿舍裡，房間裡一股嗆人的氣味。以前這是間男生宿舍，像狗窩似地六個人擠在一間房間裡，現在，房間騰空作教工的宿舍。臨時架了兩張床，供我和女兒住。我們一家把東西收拾好，就到街上的小吃店吃飯。

兩年前，我來洛昌試講的時候，只是感到校園很有江南風味，並沒有在意周圍的環境。現在，走在髒亂不堪的街道上，看著周圍亂七八糟的人，雜亂無章的店鋪，才意識到自己真的要在這生活、工作了。王一大這次是專門把我們母女倆先送到洛昌，然後，他還要回玉安大學接著辦他自己的調動。過兩天他就要回新疆了。我們三個人在街上的小餐館吃了點東西，餐館很多，一間挨著一間，但都簡陋、髒亂得不成樣子。走在黑黢黢的回宿舍的路上，我壓抑著的委屈、怨憤、怒火、終於爆發了：「我們離婚吧，徹底離婚，再也不要糾纏不清了，我還是帶著女兒回上海去！」我忍不住哭喊著，悲痛欲絕！——這算什麼呀，叫你這麼個大男人來，就是為了把我們母女撂到這樣一個窩窩囊囊的鬼地方！

王一大不吱聲，又肥又大的臉上也是那麼悲憤、委屈，無可奈何。我不再說什麼，一個男人就是一個女人的命運！好吧！我認了，等你王一大從新疆調來，等你再在官場上春風得意，我就離開你！徹底離開你！我沉默不語、一言不發，我感到自己已經沒有氣力掙扎了。——我努力過、追求過、抗爭過，可又讓我自己一次次放棄、一次次妥協，就是因為我太在乎這個叫做我丈夫的男人！他待了兩天，就要走了，我沒有興趣、氣力把他送到火車站，只在路口悲傷地望著他，一句話不說，這個和我息息相關的可憐的男人！我們一家人的命運又掌握在了你的手裡了。女人最弱智的地方就在於：一廂情願地認為男人比女人強大，男人理所應當地給予女人幸福！——其實，幸福只能靠自己創造，也只有靠自己創造！

十七、掙扎

人們只知道天災人禍、饑餓、困頓可以傷害人，卻不知道一種空間、氣味、氣場怎樣影響一個人的精神。如果你周圍有志同道合的朋友，有和你一樣充滿追求、富有思想的人，哪怕生活再苦再累，你都會興致勃勃、滿懷希望。而當你被庸常、瑣碎所包圍，又沒有氣力掙脫，你周圍就是有再多的人，你也會孤獨、痛苦地要命。

生命的基本形式無非是吃穿住行、生老病死，但在不同國家、不同地區、不同時代、生存的狀態和氛圍卻全然不同。在玉安，如果沒有太多的非分之想，生活會是非常悠閒自在的：民風質樸、消費低廉，沒有競爭壓力，一切都像日出日落、春華秋實那樣簡單、明瞭。不會為房子、票子發愁，一切都是順理成章的事，更不會斤斤計較、爭權奪利，也幾乎沒有打官司、爭財產、鬧離婚這檔子事。但我偏偏就想出來看看精彩紛呈的世界，越不讓我出來，我越是要出來，我喜歡上海，她激發我的慾望、滿足我的想像，讓我的追求無限延伸、讓我的生活充滿戲劇性，當我真正能在上海立足，並得到認可，我就將擁有海納百川、放眼世界的位勢。

那麼，洛昌呢？這裡既沒有玉安的淳樸、自然，也不具備上海的博大、寬容，我真不明白，為什麼會到這種不尷不尬的地方來。僅僅是為了生存嗎？如果是生存，在玉安要自在、簡單的多；如果是發展，這裡盤根錯節的關係網、庸俗勢利的小家子氣，會讓你逐漸喪失發展的勇氣和動力。就算是為了家吧，把家從大西北的邊陲重鎮玉安遷到江南，這在以前，對我來說，是件多麼令人嚮往、多麼了不起的大事。但現在，我已在上海工作了一段時間，體會到上海的魅力所在，再到洛昌真有種一落千丈的悲哀。更可悲的是，我突然意識到自己已是拖家帶口，三十四、五歲的人了，要有房子、有職稱、有安定的家，要開始過穩妥、寧靜的日子了。可我到洛昌的一霎那間，就有種強烈的反感情緒，這不是我真正想要生活的地方：城市充滿著一股暴發戶的氣息，亂、髒、擁擠，滿街的摩托車橫衝直撞，除了個別的幾條街道有點綠化帶外，到處都是雜亂無章的小店鋪，沒有規劃、沒有情調、沒有綠樹花草，所到之處見不到略有風姿、品位的人，女人一律把嘴唇塗抹得豔俗無比，男人也看不到一個帥氣、有風度的。我辛苦十年，努力換來的就是在這樣一個地方繼續按部就班地度過餘生嗎？

蘇、錫、昌，總是相提並論，可能只有特別敏感的外地人才能一下子說出他們之間巨大的差別，就像同是一家的兄弟姐妹，性格各異一樣，蘇州優雅、無錫亮麗、洛昌呢？雖然也在江南，但主要以發展工業和鄉鎮企業為主，感受不到多少文化底蘊，倒有種世俗的刻薄和霸氣讓你渾身不自在。我所在的師範學校位於洛昌城鄉交界最亂髒的地方，離開宿舍、校園，就沒有令人賞心悅目的地方可去，而宿舍除了兩張床，一張桌，供我和女兒容身外，再也佈置不出更好的效果。宿舍樓看門的是一家從農村來到洛昌臨時打工的，男的是木工，負責修理學校壞了的桌椅板凳、女的負責打掃樓道的衛生，學校沒有多少桌椅可修理，男的就每天一大早把樓道裝模作樣、稀里糊塗地拖一遍，女的送孩子上學、做飯。整個樓道常年沒有認真打掃過，又黑又臭，廁所的排水道不是漏水就是停水，讓有關部門來修，就是找不到人，好容易找到了人，敷衍了事地應付一下，沒過幾天又恢復了原樣。只有我和女兒長期住在這裡，其他老師、學生到了週末都回家去了。比起在上海的孤獨，這裡又增添了一種腐敗、無助、懶散的氣氛。

兩年前，我到這個學校試講的時候，系裡的一個老師不由地讚歎，來了一個多麼清麗、可人的女子啊！這次我來，她又大吃一驚，同一個人怎麼一下子變得如此憔悴不堪、一臉苦相，簡直不敢相認了。她哪裡知道，這兩年我是怎樣度過的，把孩子偷偷帶到上海，一個人艱難地漂泊，剛在上海立足，又不得已到了洛昌。人們只知道天災人禍、饑餓、困頓可以傷害人，卻不知道一種空間、氣味、氣場怎樣影響一個人的精神。如果你周圍有志同道合的朋友，有和你一樣充滿追求、富有思想的人，哪怕生活再苦再累，你都會興致勃勃、滿懷希望。而當你被庸常、瑣碎所包圍，又沒有氣力掙脫，你周圍就是有再多的人，你也會孤獨、痛苦地要命。

王一大回到新疆辦他的調動，我帶著女兒，要上課、要給孩子做飯、送孩子上學。我真覺得自己還不如樓下看大門的農村夫妻。他們整天沒什麼事，抱著電視悠哉遊哉地過日子，我空有那麼多的思想、情感，卻又生活得如此荒唐、窩囊！最不能忍受的是這裡領導的做派，比起玉安大學有過之而不及，動不動就開大會，寫材料、評先進，一副高高在上，唯我獨尊的架勢。他們關注的不是怎樣根據教學規律發揮教師的作用，提高教師的水準，而是怎樣搞形式主義的空架子，搞官樣文章、表面文章，大吹大擂。平常老師們在一起，也從來沒有正經話可說，中午，大傢伙一起聚在飯廳裡吃飯，唯一能引起共鳴的話題是黃色的小段子，誰說的最骯髒、最下流、最搞笑，誰就最受關注，這種集體「口淫」的場景有時十分壯觀：此起彼伏的笑聲、滑稽熱鬧的調侃聲，唇槍舌戰的叫喊聲……你不能不佩服說者邪惡的智慧和聽者有意起哄的媚態。每個人都帶著一副俗不可耐，玩世不恭的面具，你搞不清他們是真的思想空虛，還是偽裝、做作。

校長是個土生土長的當地人，經過「文革」造反鬧革命的錘煉，先是在鄉村中學當老師、當領導，很快又被調到洛昌市裡，新進提拔成師專的校長，一看就是個聰明厲害的鐵腕人物。他每天早晨第一個到校、晚上最晚一個離校，工作大膽、勤勉，善於耍手腕。喜歡玩女人是他最大的特點，包圍在他身邊的美女不計其數，他也不失時機地與每一個女人調情、周旋，整個校園像一個封建君主國那樣等級分明、壁壘森嚴，他是「皇帝」，周圍的女教師是他的「妃子」，男人們則更像是太監，在他的淫威下變得忍氣吞聲、唯唯諾諾。女人要想有所作為，必須首先經過他的多方「性感」調教、「權威」考驗。

學校經常搞一些活動，大家在一起吃飯喝酒，他就忍不住要躲到黑暗處，去拍拍某個女教師的屁股，或者摸摸別人的臉。有一次，我正在家裡的廚房間做飯，他突然像貓一樣，一聲不響地進到我房間，我吃了一驚，怎麼門也不會敲，就隨便進人家裡來，他說要請幾個新來的教師吃頓中午飯，我答應著馬上就過去，他還是站著不走，我很納悶，他突然緊靠在我身邊說：「親我一口。」我愣愣地站在那兒，以前聽到過有關他的傳言，沒想到這麼快就在自己身上應驗了。我定了定神說：「你是校長，這樣做不太好吧，什麼時候，你成了一個普普通通的老師，我倒有可能被你的魅力所吸引。」我說的是大實話，兩年前在洛昌試講時，看到他的第一眼，我就嗅得出這個男人身上特有的氣息：充滿慾望、渴念，野心勃勃、狡黠狂妄。他的神情目光貪婪、邪惡，又勢不可擋，妳可以被他吸引、迷亂，但卻決不會從心裡喜歡他。他以為自己很有魅力，總是肆無忌憚地用色迷迷的眼神攝人心魄，但卻意識不到這種張狂、粗野，多麼讓人討厭。他以為我丈夫還沒有調來，就可以順理成章地「關懷備至」。有些人可能會因為他是一校之長，就投其所好，而我恰恰噁心他的這種輕浮浪蕩、以勢壓人的氣息。他碰了個軟釘子，無可奈何地走了。這就是所謂的江南民風、民情！怪不得說，社會主義在新疆，在這裡，所謂

「黨」的領導、人民利益的代言人，不再是一身正氣，為民辦事，而是一手遮天，利慾薰心，專橫霸道又頑固老朽。

到了洛昌，我就一直患感冒，後來又轉成肺炎，醫生看我實在太弱了，就讓我住院，可誰來管女兒呢？每天我去兩趟醫院打點滴，然後回到黑黢黢的房間裡，給女兒做飯。我就像是老舍筆下可憐的駱駝祥子，他是不停地買車、丟車，最後墮落，我是不停地抗爭、努力，最後還是回到原點。為了討口飯吃，就要給領導低三下四、低眉順眼，就要和大家一道，打情罵俏、渾水摸魚。這裡固然比玉安要富裕些，但卻活得委瑣、粗俗，男人靠喝酒、打麻將、賭錢打發空餘時間，女人想著法子做美容、買時裝，但卻看不到幾個穿得真正有品位的人。街上開得最多的店就是麻將店、煙酒店和又髒又亂的飲食店。從早到晚，麻將店裡煙霧繚繞、擠滿黑壓壓的人，他們都是有錢人，做生意憑的就是這份賭勁和蠻勁，現在，有錢有閒，就泡在麻將桌上醉生夢死。煙店的名堂可就更大了，給領導送禮，大家心照不宣，一律送五、六百一條的中華煙，然後家裡人拿到煙店再換成錢。開煙店的人僅靠收購送禮的中華煙，就能優哉遊哉地維持生活，特別是過年過節，小小的、很不起眼的煙酒店，一天可以有上萬元的成交量。

和我差不多時間到洛昌師範的還有四、五個男研究生，他們也都是因為老婆在上海無法安排工作，就在新校長熱情洋溢的鼓動下，來到師專。師專承諾分配一套住房，並安排家屬的工作，但大家來了以後，才領教到小君主國統治的厲害，原來不過是想把這些所謂的研究生招來，裝點門面，壯大聲勢，剛來的時候，對妳表示熱烈歡迎、極其重視，一旦妳已經成為了囊中之物，就要像其他人一樣，乖乖地聽話，老老實實地幹活，學著吹牛拍馬、送禮請客，哄領導高興。如果你在這兒混了幾年，還沒有個一官半職，可能就會被別人任意指使、取而代之，永遠也別想再有什麼出頭之日。你還能幹點什麼？還能再到哪兒去？別的不說，就是房子、孩子，就已經把你死死地固定在這裡了。

文明程度的高低，確實在於：在多大程度上給人提供了生存、發展的空間，提供了開闊的視野、選擇的餘地。在上海，正因為變化快、機會多，每個人都可能有更好、更多的發展和選擇機會，所以大家彼此獨立、互相尊重，很少有官僚、專制的作風。工作雖然辛苦，但效率高、講求規範、規則，避免人為的障礙。人與人的交往更注重投緣、情趣，人的思維也更開闊、豁達。再苦再累，也有心情自由、舒暢的時候，只要你不放棄自己的努力。但在這樣一個不大不小，不窮不富的地方呢？人精明、算計，說三道四、拉幫結派，外來文化不具備足夠的生長力和衝擊力，相反，會被擠壓得變形、變態。人最怕的可能就是對自己的命運無能為力。年紀輕輕的時候，就已經知道自己老死的時候，也還是住在爹媽生養的地方、過著老天爺讓你過的日子。

在洛昌我已經看到自己發展的極限了。也就是說從三十五、六歲起，我一直要在這個小君主國生活到死，要像大部分人一樣，忍氣吞聲、虛偽做作地過一輩子了。到了洛昌，我才理解了魯迅的作品，理解了巴金的《家》，依稀看到了祥林嫂、閏土、阿Q、魏連役的影子。也理解了為什麼我父母要堅決到新疆去，要在那裡真真切切地生活下去。五十年代的上海，那種精於算計、鼠目寸光、愛慕虛榮的小市民氣息，大概也就是如此。他們從來沒有打算、也不願意再回內地。新疆少數民族的純樸、率真、豁達，確實是漢民族所不具備的，在新疆，生活可能艱苦些，但他們有自己的信念和生活方式，生活得平靜、坦然、無怨無悔，真的再讓他們到內地來，肯定會和兄弟姐妹們為一些生活的瑣事糾纏不清、拉拉扯扯，又有什麼意義呢？哪怕是家人，離得遠一點是種思念、寄託，離得太近，就免不了矛盾重重。人活著實在是為心境而活、為自己所確認的生活方式、生活信念而活。我父母是明智的，他們簡單而又豐富。到現在，我才慢慢懂得了他們那一代人追求理想的真諦！

我的肺炎拖了兩個月才漸漸好轉，但整個身體已經是朽木不可雕了。長期的壓抑、苦悶，造成內分泌失調，每個月來兩次月經，氣血虧損、面黃肌瘦。幹什麼都無精打采、神情恍惚。王一大的調動要一年以後才能辦成，學校安排工作、分房都以男方為主，所以只有等王一大來了，才能分到房子，才能有個像樣的安身之地。可是等到王一大真的來了，買了房子、有了家，我更加不可能離開這個專制、猥瑣的地方了。我打電話和王一大商量，既然玉安大學早晚會放你，我們不妨再聯繫一個好一點的單位，到一個正規的大學去，或到蘇州、南通等地，也比在洛昌好，那裡同樣會給有高級職稱和學位的人獎勵住房。王一大則認為，已經給師範學校校長談好了的事情，再變來變去，既沒有必要，也喪失了信譽。

我還是自作主張地到蘇州聯繫了一個高校，那天下著大雨，我乘坐火車到蘇州，在火車上思考著將要試講的內容。中午在學院吃了一頓飯，下午緊接著就給學生上課，教室裡坐滿了上百名學生，我講的是研究生畢業論文裡的一個章節：《文學中的女性》，分析女性在歷史變遷中的地位、在家庭中的角色、在感情生活中的誤區，解讀古今中外優秀的文學作品中女性命運的沉浮、悲愴，聯繫當代的現實，指出女性的困惑、艱難與抗爭、超越。是誰說過，當人類解決了經濟矛盾、政治矛盾，人類最後，也最難解決的矛盾，可能就是兩性間的矛盾了。黑人為了爭取和白人一樣平等的權利，付出了多少血的代價，同樣道理，女人為了爭取與男人一樣平等的權利，也將經歷漫長而艱巨的歷程。追求平等、和諧、共同發展是人類的美好願望，不同種族、國家、性別、文化上的相互尊重和理解，是人類走向未來的必由之路。……。

我講得縱橫捭闔、情真意切，因為，我有理論知識、文化功底，更有切身的體會，難得的經歷，從新疆最原始的女性生存狀態，到上海現代都市的新女性，從文學作品中女性的悲歡離合，到自身的曲折漂泊……如果不是時間有限，我會滔滔不絕地一直講下去，我看到所有的學生都靜靜地聽著，他們的眼神那麼專注、友好、透著動情、期盼的光芒。當我不得不結束這堂課時，教室裡掌聲雷動，下課後，學生們圍著我熱情地問這問那，有個學生要我留下通信地址。後來她還真的給我寫來一封長長的信。在理論上、思想上我是那麼智慧、清醒，可誰知道，我實際生活中，又是多麼的無可奈何、矛盾重重！隨堂聽課的校領導也給予了我很高的評價，他說，妳可以在我們這兒當老師，也可以兼做學報編輯。

回到洛昌，我絞盡腦汁，考慮怎樣才能把調動的事辦妥，去找那個色迷迷的校長，面對面地談，肯定是件難為情的事。我就給他寫了一封信，委婉地講了自己的想法，過了幾天，他又悄無聲息地走進我宿舍，突然攔腰摟著我，結結巴巴地說：「小雲、小雲，就算為了我，妳也別離開這個學校。」他一廂情願地以為，所有的女人都把他當做了崇拜的偶像。我掙開他的摟抱，脫口而出：「這樣吧，你不是要王一大當辦公室主任嗎？他調來後，你就馬上放我走。」他不再說什麼，感到很奇怪。連我自己都不明白，我在幹什麼？我要盡一個妻子的責任，把丈夫的工作安排妥當，然後，才有可能考慮自己的事。天下哪有這樣的妻子，把丈夫好容易盼到身邊，自己又要離開了。

一個小小的師範學校，突然間招來了那麼多的研究生，是校長的一大政績，他怎麼可能輕易讓你想來就來，想走就走。王一大一時半會兒來不了，我更走不成，牽一髮而動全身，這裡不是上海，能有可選擇的地方，巴掌大的地盤，誰不知道誰？你無論到那，山不轉水轉，總還是在幾個頭頭腦腦的眼皮地下混飯吃。——天下烏鴉一般黑，無處藏身！無處告別！新到這裡的幾個研究生都活得很窩囊，對學校的許多做法，敢怒不敢言，我們這些人拖家帶口的還去讀研，就是為了能有個寬鬆、自由的環境，更好地發揮自己的才幹，讓生活不要過得太平庸、太無聊，但是這裡到處充滿著低俗、卑賤的氣息，你想躲也躲不掉。

週末，教師都到學校公共的浴池去洗澡，男教師的浴池裡有個巨大的熱水池，大家赤身裸體地泡在池子裡，說話也就變得口無遮掩。有個新來的研究生，無意中說起上星期週末他給學生考試，有幾個學生提早做完的試卷，沒等下課，就離開了教室。過了幾天，他領到的工資條上，被扣除了五十元錢，他感到很奇怪。一問，才想起來，那天洗澡的時候，他的話被教務處長聽到了，就把他作為違反校規處理，扣除當月獎金。

每到週末，許多學生都要乘長途汽車回家，下課晚了，可能會錯過班車，所以，有些老師就儘量提前幾分鐘下課，教務處為了嚴肅紀律，規定週末不許提前一分鐘下課，否則嚴加處罰。教務處每到週末的最後一節課，都要帶一幫人巡視，看那個教室提前放學了。教務處長上課沒有一點水準，從來不鑽研教學，成天呼朋喚友、喝酒打牌，極盡溜鬚拍馬、偷奸耍滑之能事，管理起老師來，又狠又毒，對上級領導卻是媚態百出。他的教學管理理念就是如何讓教師老老實實、分毫不差地按照他所制定的規章制度辦。

那位研究生跟我隨意談起這件事，感到實在荒唐絕妙、不可思議，五十元錢是小事，但這個人能在眾人插科打諢、赤身裸體的時候，還保持高度的警覺、責任，實在太可怕了。可見其心裡的陰暗、惡毒。在這樣的環境下教書，又有什麼樂趣可言？更別提什麼發展了。而這種讓你噁心、氣惱的事，幾乎每時每刻都在發生。他們腦子裡整天想的就是見風使舵、為虎作倀，製造人與人之間的矛盾、爭鬥。你不願和他們同流合污，但卻要被他們指手畫腳地評判、規定、獎懲處罰。

到了洛昌好幾個月以後，我才又打起精神，再次給余中堅寫了封信，他研畢業後，留在了交大當老師，交大在全國各地有好幾個培訓班，他到處講課掙錢。得到我的消息後，他執意要來看我，我們又是一年多沒見面了。他單槍匹馬、一個人在上海苦苦奮鬥了五年，終於有個著落了，只有我清楚他內心承受的巨大壓力和苦悶：放棄娛樂、放棄幻想、放棄一切不必要的應酬，杜絕一切誘人的陷阱、美妙的承諾，沒命地工作，除了睡覺、吃飯，就是馬不停蹄地備課、上課、辦案，寫文章。一天幹十幾個小時的工作，一個人幹幾個人的活，根本沒有任何閒情逸致考慮其他事情。只要有值得去做的事情，只要能賺到錢，就全力以赴去做。他恰到好處地抓住了在上海高校發展的位勢和機遇，如饑似渴地充實自己。在他身上我看到了自己曾經有過的快樂時光——意氣風發、生機勃勃，不斷地吸收知識，不斷地創造、發揮自己的才幹。全身心投入、心無旁騖！

我知道他也有異常孤獨的時候，在上海，他會乘兩個多小時的車，到我所在的中學看看，哪怕我們只待一小會兒。在那種環境下生存，「感情」是個多麼稀缺珍貴的東西，它需要太多太多的條件，才能生長起來，我們一無所有，還遠遠沒有在這個偌大城市的邊緣爭得一席之地，但心靈的感應是不會屈從現實障礙的，於是，我常常會想起他、思念他，就像他想起我、思念我一樣，我們的感情，沒有理由、不合規範、也看不到邊際。——讓人酸楚得可憐，但卻欲罷不能、欲說還休！

他趁在外地講學的機會，到學校來看我，他怎麼也沒想到我一下子瘦了那麼多，讀研時的我，是多麼有風采，就是在中學工作時，也還能保持著健康、積極的心態，但在洛昌，我真的是一蹶不振、徹底無望了。人只要心裡上失去了支撐，身體也就會一瞬間垮下來。他非常能夠理解我這種極其孤獨、無望的心情，他在農村中學當老師時，曾為了考大學，一個人苦苦地掙扎。後來到了機關單位，又為了考研，與單位的人艱難地周旋。直到現在，他不再為生計、工作發愁了，與生俱來的孤獨和煩惱依然會時不時地襲擊他，唯有全身心投入地工作、唯有與情投意合的人在一起，才會減輕這種莫明的心裡壓力。

我帶著女兒和他到一個小餐館吃飯，我們在一起，說的雖然都是些嚴肅的話題，但卻很開心，女兒也參與我們的談話，三個人其樂融融，當天晚上，他不得不趕回上海，因為明天一大早還有課，我和女兒把他送到火車站。他要是我的親弟弟該有多好！我多麼希望他能再多待片刻！後來，他只要一有機會，就會到洛昌來看看我，我們之間的相聚沒有理由、沒有身份、也看不到邊際。直到我丈夫來了以後，買了房子、裝修了家，有了像樣點的棲身之地，他才不再來了。我真想開誠佈公地告訴王一大有關我和中堅的事，我希望王一大也能把他當做朋友一樣看待，能讓他自然而然地來家裡坐坐，但不知為什麼，這幾乎是不可能的事。

我一九九一年第一次到上海進修，到一九九九年底，王一大終於到了洛昌。在李校長手下當辦公室主任，不過是個傀儡的角色。辦公室副主任是個相當年輕漂亮的小姑娘，李校長找個有高級職稱、有大學資歷的外地人填充主任的空缺，既顯示了他注重人才、發展學校的宏圖大略，又能和副主任保持曖昧的關係而不受任何限制。無論是對上級的領導，還是對手下的群眾都能有個冠冕堂皇的交待。

我當教師，只要教好課就行了，但王一大每次被校長不懷好意地指揮來指揮去，我看在眼裡怒在心頭，他好歹也曾是一個大學的院級領導，卻要在這個鬼地方忍氣吞聲，和這些烏煙瘴氣、精打細算的傢伙們小心周旋。王一大啊、王一大，我們夫妻一場，為什麼總是這麼折磨來折磨去呢？以前是我為了家，苦苦地掙扎；現在，又是你為了這個家，委曲求全。王一大不來的時候，我還多多少少能自己挺著，現在，我不僅要為自己發愁，還要為他發愁，來到洛昌後，他煙癮越來越大、人也瘦了一圈，不像以前那麼肥頭大腦，倒顯得幹練、年輕了些。

我還是一如既往地不斷生病，我知道自己需要什麼，想幹什麼，但卻沒有氣力、沒有心思去做。失眠、胃病、月經不調，讓我無法控制自己。每天都計畫著要做那些事、看那些書，但每天都神情恍惚、無所事事。王一大的那張臉，勾起我太多太多痛楚的回憶，他的一舉一動、一言一行，讓我既可憐又可恨。在單位，我只能勉勉強強地上幾節課，心情從來沒有愉快過，在家，我更是壓抑、憤懣。我知道他從新疆到洛昌有多麼地不習慣，工作上受到的委屈、生活上的壓力，讓他看上去一下子變得唯唯諾諾、謹小慎微起來。是因為我，他來到了洛昌，但我卻沒有辦法安慰他，因為我自己就是快崩潰的人了，家裡籠罩著死亡的氣息。

在洛昌，唯一給我安慰的還是女兒，看著她一蹦一跳地去上學，看著她和小朋友在操場的單雙槓上，大膽、靈活、玩著花樣翻新、千奇百怪地遊戲。她自己譜曲、作詞，打著節拍領著一幫小孩作體操。我就想，如果是在上海，她就可以上世外中學，說一口流利的英語了。

中堅時常會打電話來，因為害怕是我丈夫接電話，他總是讓電話鈴響幾聲，人還沒來得及去接，就停了。女兒說：「咱們家的電話怎麼總是會莫名其妙地響？」我裝著毫不在意的樣子，如果家裡只有我一人，我就會把電話再打給他。我們三言兩語地互相問候，僅憑聲音，我就能判斷出他心情的好壞、生活的狀態。他剛留校任教，也很辛苦、繁忙。傳來的聲音沙啞、疲憊，我就勸他別太累了，連機器都有老損的時候，何況人呢？調養好身體比什麼都重要。傳來的聲音平和、喜悅，我也會被他的情緒所感染，振作精神幹點力所能及的事。他上課的時候滔滔不絕，談起一些關鍵問題更是語出驚人，可平時言語很少，從來不會與人調侃、玩笑，可能只有和我這樣善良寬容又不乏智慧思想的女性在一起，他才會感覺放鬆、舒暢，感受到與異性交流的愉悅。對我而言，心靈的交流、真誠的關懷，比什麼都重要。交流的暢快在於棋逢對手似的情感碰撞中，我們無法選擇生活，我們不可能像夫妻、兄弟姐妹那樣順理成章地在一起，但我們可以選擇生活的態度和方式。每次電話裡的短暫交談，都讓我欣慰、興奮。有時，他晚上看書看累了，突然間想和我說話了，電話鈴響三聲，我就會把電話打過去，有時，突然之間，我們不知說什麼好，靜默片刻，他一點不會「談情說愛」。

我就說：「你早點休息吧！」

他說：「我還要再工作一會兒。」

我就說：「那就祝你工作快樂！」

他停頓一下，還想說什麼，卻又說不出口。有時，我們說著說著，一種輕鬆、愉悅的氣氛漸漸升騰起來，我可以隱隱約約感到他在電話那頭笑了，很孩子氣地開心地笑。

王一大來了一年多，我的身體、情緒卻越來越惡劣。我早就說好的，等安排好丈夫、孩子，我就再到上海去，可現在，他們算是有了著落，我卻每況愈下。再去讀個博士，這是離開洛昌的唯一辦法。我又回到了六年前，在玉安複習考研的狀態，可我的身體比那個時候還差，拿起書本，滿腦子想得就是這幾年讀研、漂泊的辛酸，我不能再走以前那種讀死書的老路了！可又沒有其他路可走，越是不知道該幹什麼，心裡越是著急、焦慮。研究生畢業轉眼四年過去了，其他同學，有的讀完了博士，有的評上了高級職稱，我還是生活在「水深火熱」之中。

又是一年的中秋節到了，學校裡搞活動，先是領導講話，然後，教師代表發言，再後來是抽獎，發紀念品。每逢這種熱熱鬧鬧、吃吃喝喝的場合，我都懶得去。在喧嘩嘈雜、勸酒敬酒的聲浪中，我知道自己是多麼地不合時宜。只能回到家，這是我的家嗎？裝修、買傢俱、佈置房間，全是王一大搞的，我根本就沒有打算在這裡好好生活下去，房間裡冷冷清清、雜亂無章，房間的兩個臥室的窗戶剛好對著外面飯店的煙囪，早晨四點鐘，飯店剁肉、切菜的聲音就傳到房間裡來了。樓房的不遠處就是個大菜場和歌舞廳。活得窩囊，當然住的也就窩囊，在家，沒有一點安靜、舒適、溫暖的感覺，我真不知這樣尷尬、湊和的日子何時是盡頭？王一大比往常回來的早些，我們無論在一起怎樣彆扭，但在洛昌，我們就是同病相憐的一對夫妻，除了我們自己關愛自己外，沒有人能夠真正關心我們，這正是我不願意承認，但又不得不正視的現實。我們兩硬著頭皮一起做了頓飯，三個人在一起，要不是女兒說上一兩句話，簡直要鬱悶地爆炸了。

吃完飯，天黑下來了，王一大說：「我們一家出去走走吧，看看外面的月亮。」他倒是要處處擺出一副委曲求全、隨遇而安、好死不如賴活著的姿態。

我說：「你帶女兒去吧，我不想出去。」

王一大很掃興。悶悶不樂地進到臥室，把門一關。我心神不定地在客廳走來走去，如坐針氈，壓抑的情緒漲滿心頭，幾乎要崩潰，卻找不到一個爆發、疏導的管道。我不知道會有什麼事發生，但我期待著……電話鈴響了幾聲，我趕緊衝到另一間臥室，給他打電話，我熱切地說：「還記不記得前年中秋節，你到我住的社區來看我？」

「怎麼會不記的，最近還好嗎？」

「身體還是不太好。」

「下決心再考出來吧！」

「我再也沒有考博的勇氣和力量了。」

「別想那麼多，好好幹點事，總比混日子強。」

我和中堅在電話裡激動地聊了一會兒，放下電話後，我興致勃勃，仿佛一下子換了個人。當我興奮不已、滿臉燦爛地走出臥室，王一大正怒氣衝衝地坐在客廳的椅子上，看著我那張由欣喜變得驚愕的面孔。「剛才妳在給誰打電話？怪不得一天到晚和我吊著個臉，現在和那個人聊了幾句話，人就不一樣了。有本事妳把他叫來，我們當面對證，看他願不願娶妳！」

他在另一個房間偷聽我的電話。王一大從來都沒有發過這麼大的火，他終於像個男人了！——一個醜陋的男人！一個男人在女人面前表現的所謂男子氣概，不是尊重、關愛、珍惜；而是強制、粗暴、專橫。王一大啊，王一大，你終於暴露出了真面目，妻子不過是你的擺設、門面，她不能有自己的七情六慾、不能有自己的生存空間，她要像你的私有財產一樣被你緊緊纂在掌心裡。我剛開始還有點難為情，以為自己做了天大的錯事，後來，我乾脆不管不顧，厲聲說：「我沒吃你的、喝你的，更不是你的私有財產，給朋友打個電話，聊聊天，完全是我自己的事！」

「朋友，什麼朋友？妳們無緣無故、非親非故，又有什麼好說的？」

「我難道就不能和一個異性真誠地交談？我難道和某個異性在一起，就一定是要嫁給他？即使我真的喜歡上了別人，這也是我自己的事，你又有什麼權利干預？」

「妳要是喜歡上了別人，妳就趁早從這個房間裡滾出去。」他邊說，邊暴怒地衝上來，狠狠地打了我一拳。我的嘴角流著血，半邊臉腫了起來！我羞愧極了，一剎那，感覺天崩地裂、天旋地轉！整整一個晚上，我沒有入眠，身心俱裂！憑體力打架，我自然打不過他，在洛昌，人生地不熟，更沒有可以講道理的地方。這樣窩囊的事也不能找色迷迷的李校長，或什麼單位的同事，那樣我就是真正不折不扣的「祥林嫂」了。

第二天，我給學校請了個假，有一個星期待在家裡，沒有出門。我再也不能在這裡繼續生活下去了，俗不可耐的工作環境、可悲可憐的丈夫，我真的快被逼瘋了！無論我怎樣掩飾，我的面孔慘白、消瘦，透著死亡的氣息。天地之大，什麼地方可以容得下我？我早就給自己規定好了，到洛昌是權宜之計，王一大來洛昌一年後，適應了這裡的工作，我就必須考博離開這兒，現在，一年過去了，我卻變得人不人、鬼不鬼的，走也走不了，待著更是度日如年。

有一天，我上完課，百無聊賴，就到圖書館隨便翻書，林林總總的雜誌擺放了一書架，我抽出一本《旅行》看了看，突發奇想，為什麼不能到這個雜誌社去工作？地點在北京，我從來沒有去過北京。我按照雜誌社的位址給主編寄了份簡歷，也不抱什麼希望。過了沒幾天，主編竟然打來了電話，希望我能去她那兒工作。我興奮極了，只要能離開洛昌，離開這個家，我就有擺脫痛苦的希望！可是，我又是多麼地難過，我苦苦盼、苦苦等了十年的家，又不屬於我了，這房子、這傢俱，雖然簡單，但總是容身之地，人到哪兒不需要個家呢？到北京，我又將一無所有了！但我不能在這裡等死，我必須離開！

十八、沸騰北京

我喜歡這樣的城市，潛藏著無數的秘密，有那麼多不經意的聚散離合，一切都像河水那樣，充滿流動變化的柔情，起伏跌宕的波濤。

離開洛昌的時候，我只提了一個小小旅行袋，和丈夫、女兒再次告別，心裡的苦澀難以言表。我知道自己是在做一件很傻、很冒險的事！安穩的工作、剛剛安置好的家，又都化為泡影了。本來我想和王一大辦完離婚手續再走，一了百了、心無掛念。但我實在無力承受這個打擊。王一大剛到洛昌，當個不大不小的官，還沒有完全站穩腳跟；而我身心俱裂，又到一個新的地方去，還不知道未來怎樣？先離開這個鬼地方，把身體、情緒調整好，再說。

雜誌社在王府井街上的一條小巷子裡，在北京飯店的職工宿舍樓裡租了幾間房子作辦公室。我一去，被安排在一間作美工設計的房間裡，搞設計的是一個姓張的老頭，幾乎從來不在辦公室幹活，偶爾會在裡面睡個午覺。聽說主編把一個新來的人安排在他房間，當臨時宿舍，他高聲叫嚷著，說什麼也不願意。這老頭看上去頗有風度，但卻毫無同情心，一個新來乍到的外地人，以後就是同事了，怎麼這點面子都不給？北京人真夠損的。後來我一個勁地向他解釋，只住一段時間，找到房子後立刻搬走，而且一再強調，是下了班，等他離開後，我再進來，決不影響他的工作。他實在沒有辦法，才把鑰匙交給我。當天下午，我就到商店買了被子、床單，晚上住在這間又小又亂的辦公室裡。《旅行》雜誌是北京旅遊局下屬的一個自辦刊物。真正幹事情的是從外面招聘來的的幾個年輕人，原雜誌社的一幫人，有的從來不上班，只是到時候領個基本工資；有的出去做生意做砸了，才再回來混碗飯吃。主編是個四十多歲，精力旺盛的女人，很想把事情做大做好，但社裡的原班人馬不怎麼聽她使喚，老社長一聲不響、暗中使拌子，一副坐山觀虎鬥的架勢。

我到的第二天，雜誌社在中山公園舉辦全國第四屆旅遊資源展示會，全國各地五十多家旅遊景點來京參展，我和雜誌社另一個小夥子加班加點忙著安排聯繫北京兩百多家旅行社，組織記者招待會。週六、週日兩天，中山公園裡熱鬧非凡，每家景點都帶來一大箱、一大箱的旅遊宣傳資料，散發給遊客。新疆、遼寧等邊遠地區的景點單位，還帶來了民族歌舞，吹拉彈唱、奪人眼目，而真正來看展的，都是一些老頭、老太太，他們拎著一包包印製精美的圖片、畫冊，歡歡喜喜地走回家……到了北京就是不一樣，全國各地的資訊、文化一下子撲面而來，我目不暇給、興致勃勃地到處走、到處看，中央電視臺、中國青年報的記者前來採訪，我跟在主編身後，看到主編硬是塞了三百元錢給他們做辛苦費。晚上，在仙鶴大酒店，由雜誌社牽頭，旅遊景點招待在京各大旅行社老總會餐，還花了一大筆錢請了某個知名藝術家前來助興，他在台上聲情並茂地朗誦著詩歌，底下的人吃的吃、喝的喝，並沒有多少人聽他朗誦。大廳裡高朋滿座、人們交談、寒暄、結交新知故友。我和幾個旅行社老總坐在一起吃飯，很快與他們搭上了話，有兩個人還說得十分投緣。散會的時候，皮包裡收羅了一大堆名片。

新疆哈納斯帶來了旅遊宣傳品最精美、獨特，遠山碧水、浩渺壯闊；松柏巨石、蒼勁有力，他們千里迢迢地來一趟不容易，花費的心思也最多，邀請媒體、旅行社聚餐，給每一個到會的人送紀念品，維吾爾族姑娘穿著民族服裝熱情地接待……但他們只能待三天，就得匆匆往回趕，北京的吃、住、應酬，費用高得驚人，參加這麼個匆匆而過的展覽要花費十幾萬元，而旅行社給他們帶去的遊客，遠遠賺不回這筆開支。他們走後，主編一個勁地埋怨，以後別再請新疆的人了，他們太窮，做事不爽快。我聽到後，心裡真不是滋味，北京的發展，賺得就是外地人的錢，他們到新疆、白吃、白住、白拿，並大言不慚地命名為「腐敗游」，而新疆人到北京，被榨得精乾，還要感恩戴德，整個一個顛倒黑白的世界！旅遊資源展示會一結束，社裡就開始發錢，這些景點是社裡人打電話聯繫的，誰聯絡的景點越多，錢也就發得越多，那個搞美工的張老頭，還有一個咋咋呼呼、潑婦氣十足的婦女，一下子拿了七、八千塊錢。臉皮厚、敢吆喝，就能賺錢，在北京賺錢也太容易了，只要能把人請來，就由不得你不放血、割肉，北京人就等著大巴大巴地撈錢吧。

在這兒的每一天都有讓我目瞪口呆的事情發生。每星期一上午，社裡開一次會，大家把近期的工作碰碰頭，會上總是吵吵嚷嚷，為爭取各自的利益爭論不休。每個編輯、記者除了寫稿，更重要的是拉廣告，雜誌發行五千份不到，但對外的廣告宣傳是：國內發行量最大的旅遊類雜誌，突破二十萬份。會議一散，大家各自為政、想方設法地撈錢去了。參加記者招待會，拉廣告，是來錢的有效途徑。幾乎每天都有全國各地的旅遊景點到京召開資源展示會，記者到場後，領錢、領紀念品，吃飯，至於能不能發稿，要看編輯部協調的情況。有能耐的編輯，上稿率高，否則，寫的再多也沒有用。編輯們經常為發誰的稿、不發誰的稿，鬧得不歡而散。

白天在各大豪華的賓館、飯店，參加熱鬧、喧囂的活動，人們聚了散了、像一場場戲劇，你方唱吧我登場。晚上，獨自在王府井璀璨、絢爛的街道上散步，看各式各樣的人、各種各樣的東西，享受京城最後的沸騰。當回到自己小小的房間時，就什麼也不想、也不願意想，沉沉地睡去。當記者真好，天馬行空，見多識廣，要到哪兒去，只要出示一下記者證，就可暢通無阻。如果在北京有個自己的家，有孩子在身邊，那就真的可以心安理得，別無他求了。

五一放七天假，別人都回家了，我一個人在房間裡，空落落的，我要趕緊到外面租房子，辦公室畢竟不是久留之地。租房的廣告鋪天蓋地，但不是太貴，就是條件太差。對了，看看婚姻介紹所的廣告，找個有房有車的人，什麼都解決了。我當即撥了個電話，婚介所的人要我親自去一趟。在和平路一幢大樓的小房間裡，一個自稱為李老師的女士接待了我。我簡單談了自己的情況，她說：「妳這麼好的條件，交四百元，我們保證直到妳找到滿意的對象為止。」一房間的牆上貼滿了舉辦婚禮的招貼畫。自己的終身大事真的能在這種市場買賣的成交下得到圓滿結果？我這不是明知故犯地來破費錢財嗎？

但我總不能白來一趟，李女士看我猶豫不決，就說，這樣吧，妳交二十元錢，我可以先給妳介紹一兩個人。我給了她二十元，她給我看了一個叫陳某某的人的情況，並告訴了電話號碼，她自己當即與那人通了電話，兩人談得很盡興。她的爽快、熱情感染了我。回到房間，我給陳某打了個電話，他在電話裡把自己詳詳細細地介紹了一番，說得既中肯又得體，北京話聽上去很有磁性。過了一天，他又打來電話，我們一說就說了十幾分鐘，好像很是有緣，他約我到他那裡去一趟，看看他的家、車，在一起見面聊聊。我答應了，他說他開著一輛白色的轎車在一個公園門前等我。我坐地鐵趕到他指定的地方，一面想像著這個人的樣子：文雅、帥氣、頗有紳士風度。果然一輛小車停在那裡，我等了一會兒，不見人出來，應該是陳先生的車，我斷定，似乎也聽到好像車裡的人在叫我的名字，走上前去把車門打開，一眼望去，一個矮墩墩、面相很怪的人坐在裡面。我下意識地連說了幾聲：「對不起、對不起。」一把車門一關，就要離開。

裡面的人很尷尬地問了一句：「妳是夏雲吧？」

我狼狽極了，我沒有認錯人，而是這個人與我想像中的差距太大。要死了，我怎麼能夠和一個素不相識的人待在一起！電話裡他把自己描述得幾乎完美無缺，可眼前這個人太莫名其妙了。我不敢再看他一眼，再次很抱歉地說了聲：「對不起，我要回去了。」我幾乎是跑步離開那個地方，心咚、咚、咚地跳著，感覺自己好像經歷了一場劫持。天下沒有免費的午餐！再也不能做這種傻事了！

後來，我還是到一家房屋仲介所找到了房子，是間平房，在天壇公園附近的一片平民區裡。房屋也還不算小，乾乾淨淨的、基本的傢俱都齊全。房東是一對老夫妻，隔壁人家一個女孩子在院子裡做作業。每月四百五十元的房租，比在上海租一套樓房還要貴。但不管怎麼說，總算有了自己可以支配的空間了。

雜誌社的管理經營在不斷地調整變化，每次都有許多新的意見、想法，但就是得不到落實，開會時，大家說得振振有詞、有理有據，可過幾天就無蹤無影了。只要還能艱難維持，就這麼要死不活地過著，等待起死回生的那一天。只要是在北京，就決不會有餓著肚子的時候。這件事幹不好，那件事還可以補救，機會多多，黃金遍地。雜誌社裡什麼人都有，一會兒來幾個，一會兒又消失，今天不知明天的活法。

我有許多想法，比如，在雜誌上開設專家論壇、旅行家論壇，搞一些生動清新的小說、散文連摘，廣告設計要有針對性、系統性，內容多點文化、詩情，提供給人美的感受，形成自己獨特的風格，引起人們持久的關注等等。但沒有人真正把心思放在如何提高雜誌的品位上，再說，每個人的品位不一樣，想方設法掙錢才是正道。沒有錢，那有心思搞什麼文章，在這個讀圖的時代，誰還會一字一句地看你寫的東西。百無一用是書生！辦雜誌就是賣紙賺吆喝，少來點文人的酸氣、傻氣吧！我推薦的文章，他們一篇都看不上，他們要的是倡狂、另類、白領、金領、中產這樣的新興人類。富有、豪奢、勢不可擋、橫掃一切！美女、金錢，是促成消費的制勝法寶。文章的題目要「色」、「怪」、有誘惑力，衝擊力。要讓別人不知所云，比如：「就這樣偷窺你！」、「好大一顆樹，總統當車庫！」、「上海幾條美女街」。圖片要打眼、亮麗、華貴、新潮！

文章的寫法無非是剪刀加漿糊，各種旅遊資料、手冊、網上的資訊，重新排列組合，拼湊成文。沒有人在乎你文章的思想、內容、觀念。整個雜誌的辦刊思路，就像一個花柳巷裡的窮姑娘要傍大款，把自己塗抹得花里胡哨、風情萬種、媚態百出。「漂亮美媚」、「寶蔻少女」、「瘋狂血拼（商店、買賣 shopping）」，好像這個世界真的已經璀璨奪目到了無以復加得地步。開記者招待會的時候，認識幾個《中國改革報》的記者，才發現原來滿北京跑的都是像我這樣居無定所、四處漂泊的外地記者。《中國改革報》幾個男生、幾個女生，合租一套公寓，每人平均出一百元的房租，大家自動地組合成兩三人的小組，互通信息，聯手發財。改革報登一個版面六萬元，誰能爭取到這個生意，一年只要能作成兩筆，就有十多萬，也算夠本了。前些年，記者靠這個，賺錢買房、買車，著實紅火了一陣，現在，市場一片混亂、競爭到了白熱化的地步。

北京真是一座人氣最旺的城市，每天有多少國際的、國內的會議、活動、策劃在這裡湧動沉浮，所有的精彩、罪惡在這裡聚集又散開，冷不妨你就會加入到一件重大的歷史事件中去。我剛到這裡當記者，到處瞎跑，總以為抓到了某個重大的新聞人物，他的光輝業績讓我讚不絕口、由衷敬佩，可當我與別人分享時，卻沒人把他當回事兒，後來才發現北京真是遍地英雄，處處「人精」，常言道：「小隱於山林、中隱於市井、大隱於朝廷。」北京表面上看兼容並蓄，三教九流、古今中外薈萃一團，骨子裡可是非英雄不敢輕易進入的「虎狼」之地。

改革報的一個男生也是從新疆來的，他到《旅遊》編輯部找我，他鄉遇故知，他仔細說起在北京闖蕩的經歷，那麼艱辛、困頓。我也不得不為自己感到憂慮、害怕。兩個孤男寡女，在這個茫茫人海中相遇，多少喚醒了一點溫馨、渴望，可是，我剛到北京，還處在晃晃悠悠的狀態，哪有心思與誰浪漫？他看我沒有那個意思，也就不勉強。過了幾天，他又帶著改革報的另一個女孩到我這兒來玩，他有新的女朋友了。女孩叫閻美玲，小巧玲瓏，一雙眼睛十分有神。我和她談得很投機，兩人相邀一起去採訪。後來我才知道，她已是兩個孩子的母親了。她和丈夫離婚後，把孩子放在父母家，自己一個人到北京已有半年多。搞旅遊，涉及吃、住、行、遊、購、娛，幾乎每個行當都能與旅遊掛上鉤，我開始是和編輯部的幾個人到一些景點去，大家有吃、有喝，有玩，好不自在、開心。後來，我就不失時機地自己聯繫景點，北京及周邊的地方都跑遍了。

有一次在北京郊區的中國航天博物館採訪，竟然碰到了一個在大學讀書時的同學，十多年不見，人還是原來的人，只是都蒼老、疲憊了許多，他剛花了一筆大價錢，學會了開私人飛機，這是個新興的領域，誰先涉足，誰就可能賺大錢。我們相約在雜誌社附近的一個餐館好好聊聊，他就開始給我講他是如何離開玉安廣播電視臺，到廣東高明市廣播電視局工作，到那裡不久，他就成了風雲人物，是當地第一個開著小汽車去採訪的記者。現在，他給單位請了三個月的假，學會了開飛機，中國目前最缺的是航拍記者，他立志成為這個領域的開拓者、佼佼者。

我想起在大學時，他就曾經在宿舍裡給我講他獨自在外打工、謀生的事情，他很小就挑起了家庭的重擔，父親早逝，母親多病，姐姐遭人暗算……這些事讓我聽得心驚膽戰、唏噓不已。人求生的慾望有多麼得頑強啊！所有的人都上晚自習去了，宿舍裡就我們兩人，他不停地向我訴說，那種感覺仿佛超越了時空，世界凝固成兩個人之間奇特的交流。誰會想到，這麼多年後，我們又碰到了一起——在北京。我相信在他身上總有奇蹟發生。他很快就要離開北京，我們互相祝福著告別了。在北京，你稍微留心點，就會碰到不同凡響的人物。有一次，在東方新天地開旅遊資源展示會，我看到一個小夥子，背著照相機，一臉熱情燦爛的樣子，在會場上顯得十分活躍，我主動上前搭話，沒想到他指著正前方一巨幅攝影圖片說，這張照片正是他拍攝的。

其他一些地方，如：西藏、黃山、新疆、香港、紐約，世界各地的風土人情、自然風光、建築文化被他用攝影藝術的手法演繹地精彩紛呈、美妙絕倫。他從一個大包裡拿出一疊他拍攝的作品，我邊看邊驚歎不已，什麼叫巧奪天工、出神入化，攝影藝術以它形象、逼真、凝練、鮮明的衝擊力和感染力，提供給人們無限廣闊的視覺享受。我與他相見恨晚、越談越投機，就找到附近的一個餐廳邊吃邊聊，他講他學攝影的過程、拍攝黃山雪景的歷險、在少數民族地區體驗生活的感動……講到動人處，眼淚就止不住要往下流。為了拍攝出藝術精品，他一直過著冒險、動盪、漂泊的生活，他的作品曾獲國際攝影沙龍美國攝影協會金牌獎、銅牌獎。我們談到飯店的人都要下班了，才不得不離去。後來，我把他的作品介紹給好幾個旅遊雜誌刊登。

在北京採訪各式各樣的人，每次感受都大不一樣：商人雄心勃勃、精明強悍、勢不可擋；政客滴水不漏、左右逢源、氣度不凡；藝術家單純、細膩、生動；學者睿智、勤勉、率真……。但這種時空變換、精彩熱烈的過程讓我暫時忘記了孤獨，也心甘情願地承受著生活中的窘迫。

我還是時常擔心女兒，擔心家裡的一切，也不時地在懷疑這樣興致所至、四處漂泊的生活方式到底有何意義？《旅行》雜誌社曾做了一個調查，問讀者最喜愛的旅行方式是怎樣的？一些地道的玩家提出這樣一種理想：每過一段時間，到一個新的地方工作生活兩三年，把自己的文化與當地的文化真正融為一體，產生心靈、思想的碰撞。而不是走馬觀花、吃喝玩樂、匆匆忙忙、花錢跑路。人本來就是自然之子，是這個世界上的匆匆過客，盡可能多地體驗、探究未知領域，最充分地發展自己、創造生活，是件多麼令人愉悅的事。我想，我就權當是在北京邊工作、邊旅遊，自由自在地生活一年吧！我當時來北京，就是看上了旅遊這個行業，可以順理成章地到各處走走、看看。人們希望通過旅遊來變換時空，感受不同地域的不同文化，從而體驗更豐富的生活、擴大視野、開闊胸襟。

記得在玉安讀大學時，我的班主任老師有幸被邀請到北京開了一個學術會議，回來後激動地寫了一篇散文念給我們聽，文中描寫天安門的雄偉，長安街的壯闊，極盡景仰、崇敬之情。當時北京、上海對我而言像夢一樣遙遠。這個老師一直在玉安工作生活著，他怎麼也不會想到那時在班級裡最羞澀、最柔弱的女孩，現在卻獨自一人跑到北京謀生。

我第一次出入國家旅遊局、開大型的國際會議還有點忐忑不安，後來才發現自己並不差，走到哪裡都很容易贏得別人的好感、信任。採訪人物，越是有影響力、有成就的人物，我們溝通得越愉快、越深入。沒有人告訴我該如何採訪？採訪誰？但我一旦發現感興趣的人物，就相約採訪，稿子能不能用是一回事，滿足我的好奇心才是真正的目的。每次深思熟慮、竭盡全力地寫好稿子，傳給對方看，贏得被採訪人的好評、感激時，我也由衷地快慰。幾乎每一個被我採訪、寫作過的人都與我保持著良好、長久的關係。你盡可以選最精英、最特別的人物進行採訪，從他們身上你也獲得了精神的力量、交流的愉悅。我沉浸在做記者的興奮、新奇中，忘乎所以，天馬行空地到處跑。反正我不去找機會採訪，也是一個人待在房間沒事做。

我租的房子在天壇公園附近，隔壁住著一家五口，夫妻倆、孩子，還有一對老人。丈夫開計程車，妻子是小學老師。他們五個人的房間比我的還小，只能擺放幾張床。估計他們在這兒住了起碼有六、七十年，這家人家的媳婦是個高大壯實女人，整天扯著大嗓門在院子裡說笑著，總是早早地把飯做好，等待天黑了才下班回家的丈夫。倒是老頭、老太常常莫名其妙地吵架，有時還爭吵得相當厲害。我就想，都說夫妻年輕時總是摩擦不斷，到老了就該認命了，該相安無事、平和溫馨了，可他們這麼大年紀了，為什麼還是互相之間恨之入骨的樣子。說到底，婚姻品質的好壞與時間、年齡並無直接的關係。好就是好，不好就是不好；不好的東西，拖得時間再長，也還是不會好。

我幾乎每天都散步到天壇公園，人真是環境的產物，到了這裡面，頓時感覺神清氣爽、心曠神怡，人們在裡面唱戲、打球、打拳，耍弄著十八般武藝，四處走走，可欣賞到一些人的絕活，比如，有個老人，口銜著毛筆，蘸著水，在石板地上寫字，一首一首的古詩寫下來，走筆如風，出神入化；有人在這裡唱歌、跳舞，看上去自娛自樂，但絕對是專業水準，就像是在看免費的藝術表演。來來往往、熱熱鬧鬧的人們聚集在這裡，盡顯自己的才藝，讓人流連忘返、驚歎不已。就憑著每天能自由自在地出入天壇公園，我也希望能留在北京，在這個最大的皇家陵園裡，看各式各樣的人，看他們盡情地享受生活。我多麼渴望女兒就在我身邊，我帶她多走走、多看看，從小就受到良好的環境、氛圍的薰染。我像一個獨行俠似的游走在這個城市中，快樂與孤獨相伴，瀟灑與憂鬱同在！誰能與我同行？誰規定我們的生活必須按部就班、從一而終，無奈忍耐？必須一定要為了權、為了利，為了種種牽掛，年復一年地過日子？

北京是流浪者的天堂，只要你有勇氣和智慧，又能耐得住孤獨、寂寞，就可以讓自己盡情揮灑，別具一格。在王府井熱鬧的夜市上，我看到兩個給別人畫像的小夥子，他們文質彬彬地站在那裡，旁邊擺放著一些親手繪製的明星肖像畫，來來往往的人群，有的頓足觀望、有的匆匆而過，他們有點羞怯、有又點不自然和冷漠的樣子，我猜想他們一定是在北京還沒有找到工作，想通過這種方式掙點錢，真想上前為他們吆喝幾句，幫他們招攬些生意。

我常常從天安門、前門附近的地下通道經過，這裡更是什麼人都有，小販吆喝著賣風箏，追著老外和他們用簡單的英語討價還價，賣紅薯的生意興隆，但遠遠地一見到警察，就倉皇逃跑，還有賣老花眼鏡、竊聽器等稀奇古怪玩意的……一個相當標緻、風流倜儻的小夥子竟然席地而坐，旁若無人地彈著吉他唱歌，非常陶醉的樣子。一些新疆來的維族小巴朗也在這裡遊蕩，我著意打量著他們，發現他們專以偷盜為生，誰也注意不到、也根本不屑於關注這些晃動著的破衣爛衫的身影，但他們卻機警地觀察著每一個行色匆匆的人，然後以最迅速、最狡猾的手段竊取財物。他們的眼神、動作靈敏地讓人不可思議，三三兩兩團結、配合得很好。只有我清楚他們為什麼會這樣做，這些孩子在新疆都是些開朗、活潑、純樸、機靈的小傢伙，被人帶到了北京，小小年紀，無以謀生，就只能以偷盜為業。北京讓強者成功、讓弱者墮落，讓所有尋夢的人沉醉、迷茫、動盪不安，仿佛衝浪般被拋摔在高峰與低谷之間，感受驚險刺激。

我在天壇附近的房間住了近半年，在北京待的時間越長，我對自己越沒有把握。幾乎每時每刻我都盤算著是繼續在北京待下去，還是趕快回到洛昌與家人團圓，過平平安安的日子？心目中的兩個我在激烈爭鬥，一個聲音說，妳出來的太久，也該回去了，丈夫、孩子在家，過著沒有妻子、母親的日子，終歸不是辦法。另一個聲音說，妳在北京的生活才剛剛開始，要想在北京立足起碼要好幾年時間，要全身心投入，踏踏實實幹出一番事業來。我的事業是什麼？按部就班地當個流浪記者，給別人臉上塗脂抹粉、歌功頌德；或厚著臉皮掛羊頭、賣狗肉，把老少邊窮地方的人誆騙來，讓他們痛痛快快流趟血、出身汗，還對你感恩戴德。雜誌社就經常幹這樣的事情，打著國家旅遊局授權的招牌，每年組織一次全國旅遊資源展，各參展單位不遠萬里、辛辛苦苦跑來，花十幾萬元，在諾大的北京露兩天臉，就又像蒸汽一樣消散了。回到單位給領導交差，幾張大幅的宣傳照片，幾個重要人物的頭像，就是政績和功勞。至於說，這樣的展示會到底能帶來多少遊客，就不得而知了。

這些參展單位更不願意去多想他們出的這些錢都用在何處了？用在國家扶持旅遊專案的開發？用在公共事業？這些錢其實都在雜誌社裡，在從社長到主編到員工的腰包裡。「國家」就像是一個無形的資源，只要能搭上「國家」這條船，就能堂而皇之、招搖過市，永遠「坐吃」而不至於「山空」。辦全國旅遊資源展是掙大錢，掙小錢就可以搞一些企業老總培訓班之類的事情，每個老總交五六百元，到郊區的賓館療養幾天，聽聽所謂知名人士的課，明為聯絡感情、增長新知，實際上又是一場變相的被迫消費。你不來就不給你發所謂「通訊員證」，你的企業宣傳就被排除在主流媒體之外，而你來了，吃、喝、吹牛、牢騷一場，也未必對你的企業宣傳有何好處。

我算慢慢摸出了點門道，整個中國就是一個大買場，國有的、私有的、內地的、京城的，外商的、邊窮的，內亂紛爭、硝煙彌漫。每個人都裝扮著笑臉推銷自己，每個人都強打著精神，前仆後繼、馳騁商場，溫情脈脈的背後掩藏著讓人放血、割肉的陰謀，華麗雍榮、燦爛豪奢的外表下，可能是顆冷酷無情的心。大家似乎對這樣的發展局面早已見怪不怪，北京人格外豪爽、尖刻，極盡調侃之能事。雜誌社的員工在北京飯店的職工食堂吃飯，這裡聚集著各種各樣或普普通通、或歷經風雨的人物，我發現，人們打招呼的口頭禪是：「我哪天到你那兒去坑蒙拐騙喔！」主編開編輯會也是教導大家：「你們拉廣告的，要想方設法把錢騙來，否則我們的生存就有危機了。大家每人制定一個發財計畫，我們要竭盡全力爭取明年人均年收入達到四萬元。」我又想起研究生剛畢業時，在上海，到一家所謂的商業傳播公司做事，廣告公司就夫妻兩人，我幹了兩個月，沒有見到他們做出一個真正的廣告，但就是通過各種各樣的活動，打著中國作家協會和名人的招牌，用新奇的概念、思路，把人們的錢裝到自己腰包裡，然後，買房、買車、打高爾夫，過著金迷紙醉、高人一等的生活。

如果我離開女兒、丈夫，在北京、上海謀生，就是為了在這種名利場上掙扎、起伏，搞一些華而不實的東西誆錢，增加了陰險和獸性，失去了純真和善良，這樣的發展還有什麼意義呢？即便我最終得到了所謂名聲、地位、金錢，我還能心安理得地享用嗎？得到的真的能彌補失去的損失嗎？在北京所謂的立足，就是要買房、買車，有高收入，我一個流浪記者憑什麼擁有這些？我想騙人還不具備條件呢？

北京一點點地在我眼裡豐富、立體起來。我實在不願意就這麼不明不白地離開，王一大打電話說，我再不回去，單位就要把我除名了，我以後就是一個不折不扣的「流浪人」了，我真有點發慌，但轉念一想，與其回到哪個沉悶、壓抑，讓人無法忍受的地方，不如就在北京堅持下去，起碼這樣的堅持總還有希望可言，而不是像在洛昌，一眼望到頭。我勸王一大好好給單位說說，保留一個人的檔案，對單位來說並不是難事，或者轉到人才交流中心也行啊，王一大就是不答應，我也不再把這當回事。

在雜誌社偶爾聽一個同事說，他家有一間房子正準備出租，就在天安門附近，是單位分配的舊樓房，我饒有興趣地要求他帶我去看看，穿過天安門廣場，在人民大會堂東側，西交民巷的巷尾，有一幢老式的樓房，外表看起來頗有些古香古色的情調，據說有五百年的歷史了，曾經是個商會的會所，現在卻變成了民居，走進裡面，黑咕隆咚、破敗不堪，像是考古工作者穿越古墓。這幢幾十米高，外表看上去的恢弘氣派的建築，被人為地分割成三層樓房的住家，真可謂金玉其外、敗絮其中，人們很難想像與天安門、人民大會堂近在咫尺的竟是普普通通的百姓人家，同事家就一間房，房頂很高、木版地，從高高的窗戶望出去，是一條綠樹遮蔽的小巷，人民大會堂聳立眼前。

我驚喜於這片風水寶地，不僅離雜誌社很近，而且天天可以在中山公園、天安門廣場散步、遐想。中國的中心在北京，北京的中心在天安門，我決定搬了。搬過來的時候正好是十一，人們在廣場上遊行、狂歡，人聲鼎沸，中國發生的重大歷史事件，在天安門廣場上凝聚、蒸發，不管我願不願意，都能傳到我的耳鼓，特別是在晚上，常常攪得我難以入眠。更糟糕的是這裡不是正規的居民區，所以菜場、商店都離得很遠。不過，過了一段時期，我也漸漸習慣了，並且發現小巷的不遠處有一個非常可愛的早餐店，是公家開的，私人承包，北京的傳統小吃在這裡應有盡有，又便宜地不可思議，老闆說，這個小吃店開了五六十年了，當時李大釗就是在這個小吃店被俘的。

早晨，我在這裡吃一頓可口的早餐，然後到雜誌社上班，晚上回來，看看書、寫寫東西，或到燈火通明、寬闊浩蕩的廣場走走。生活簡明、暢快又有些許寂寥。二層樓總共就住了三戶人家，一戶是夫妻倆帶著孩子，住在最頂頭，還有一戶，就正對著我的房門，是一個離了婚的女人帶著上高中的女兒，她們的房間總是收拾得乾淨、溫暖，房屋很高，架著張高低床，女兒睡在上床，一個胖乎乎的年輕男子經常到他們家過夜，一大早起來，開著輛小轎車把女人送到單位上班。我是標準的單身，沒有人知道我房間裡會有怎樣的故事發生。一層樓，三種生活方式，想一想，滿有意思，北京，或者說大城市就有這種包容性。我喜歡這樣的城市，潛藏著無數的秘密，有那麼多不經意的聚散離合，一切都像河水那樣，充滿流動變化的柔情，起伏跌宕的浪潮。

在北京當記者是最刺激、最夠味的，也可能是最不值錢、最廉價的。三教九流、四面八方、精英薈萃、騰雲駕霧，北京讓人找不到北，某個人物今天還是風流倜儻，明天可能就是階下囚，某個新聞，造作起來，鋪天蓋地，不過幾天就灰飛煙滅，一切仿佛耍把戲一般，真假難辨，熱鬧刺激。我在北京工作了半年後，中堅告訴我，他要來北京參加中國政法大學的博士生考試。無論我承不承認，中堅都像一個幽靈，左右著我的生活，我多麼希望他能考到北京來，我們一起奮鬥，不再孤單。兩天的考試結束後，我去中國政法大學看他，又是匆匆相聚，彼此都頂著巨大的壓力，一邊急忙趕路，一邊有一句沒一句地閒聊。路過中國人民大學時，我看著學校的大門，突然想起了我父親。父親曾經在這裡讀研究生，並留校工作了兩年，至於他為什麼要離開北京，去支援新疆，直到我五十多歲時，偶爾聽父親的一個同事聊天，才明白根本的緣由。

中堅也是研究生畢業，留在交大工作，轉眼兩年過去了，是在上海紮根？還是要到一個新的地方發展？每個階段都面臨著選擇和突破。一個多月後，中堅在電話裡懊惱地告訴我說，他博士未錄取，我心裡涼了一大截。我們只能每天晚上用手機發信息，傳遞感情和思念。丈夫和女兒是我必須面對的家人，每星期給女兒打一次電話，或寫封長信。我真不該把女兒留在家裡，當初在上海如果堅持一下，我肯定有了房子，積蓄，不會再為生存發愁了。現在，北京的一切除了熱鬧、新奇，找不到一點可以安身立命的條件。我無法預測這樣漫無目的的漂泊，長久的分離，會是什麼結果，在家，我總是莫名其妙地得病，到了北京，新的環境，迫使我面對應接不暇的事情，病也就自然而然地好了。

最後一次在北京採訪的是西藏舞蹈家卓瑪，她邀請我到她家坐一坐，在北京電影學院附近的一個四合院裡，穿過門廳，是一個小院落，一棵茂密的紅棗樹覆蓋著乾淨整潔的院子，她繪聲繪色地講述自己艱辛痛苦又絢爛多姿的成長經歷，毫不掩飾其率真、樸素、熱烈的性格，兩個人談得異常投緣，一問，才知道我們是同年同月同日出生的。在北京待了二十多年，她也沒有完全認同北京人的生活方式，但她卻用她的舞蹈，征服了北京人，乃至世界各地的人，她一直沉醉在自己的舞蹈天地裡，避免外界的一切浮華喧鬧的干擾，所以，身上始終保持著一個藝術家天真浪漫的氣息。每個女人都是這個世界上偉大的傑作，像戀愛一樣，做自己喜歡的事情，把事業推向峰頂，創作的激情，耕耘的努力本身就會讓你魅力無窮。

十九、做朋友更好

她太美了，越發富有神韻，簡直是光彩照人！一席黑色的的長裙，低胸露肩卡腰，恰到好處地襯托出她高挑婀娜的身材、細膩白淨的皮膚。整個人顯得那麼高貴、典雅、智慧、善良……

小時候，我看到父母吵架，心裡總是憤憤地想，虧你們還是大人呢？一點都管不住自己，母親總是懷疑父親喜歡上別人，其實，他最多不過是對漂亮女人多看幾眼，母親自己就美麗得一塵不染，且對婚姻有宗教般地虔誠和執著。但就是這樣，也不能避免父親「花心」，為此，我一直對父親很排斥，後來才覺得問題出在母親身上，是因為母親太多疑，太無事生非。我一直搞不懂是像母親這樣一輩子專注於婚姻好呢？還是獨立自由地安排自己的生活，既不給別人帶來束縛，也不讓自己備受煎熬。即使結婚，也要像朋友一樣相處，彼此有一定的空間度。「兩情若是長久時，豈止在朝朝暮暮。」家庭可以束縛身體，但束縛不了心靈，靈與肉，情與理的真正結合，才是婚姻美滿，家庭和諧的保證。現在想來，在家裡，我好像比女兒還幼稚，我曾經這樣問馨兒：「等妳長大了，也結了婚，妳會厭倦妳的丈夫嗎？」

「那妳會厭倦我嗎？」

「當然不會。」

「這就對了。整天生活在一起，並不是厭倦的理由，關鍵是妳和爸爸思想差距太大了。妳們這些大人真難弄，妳們每個人都一心一意幹好自己的事，不就行了。」

「那妳呢？」

「我用不著妳們操心，我早已習慣了自己把自己管好。媽媽，妳就好好幹自己想做的事吧，否則，妳兩頭牽掛，什麼都幹不好。」

女兒的口氣怎麼和我小時候一模一樣，小小年紀就已洞察了事物的真諦，她長大後就真的能贏得幸福的婚姻嗎？

想起羅素寫的《婚姻革命》，提到性壓抑造成偽君子和迫害狂。弗洛姆寫的《愛的藝術》提到，性是一種本能，愛是一種藝術，性源於自然天性，愛則需要修煉打磨，就如同修煉一門藝術一樣，需要專心、耐心和信心，需要充分地溝通理解和交流。我們和我們的孩子們，成長的環境又是怎樣的呢？我們是撞大運似地完成婚姻大事。他們呢？每天應付的是各種各樣目不暇接的培訓和考試。

人們全民狂歡似地：秀恩愛，秀孩子，秀美麗，秀肌肉，秀父母……「想哭」，也變成了「香菇」；「難受」變成了「藍瘦」；事實是：在巨嬰國裡，女人，變成了神經病；男人變成了太監；孩子，變成了小妖怪……領導、教師、家長、學生——同階層攀比，不同階層打壓，所帶來的焦慮與不安，像空氣一樣，每時每刻，侵蝕著每一個人的肌體和心靈，沒有任何人可以逃脫。

我是一個沒有家的人，我只需要一個房間。在新疆，那個家，讓我總想著逃離；在洛昌，這個家，是為了維護世俗婚姻，交給社會的一張答卷，為了完成這份課業，想一想，我竟然用了十六年的感情和心血。我骨子裡和王一大根本就是風馬牛不相及的兩類人，我們只作為性別存在過，作為婚姻的形式存在過，我們其實並不知道什麼是愛情？什麼是婚姻？但我們從來就不承認、也不敢承認這一點。「生米做成熟飯，一切已成定局！」——生活就是這樣！激情過後，只是平平淡淡，充滿柴米油鹽氣息的日常生活，人貼得那麼近、心卻隔得那麼遠，共同處在這個叫「家」的屋簷下，將兩個活生生的男女永遠地聯繫在一起，無異於漫長而單調的酷刑。每家、每戶、每個人似乎都是這麼過來的，這又有什麼好懷疑的嗎？

正如我所預料的，王一大在玉安多年的官場歷練，使他很快適應了洛昌這座小城市浮誇、霸道、粗俗的社會風氣，到洛昌一年後，就競選到了相應的職位，擺脫了頂頭上司的壓制，權利慾得到滿足，人也神氣了許多。女兒住校，一個星期回來一次，作業、考試接二連三，她又異常好強，完全無暇顧及學習以外的其他事。我又成為了多餘的人，每天除了上幾節課，做兩頓飯，就再也沒有什麼期盼、發展可言。中堅在交大這幾年，埋頭苦幹，已經出版了好幾本專著，人也越發精明強幹、生龍活虎，他還是像以前那樣隔段時間打個電話，和他交談，我覺得仿佛有了目標和道路，有一種牽引，讓我煥發出活力和希望。

我開始著手寫一部長篇小說，小說是個人與命運抗爭，流出來的精神血液。只有在小說中，我才活靈活現、聰慧激情，仿佛穿越時空的自由女神。每天我在小說中描述和懺悔我這三十八年來走過的曲曲折折的路程：青春期的壓抑、錯失的愛情、盲目的婚姻、混亂不堪、疲於奔命的工作……當然還有那充滿好奇浪漫的探索旅行、那發自心靈的感情呼喚……小說寫到一半的時候，我終於下定了決心，與王一大離婚！以前，一想到離婚，我就像懼怕死亡一樣恐懼、絕望！現在，我終於明白，我再這樣周而復始、痛苦無奈地生活下去，我將一輩子抱憾終身！一個人連自己的心靈都不能忠實，他還能忠實什麼呢？二〇〇三年十月一日，新的離婚法頒佈實施，離婚當事人再不需要單位簽字、有關部門調解，我們成了這項政策最初的受益人。

我對王一大說：「我們還是離婚吧，我已無法盡到一個妻子的責任，好容易擺脫了玉安的封閉，又陷入洛昌的專制，這麼多年我糊里糊塗，不知道自己都幹了些什麼？也許解除婚姻後，我們有了相對的自由，還能像朋友一樣相處，那樣可能會更好。」

那天，下了課，約好和王一大一起去民政局。想起這些年為了他、為了孩子，其實，是想依靠他、想讓孩子有個完整的家，受了那麼多委屈，現在，快四十歲的人了，才明白這樣惡性循環的日子，再不結束，我這一輩子真的就徹底完蛋了。往事不堪回首。我又忍不住淚如雨下！

王一大說：「妳想好啊，離了婚以後，我們就是行同陌路，再沒有什麼關係了。」是啊！人怎麼會這樣？從親密無間，到視同路人，難道靠的就僅僅是一張紙嗎？

「畢竟生活了這麼長時間，你如果有個什麼三長兩短，我還是會來看你的。」我說，我的心像被切掉了一半，痛苦難耐，但我只能這樣了！當初，他剛到洛昌時，我討厭極了這個地方，和他離婚，他流著淚乞求我，讓我暫時不要離。現在，他站穩腳跟了，離婚已不再對他造成傷害。而我，也終於想通了，與一個格格不入的人朝夕相處，對自己無疑是種精神折磨。

到民政局辦理離婚，先交一百四十二元的離婚費，根本就不像王一大所說的那樣麻煩。只要交錢就成。一切皆為商品。價格表上標明：工本費：三十元、照相：五十元、手續費：五十元。至於其他十二元，就不知是從何而來。但我核算，所用的紙張、照的照片，最多不過十元錢。正因為民政局，是國家單位，它制定如此高的離婚價，竟然沒有人質疑，這又讓我想起，文革時期，槍殺政治犯，還要叫犯人家屬花錢買子彈。當初，結婚時照的照片，就有點苦兮兮的樣子，現在，離婚還要照一張合影，覺得頗為滑稽。走出民政局，王一大說，我晚上請妳吃飯啊！我的嘴裡一剎那湧出一股澀澀的苦水，眼淚又要流出來了。我和這個人竟然共同生活了十六年，我們剛開始仿佛得了戀愛病似的，像模像樣地寫情書、思念、做愛、生孩子，然後，是沒完沒了地吵吵鬧鬧，期間，還有幾次移情別戀。生活就是這樣荒唐、可笑。我母親、王一大的母親，都是這樣忍辱負重、委曲求全地走到老。我可不願意和一個無法交流，不再相愛的人，同床共枕，直到死亡。

趁「十一」放假，我到華師去了一趟，六年過去了，華師依然像初戀的情人，喚醒我所有的柔情、思念、智慧、憧憬，一切像夢一樣遙遠；又像故友親朋那樣真實、親切……徜徉在華師的校園裡，每一片景觀、每一個角落，仿佛都在訴說著、激蕩著，靜默中，音樂的旋律在耳邊響起，戲劇的舞臺拉開帷幕，生命中的悲歡離合、愛慾情愁凝練成永恆的詩篇……時光不會倒流，而我又回來了，就像遠到而來的朝聖者那樣：長途跋涉，滿身疲憊、滿臉淚水……

我給舒琦打了個電話，她熱切地邀請我去她家住幾天。這麼多年過去了，她會是怎樣的呢？她搬了新家，在環境極其幽雅、寬敞的芙蓉花園住宅社區裡。見到她的第一眼，我還是忍不住在心裡讚歎：她太美了，越發富有神韻，簡直是光彩照人！一席黑色的的長裙，低胸露肩卡腰，恰到好處地襯托出她高挑婀娜的身材、細膩白淨的皮膚。整個人顯得那麼高貴、典雅、智慧、善良——完美的女人！女人的極至！她女兒天天，也變成真正的大姑娘了，一個勁地問：「馨兒好嗎？」完全女人的房間就是不一樣，桌子上、窗臺上擺放著一束束鮮花，書櫥的一面擺滿了喜愛的書籍，另一面掛著母女倆的藝術照，還有一些從世界各地帶來的奇異的工藝品，整個房間氣味清香、色調淡雅、風格柔媚。無法想像在這樣的房間裡出現一個大男人，騰雲駕霧地抽著煙，滿身酒氣，滿臉疲憊，等著妻子給他倒茶、做飯，會是什麼情景？

一位香港女作家曾這樣寫她對感情事業的看法：

「一個女人要求自己重新獨立的生活，要照顧身心兩方面，經濟上得運用自己取之不盡的學識與幹勁，奮鬥下去，精神方面，絕對尊重自己的真實感受，不做任何妥協，對愛情寧缺勿濫，這才是為自己，也為對方保全自尊的唯一方法。

讓受得起刺激的女人承受刺激，讓吃得起苦頭的女人多吃苦，是一種變相的成全。因為讓強者在太陽下、眾人前表現她跌不倒的品格，就是對她至大的敬重與至深的回報了。」

這段話，對舒琦而言，是再恰當不過了。天天像一個大廚師似地做了一桌子好菜，招呼我們吃飯。明年開春她就要到澳大利亞去讀高中。

「小雲阿姨，妳下次把馨兒帶來吧，我走了以後，我媽要是還能時常見到馨兒，就不會感到失落了。」

「我一定會的。」

晚飯後，舒琦開著小轎車帶我到淮海路、南京路上兜風，正好是國慶日，車在道路上急馳，霓紅燈匯成光的海洋、高速路融成浪的波濤，流光溢彩的上海比浩瀚的星空更美麗！

我在心裡大聲地呼喊：「上海，我回來了！」

晚上接到中堅的電話：「妳在哪兒？就在上海嗎？」

「是的。」

「我這就來看妳！」

後記

愛的藝術1

戀愛和婚姻是一所學校，把依戀父母的女孩，變成獨立有擔當的女人，對男性而言，何嘗不是如此？

結婚，讓人成長，離婚，讓人更大地成長。結婚讓你最真實地面對另一個人，離婚讓你最真實地面對自己。

愛，是一個人生命中最切己，最柔軟部分。因為有感情，才有詩，有藝術；因為有愛，才有生命，有生命得以延續的源泉。想起給大學生上課時，一個端莊秀麗的女生，即興寫的一首關於戀愛的詩。

初戀

我翻開，看見《初戀》兩字
愣了片刻
苦笑著合起
那是什麼？我的回憶裡沒有這樣的印記
只見身邊微揚的嘴角
只聽見空氣中彌漫著竊竊的耳語
偶爾聞到一種甜甜的氣息
接著便是沙沙一片
我呆在那裡，提筆描了題
然後，放下筆
紙上出現這段隨意

這些青春勃發的大學生們，對初戀真的是這樣地陌生嗎？兩三年後，他們大學畢業了，又如何能談婚論嫁？生兒育女？如何滋養自己？關愛他人？

記得弗洛姆在《愛的藝術》，羅素在《婚姻革命》中有這樣的表述：

一個要保持自己在結婚時仍為處女的姑娘，經常為急切和輕浮的性吸引所迷惑，而一個有性經驗的女人卻極容易把這種性吸引和愛情區別開。毫無疑問，這種情形時常是造成不愉快婚姻的原因。

青年人「性」問題上所採取的傳統作法會使人們變得「愚蠢」、「虛偽」和「膽怯」，而且還會使相當多的人「患精神病」或類似的疾病。

避免邪念的唯一辦法就是免除神秘，如果我們的風俗允許我們不再對裸體遮遮掩掩，裸體很快就會不再引起我們的性慾，而且我們的舉止會更加文明。

在現代社會裡，事業經濟上的成功，被認為是獲得愛情婚姻的唯一手段，人們在事業和經濟上付出，遠遠高於對愛情和婚姻的付出。人們還遠遠沒有意識到，愛情不光需要物質保障，也需要精神交流，需要用心地陪伴。

激情、荷爾蒙、性衝動，是生命的原始力量；尊重和理解，獨立和擔當，耐心和勇氣，才是獲得真實而長久愛的必要條件。

愛情、孩子和工作是增加個人與世界接觸的主要源泉。在這三者當中，愛情，按時間而論，當居首位。純粹為了金錢的工作是沒有價值的，只有包含了某種愛的工作，無論對人，對物或僅僅是對幻想，才會有價值。

僅僅為了獲取的愛是沒有價值的，因為這種愛和那種以金錢為目的的工作毫無二致。沒有愛的性交沒有多大價值，凡是能夠帶來各種善的愛，一定是自由的、熱烈的、無拘束的和全心全意的。

雙方必須有絕對平等的感覺，對於互相間的自由不能有任何干涉；身體和肉體必須親密無間，對於各種價值標準必須有某種相似之處。只有具備了所有這些條件，婚姻才是兩個人之間最高尚和最重要的關係。

有了一定的人生閱歷後，再回味書中的這些句子，猶如醍醐灌頂，豁然開朗。如果有一種藝術，可以讓生命成長，人格修煉，人性昇華，這就是天底下最難，也最有價值，最接近上帝的藝術——愛的藝術吧！

愛的藝術2

再看這部充滿了困惑和糾結的小說，內心是滿滿的回憶和懺悔。中國傳統社會，人們的衣食住行，戀愛婚姻，受制於家族影響和古典文化沁潤。

時至今日，權力與金錢聯盟，網路與人的需求慾望連結，每個人都成為了一個「光原子」，成為這個光怪陸離，危機四伏的世界上的倖存者。

人與人的關係，越來越演化為赤裸裸的金錢關係，競爭關係，互相投毒，彼此喂藥，成為了常態。

戴口罩、畫妝、變性、整容，讓人不辨真偽；內心的冷酷與麻木，掙扎與分裂，讓人在「僵屍」與「神經病」之間徘徊。

按照適者生存的原理，會不會一些人變得越來越孤獨、冷漠、封閉？另一些人變得越來越狡猾、陰險、惡毒？

人們寧願回歸大自然，與小動物為伴，也不願意介入人與人之間紛繁的矛盾和爭鬥中。人成了這個星球上最強大，也最可憐的生物。

發自內心深處的靈魂之愛；同舟共濟，同甘共苦的親情之愛，婚姻之愛，真的就越來越稀缺了嗎？

如何自愛，進而愛人，是每個人一輩子的修煉。幾乎所有文學藝術作品的主題都與愛有關，但愛到底是什麼呢？

此刻，聖經上的一段話，跳入腦海：「愛是恆久忍耐，又有恩慈；愛是不嫉妒，愛是不自誇，不張狂，不做害羞的事，不求自己的益處，不輕易發怒，不計算人的惡，不喜歡不義，只喜歡真理；凡事包容，凡事相信，凡事盼望，凡事忍耐。」「愛是永不止息。」（聖經，新約全書，哥林多前書十三章四－八）

在耶穌基督的眼裡，世人都有罪、有病，我們既傷害過別人，也被別人所傷害，但耶穌死而復活，用他的寶血洗淨了世人的罪。

而我們呢？我們為了遠離傷害，往往選擇了逃避和偽裝。在戀愛裡，我們浪漫地像天上的雲，暫時逃避了現實的複雜和殘酷；在婚姻裡，我們不知道如何用心陪伴對方，把婚姻當作一項完成了的人生大事，或精打細算，或糊裡糊塗，隨著時間的流逝，愛失去了應有的溫潤與柔和。

是上帝，洗淨世人的罪孽，讓我們心有所依；是文學，表達了真情實感，讓我們內心柔軟。

這時候，我們似乎明白了：愛，不僅僅是激情，衝動，是年輕的心；是荷爾蒙，是慾望的實現；愛，也是尊重和理解，獨立和擔當，耐心和勇氣，是追求真善美的生命藝術。

從這個角度講，主人翁夏雲，好像是逃離了家，但如何在離家之後真正獨立？如何處理好生活中面臨的各種感情糾葛？如何獲得真正的愛情和美滿婚姻？

也許在下一部作品裡，會有答案。

後記 2

幸運之神的眷顧——一人一樹一書一屋

蝴蝶的翅膀，何其微小？大樹的年輪，何其神秘？

在這個世界上，沒有人可以是一座孤島。你或許是一棵樹，從零歲到百歲，甚至更長久。枝葉融入雲端，根系連在地下，經歷風霜雪雨，四季霓虹，依然挺立。

彷彿幸運之神的眷顧，在二〇二〇年最動盪不安的日子裡，我每天端坐在溫馨的家中，一遍又一遍地修改著自己的手稿。

累了，隨手取一本書櫥上的舊書，翻看閱讀——

生物戰爭，電子錢，糧食危機，在這些恐怖詞語的大轟炸背景下，我還能一字一句修改這部長篇小說，突然有種「隱居山林」的踏實和超然物外的專注。

感謝博客思出版社的編輯：楊容容，陳嬿竹；主編：凌玉琳；總編輯：張加君，設計：陳勁宏，您們真誠地關愛和鼓勵，耐心地指導和幫助，盡心盡力地編輯和設計，讓我好像生活在了文字構築的世外桃源中。

在古代，世外桃源，意味著與世隔絕，獨善其身；在現代，網路如此發達的今天，人們為什麼不能創造更簡潔淳樸的生活方式呢？一人一樹一書一屋，既傳統又現代，既環保又優雅。

人類的歷史，伴隨著對權力和金錢的爭奪。血腥和殺戮，慾望和犯罪，層出不窮。什麼時候人們能真正用一種平等和博愛的眼光來看待這個世界，有足夠的信念和耐心，探究和欣賞大自然的美妙，磨礪和彰顯人性的光輝，該多好！

讓商業更文明，讓文明有大愛！為地球買保險，為人類買健康！

人們能在科學與藝術，自然與人文的交匯中，創造出新的伊甸園和桃花源。

如果，還有機會寫作下一部小說，小說的名字我已經想好了。

你呢？你願意在這個珍貴而神奇的地球家園上，種一棵樹，寫一本書，建造一間屬於自己的小屋嗎？

黃姝語

二〇二〇年九月十日星期四

國家圖書館出版品預行編目資料

一個時時想逃家的女人 / 黃姝語著, --初版-- 臺北市：博客思,
2020.11
面； 公分
ISBN：978-957-9267-76-2(平裝)

857.7 109013385

現代文學 69

一個時時想逃家的女人

作　　者：黃姝語
編　　輯：陳嫵竹、凌玉琳
美　　編：陳嫵竹、凌玉琳
封面設計：陳勁宏
出 版 者：博客思出版事業網
發　　行：博客思出版事業網
地　　址：台北市中正區重慶南路1段121號8樓之14
電　　話：(02)2331-1675或(02)2331-1691
傳　　真：(02)2382-6225
E—MAIL：books5w@gmail.com或books5w@yahoo.com.tw
網路書店：http://bookstv.com.tw/
https://www.pcstore.com.tw/yesbooks/
https://shopee.tw/books5w
博客來網路書店、博客思網路書店
三民書局、金石堂書店
經　　銷：聯合發行股份有限公司
電　　話：(02) 2917-8022　　傳真：(02) 2915-7212
劃撥戶名：蘭臺出版社　　帳號：18995335
香港代理：香港聯合零售有限公司
電　　話：(852)2150-2100　　傳真：(852)2356-0735
出版日期：2020年11月 初版
定　　價：新臺幣300元整（平裝）
ISBN：978-957-9267-76-2